KB232043

서툴지만

사랑 스러운

서툴지만 사랑스러운

초판 1쇄 찍은 날 § 2007년 5월 28일
초판 1쇄 펴낸 날 § 2007년 6월 8일

지은이 § 류은수
펴낸이 § 서경석

편집장 § 문혜영
편집책임 § 이종민
편집 § 한지윤

펴낸곳 § 도서출판 청어람
등록번호 § 제1081-1-89호
등록일자 § 1999. 5. 31
어람번호 § 제5-0144호

주소 § 경기도 부천시 원미구 심곡1동 350-1 남성B/D 3F (우) 420-011
전화 § 032-656-4452 팩스 § 032-656-4453
http://www.chungeoram.com
E-mail § eoram99@chollian.net

ⓒ 류은수, 2007

ISBN 978-89-251-0722-6 03810

※ 파본은 구입하신 서점에서 교환하여 드립니다.
※ 저자와 협의하여 인지를 붙이지 않습니다.

서툴지만

사랑스러운

류은수 지음

도서출판

청어람

프롤로그 —소녀와 나무껍 |7
1. 주연진 17세, 신우경 20세의 조우 |15
2. 주연진 17세, 신우경 20세의 재 조우 |43

2우월 14일 |50   9우월 1일 |60   9우월 2일 |66
9우월 3일 |128   9우월 7일 |176   9우월 8일 |191
9우월 9일 |227   9우월 10일 |254   9우월 11일 |282
9우월 12일 |319   9우월 13일 |342   9우월 14일 |351
9우월 16일 |381   9우월 17일 |403   9우월 16일 오지전 |409

에필로그 —과거펴 |420
에필로그 —미래펴 |437
작가후기 |455

프롤로그 | 선녀와 나무꾼

사냥꾼이 숨겨주어 목숨을 건진 노루는 은혜를 갚고자 괜찮다는 나무꾼을 억지로 선녀탕으로 데려오곤 몰래 회심의 미소를 지었다. 그리곤 마음에 드는 선녀의 선녀 옷만 살짝 훔쳐 내어 아내가 되어주면 돌려주겠다, 라고 나무꾼의 옆구리를 찔러댔다.

"아따, 장가 좀 가야 하지 않겠어라?"

떠꺼머리총각인 나무꾼이 불쌍해 보여 노루가 혀를 끌끌 차자 나무꾼의 순박한 얼굴이 붉게 물들었다.

"아니, 그래도 그건 좀⋯⋯."

모르는 여자의 옷을 훔쳐다가 혼인해 달라는 말은 아무리 생각해 봐도 너무 염치없는 행동이었다. 그래서 내키지 않았지만 워낙 노루가 강권해 할 수 없이 따라나선 길이다.

앞에서 팔짝팔짝 뛰며 앞서 가던 노루가 주위를 휙휙 둘러보더니 얼른 고개를 숙이며 목소리를 낮추었다.

"마침 선녀가 있으니까 잘해보셩."

노루의 말에 나무꾼은 말로만 듣던 선녀라는 존재에 대한 순수한 호기심에 고개를 빠끔히 내밀고 선녀를 찾아보았다. 그러자 하얀 김이 모락모락 올라오는 탕 안에서 뽀얀 어깨 속살 드러낸 채 한가로이 멱을 감고 있는 곱디고운 선녀를 발견하고 눈이 휘둥그레졌다.

물기 머금어 촉촉한 머릿결은 비단처럼 매끄러운 데다 달덩이처럼 뽀얗고, 해사한 얼굴은 산 아래 마을밖에 못 가본 나무꾼의 눈에도 이 세상에서 최고라 칭할 만큼 어여뻐 보였다. 밤하늘의 별이라도 박은 양 초롱초롱한 눈빛은 왜 그렇게 가슴을 울렁이게 만드는지, 붉디붉은 앵두 같은 입술은 사나이 심장을 사정없이 두드리는지, 단순히 요물이라고 하기엔 그녀의 분위기가 신비스럽고 우아했다. 그래서 선녀라고 불리는 존재구나 싶을 정도였다.

마른침이 꼴깍꼴깍 넘어가고 눈이 커질 대로 커져 작아질 생각도 하지 않고 허리께에 힘이 빡 들어가며 손에선 땀이 축축이 배어났다.

"예쁘지라?"

그의 마음을 눈치 챘는지 옆에서 노루가 음흉하게 웃었다. 나무꾼은 자신도 모르게 고개를 끄덕이며 선녀에게서 시선을 떼지 못했다.

"그라면 얼릉 조오기 선녀 옷 챙겨서 색시 돼달라 청하시라."

노루의 강권에 떠밀리다시피 한 나무꾼은 얼떨결에 선녀의 옷가지 있는 곳까지 왔지만 막상 코앞에 선녀 옷이 있자 쉽사리 손을 뻗지는 못했다. 하늘거리고 색감도 고운 것이 나무꾼이 평생 가봐야 만지지도 못할 귀인인지라 그런 옷의 주인에게 감히 욕심을 낸다는 것에 덜컥 겁증이 났다. 분수도 모르는 행동에 하늘이 노하지나 않을까 두려워졌다.

"아따, 답답한지라. 싸게싸게 안 집고 뭐 하시오?"

보다 못한 노루가 재촉하지만 나무꾼은 투박하고 못이 박힌 거친 자신의 손을 내려다보고는 더욱 침울해졌다. 제 욕심에 저렇게 곱고 여린 선녀 데려다가 고생만 시킬 것 같아 마음이 안 좋았다.

"나 그냥 갈란다."

"아따, 왜 그러슈?"

시무룩한 표정으로 나무꾼이 몸을 돌리자 노루는 펄쩍 뛰며 그의 앞을 가로막았다. 환장하겠다는 노루의 표정에 나무꾼은 그 와중에도 피식하고 웃음이 나왔다.

"나 같은 놈이 저런 선녀 데려다 어쩌라고 그러냐?"

"어쩌긴 뭘 어때? 데려다 색시 삼으면 되는 거지."

"나 같은 놈이 탐내기엔 너무 곱다."

정말 욕심날 만큼 곱다고 생각했지만 나무꾼은 단호하게 등을 돌렸다. 아까운 마음이 아주 없는 것은 아니나 그와 맺어질 인연이 아니란 생각에 과감히 마음을 접은 것이다. 애당초 노루가 선녀를 데려다 색시 삼으라는 말을 했을 때부터 현실감을 전혀 느끼지 못했기에 돌아서는 것도 그리 어렵지는 않았다.

아이고, 저 답답이.

뜨거운 탕 안에서 선녀는 새침한 척, 우아한 척하고 있었으나 실은 노루와 나무꾼이 언제 오려나 땀 빠지게 기다리고 있었다. 마침내 기다리던 기척이 들려오자 반색하고 싶은 것도 꾸욱 참고 애써 욕간하는 척을 했다. 그러나 나무꾼과 노루의 동태를 얼마나 열심히 살폈는지, 선녀의 관자놀이에는 굵은 혈관 하나가 불쑥 튀어나와 있었다. 기다리다 기다리다 결국 나무꾼이 등을 돌리자 성질을 못 이겨 젖은 속곳 차림으로 물 밖으로 벌떡 일어서 버렸다.

"돌쇠, 네 이놈! 당장 그 옷, 집어 들지 못하겠느냐?"

뜻밖에 자신의 이름이 들리자 나무꾼은 눈이 휘둥그레져서 뒤를 돌아보고 말았다. 젖은 옷이 찰싹 달라붙어 훤히 드러난 요열한 나신에 얼굴에 불이라도 붙은 양 붉어져 허둥지둥 양손으로 얼굴을 가리고 말았다.

"아이고, 선녀님."

되레 나무꾼이 질겁하여 손으로 얼굴을 가려도 당사자는 오히려 콧방귀만 뀔 뿐이었다.

"흥, 방금 내 몸을 보았겠다?"

"아, 아니옵니다. 아무것도 보지 못했습니다."

나무꾼은 두 눈을 질끈 감은 채 마구 손사래를 쳤다. 그러나 얼굴은 물론 귓불과 목 아래까지 붉어져 그 말이 사실이 아님을 알려주었다.

"흥, 괘씸한 놈. 감히 내 알몸을 보고도 못 본 척해?"

나무꾼은 양손으로 얼굴을 가리고 있어 말로는 호통을 치고 있지만 눈은 웃고 있는 선녀를 보지 못했다. 그리고 키득거리며 사라지는 노루 역시 보지 못했다.

"아이고, 아닙니다."

나무꾼은 속이 뒤집어질 것처럼 억울했다. 사실 보기는 했지만 어찌 봤다고 사실대로 고한단 말이냐? 절대 그럴 수가 없었다.

"이 나쁜 놈아. 멀쩡한 처자 속살을 보고도 아닌 척 잡아떼다니, 천하의 악적 같으니라고."

"아이고, 선녀님, 오해십니다."

악적 운운하며 선녀가 나무꾼을 천하의 불한당으로 몰아세우자 손바닥으로 가린 나무꾼의 얼굴은 그야말로 사색이 되어버렸다.

"아닙니다, 아니에요."

억울한 마음에 눈물까지 한 방울 찔끔 흘러나왔다.

"흥, 거짓말하지 마라. 네놈이 내 속살을 보았으니 이제 나는 죽어야 한다. 외간 남자한테 속살 보이는 이런 치욕이 어디 있더냐?"

모질게 말을 내뱉고는 선녀는 자신의 옷가지 속에서 은장도를 꺼내 빼어 들었다.

"아이고, 선녀님!"

선녀의 사나운 말투에 불안한 마음이 든 나무꾼이 살짝 실눈을 뜨고 상황을 살피다 기겁을 하고 말았다. 은장도를 빼어 들고 목을 찌르려는 선녀에게 황급히 다가가 그녀의 손목을 덥석 잡고 만 것이다.

"이러지 마세요."

"어머, 내 손목······."

은장도로 목을 찌르려던 사람의 말치곤 갑자기 너무 수줍어졌다. 그러나 나무꾼은 그런 것을 눈치 채지 못하고 자신이 선녀의 손목을 잡았다는 사실에 놀라 불이 붙은 얼굴로 황급히 그녀의 손을 놓아주었다.

"난 이제 모른다. 외간 남자한테 속살 보이고, 손목도 잡히고······. 그러니 네가 나를 책임져라. 아니면 내가 죽게 내버려 두든지."

"아이고, 선녀님, 왜 그런 무서운 말씀을 하시어요. 죽다니요?"

"그럼? 네가 내 서방이 되어줄 거냐?"

"그······."

얼굴을 빨갛게 물들인 나무꾼이 머뭇거리며 대답을 미루자 선녀는 원통하다는 표정으로 가슴을 쳤다.

"아이고, 아이고, 내가 죽어야지. 이런 수치 겪고 못 산다. 내 속살 본 남정네는 천하의 악적이라 나를 책임 못 진다 하네."

"아닙니다, 선녀님. 제가 책임지겠습니다. 제가 선녀님 책임질 테니까 죽는다는 말은 하지 마세요."

천성이 순하고 착한 나무꾼은 어여쁜 선녀가 자결하도록 내버려 둘 수가 없었다.

"진짜냐?"

그러자 선녀는 서럽게 울던 울음을 멈추고 나무꾼을 바라보았다. 선녀의 투명할 정도로 맑은 눈동자에 나무꾼은 자신의 얼굴이 달아오르는 것이 느껴졌다.

"예, 예. 제가 선녀님 책임질 테니까, 그러니까……."

책임진다는 말이 둘이 가시버시 맺는다는 말임을 자각해 버린 나무꾼은 그만 화산폭발 하듯 얼굴에 붉은 기가 화악하고 올라 버렸다. 그러자 선녀는 언제 울었냐는 듯이 냉큼 눈물을 그치고는 오만할 정도로 당당하게 나무꾼에게 요구했다.

"그래? 그럼 네 집으로 앞장서라. 나도 이제부터 너를 내 서방이라도 여길 터이니."

언제 그렇게 울었냐는 듯이 선녀는 말끔한 얼굴로 나무꾼을 재촉했다. 얼떨결에 선녀 각시를 얻게 된 나무꾼은 뭔가 이상한 기분이 들었지만 드디어 떠꺼머리총각 신세를 벗어난다는 생각에 입이 잔뜩 벌어졌다.

못 믿겠다는 표정으로 연신 그녀를 힐끔거리면서도 좋아라 입이 다물어지지 않는 나무꾼을 바라보며 선녀는 속으로 웃음을 지었다. 우연히 발견한 나무꾼의 듬직한 덩치에, 순박한 미소에 입맛만 다시던 참이 아니었던가? 선남선녀만 있는 천계에서는 볼래야 볼 수 없는 투박한 용모가 아니던가? 그래서 눈길을 잡아끌었다. 천성이 착해 남에게 모진 소리도 못하고 바보같이 웃고만 있는 그이가 한심하기도 하고 불쌍하기도 하고 귀엽기도 하여 몰래 지켜본 것이 어언 이 년쯤? 보면 볼수록 마음이 간질거리고 애달파지는 것이 큰마음먹고 하계로 내려왔다. 그렇다고 그 앞에 나타나 반하였으니 색시 삼아주시오, 라고 청하기엔 선녀 체면이 있지. 그래서 자신의 수하인 노루를 시켜 일부러 그에게 은혜를 입어 선녀탕 쪽으로 유인하지 않았던가? 선녀 옷을 집지 않은 것은 의외였지만 그래도 결국 일이 이렇게 되지 않았던가? 선녀는 몹시 흡족하였지만 연신 뒤를 힐끔거리는 나무꾼의 시선을 의식하여 새침한 표정으로 얌전히 그의 뒤를 따를 뿐이었다. 이제 남은 것은 아이 셋을 낳을 때까지 힘쓰는 일뿐! 그 이상 낳아도 좋고. 어쨌든 애까지 낳아 사는데 천계로 도로 가라고 하겠어? 어림없지.

밤에 두고 보자, 나무꾼의 듬직한 등을 바라보며 선녀는 야릇한 입맛을 다시기 시작했다.

얼마 전에 초등학교에 입학한 딸 연진이 시무룩한 표정으로 집으로 돌아오자 미연은 고개를 갸웃거렸다. 제 배로 낳은 자식이지만 구미호 새끼 아홉 마리를 품고 있는 딸의 얼굴이 어두운 것을 보니 보통 일이 아닌 듯싶어 내심 마음이 덜컥 내려앉았다. 평상시에는 샤방샤방 꽃웃음을 풍기면서도 누가 심기를 거스르기만 하면 그 꽃웃음 날리는 얼굴 그대로 삼대가 땅을 치고 후회할 만큼 사악하게 구는 딸의 얼굴이 저렇게 어둡다니, 보통 심각한 일이 아닐 것이다. 도대체 누굴 닮아 저렇게 내숭 9단의 앙큼한 계집애로 자랐는지, 그 점은 여전히 미스터리로 남아 있다. 하지만 '그래도 내 딸인데' 하는 맘에 간간이 뒷목을 부여잡을 일이 생겨도 넘어가 주었다. 아니지, 지금 그게 문제가 아니지. 얄궂은 표정으로 딸이 과연 누굴 닮았을까 고민하던 미연은 어두운 딸의 표정을 상기하며 황급히 몸을 숙였다.

"연진아, 학교에서 무슨 일 있었어?"

미연이 고개를 숙인 딸의 얼굴을 억지로 붙잡아 자신을 보게 만든 다음 걱정스러운 표정으로 물어보자 연진은 말간 눈동자로 그녀를 올려다보았다. 그리고는 이윽고 체념 어린 한숨을 포옥 하고 내쉬는데 그 모습이 마치 '엄마와 논의하기엔 너무나 고차원적인 문제라서……' 라고 말하는 것 같아 상당히 기분이 나빠졌다.

"이봐, 딸. 그 한숨의 의미는 무엇이냐?"

미연이 입술 끝을 살짝 끌어당기며 매섭게 쏘아보는 눈빛으로 추궁하자 연진은 슬그머니 시선을 다른 곳으로 회피했다. 그 모습이 얄미워서 미연이 연진의 양 볼을 주욱 잡아당겼다.

"어쭈구리? 벌써 반항기란 말이지?"

"아프아."

"연진이 왔니?"

안방에서 연진이 돌아오기만을 눈이 빠지게 기다리던 진영은 투닥거리는 모녀의 대화를 들었는지 웃으며 방에서 나왔다.

"하무니."

미연에게 볼이 잡힌 채 연진은 자신의 절대적인 아군인 할머니에게 손을 뻗으며 구조의 눈빛을 마구마구 보냈다.

"미연아, 왜 애를 못살게 괴롭히고 그러니?"

"허어?"

손녀의 구조 요청에 한달음에 달려온 진영이 미연의 손에서 연진을 빼내 살짝 나무라는 시선을 던지자 기가 막힌 미연이 헛웃음을 터뜨렸다. 어째서 딸의 뺨을 잡아당긴 게 괴롭힌다고 표현되는지 어처구니가 없었다. 게다가 기다렸다는 듯이 진영의 품에 안긴 연진이 마찬가지의 시선으로 자신을 올려다보니 더욱 기가 찰 뿐이다.

"세상에, 누가 모녀지간인지 모르겠네. 엄마랑 내 딸이랑 웬 쿵짝이 그리도 잘 맞아?"

"호호, 그야 연진인 날 쏘옥 빼닮았으니까."

내 배로 낳은 내 딸들보다도, 라는 말이 입 안에서 맴돌았지만 만만치 않게 불같은 성미를 가진 단순한 딸 앞에서 그런 말을 했다간 또 집안 난리날까 봐 진영은 미소 속에 그 말을 감추었다. 그러나 의뭉스러운 할머니의 미소가 가리키는 말이 무엇인지 연진은 잘 아는지 마찬가지로 동의의 미소를 씨익 되돌렸다.

"그런데 우리 연진이 표정이 왜 그래? 무슨 일 있었어?"

연진과 마주 보고 미소를 주고받던 진영은 그제야 연진의 표정이 조금 어둡다는 사실을 알아차렸다. 걱정이 가득한 표정으로 물어오는 할머니의 표정에 연진은 말을 할까 말까 망설이다 기대감으로 눈을 반짝이는 미연을 발견하자 말이 쏘옥 들어가 버렸다. 저 철없는 엄마 앞에서 함부로 말을 꺼냈다간 쪼끄만한 것들이 별짓을 다 한다면 깔깔 웃어버릴지도 모른다. 그렇게 된다면 상당히 자존심이 상해 버릴 테니 차라리 아무 말도 하지 않는 게 낫겠다 싶어 할머니 앞이지만 근질거리는 입을 꾸욱 다물어 버렸다.

"아무것도 아니에요."

고집스레 입을 다문 연진의 눈빛이 도전적으로 엄마인 미연을 바라보며 대답하자 진영은 속으로 요 깜찍한 손녀가 벌써부터 제 엄마랑 기싸움을 벌인다며 코웃음을 쳤다. 미연은 미연대로 할머니 앞에서도 입을 꼬옥 다물어 버린 딸이 얄미워 허리에 손을 얹고 마찬가지로 불꽃 튀는 시선을 연진과 주고받았다.

"자아, 우리 꼬마 공주님, 간식이 준비가 되었으니 그만들 하고 오세요."

주방에서 나온 지혜 엄마가 빙그레 웃으며 철없는 모녀의 기싸움을 뜯어말렸다. 간식이란 말에 눈빛이 반짝이자 그제야 제 나이 아이 같은 모습을 보인다며 진영이 속웃음을 지었다.

"오늘 간식은 뭐예요?"

"우리 공주님이 좋아하는 감자샐러드 샌드위치란다."

울산에서 살다 왔다는 지혜 엄마는 한껏 허리를 낮춰 연진과 눈높이를 맞추며 너무 예쁘다는 듯이 살짝 콧잔등을 찡그렸다.

"와아, 얼른 손 씻고 올게요."

금세 얼굴을 환하게 밝히며 가방을 던지다시피 미연에게 건네주고는 날듯이 욕실로 달려갔다.

"역시 애라니까."

그 모습에 코끝을 세우며 의기양양해하는 미연의 태도에 진영은 마찬가지라며 속으로 혀를 찼다.

"그런데 연진이가 요 근래 좀 이상하지 않아, 엄마?"

어린 나이에 시집을 보내 벌써 애 둘 달린 아줌마가 되었음에도 미연은 여전히 십대 철없는 시간을 간직하고 있었다. 여전히 버릇

없는 말투임에도 원래 성격이 그러려니 하며 진영은 미연 모르게 고개를 절레절레 흔들었다. 언제쯤 철이 들는지…….

"그러게 말이다. 간간이 말을 잊고 생각에 잠긴 모습을 보이곤 하는데 혹시 학교에서 무슨 안 좋은 일이라도 있는 건 아니니?"

"그러게."

그래도 어미라고 자식 걱정으로 얼굴이 어두워지는 미연의 표정에 진영의 가슴도 덜컥하고 무거운 돌덩이가 내려앉았다.

원래 한미모 하던 자신을 닮아 딸인 미연 역시 빼어난 미모를 갖춘 데다 잘난 사위 덕에 첫 손녀는 옛날 말로 경국지색이나 다름없었다. 고작 초등학교 1학년밖에 안 된 아이에게 그 무슨 어마 어마한 말이냐 하겠지만 태어났을 때부터 또렷한 이목구비에 연진을 받은 산부인과 의사와 간호사들이 깜짝 놀랐을 지경이었고, 나날이 환해지는 모습에 누구나가 한 번씩 돌아볼 정도로 깜찍하고 사랑스러운 아이로 자라고 있는 연진이었다. 덕분에 어디 내보내기가 무서울 정도였다. 혹시나 험한 일을 당할까 봐 가까운 놀이터를 데려가도 꼭 경호원을 동행하게 만들었다.

이제 막 일곱 살 난 연진은 어린아이다운 조그마한 얼굴에 반은 차지할 것 같은 또렷한 두 눈과 오똑한 콧날, 그리고 새치름한 붉은 입술을 가진 아주 어여쁜 아이다. 백설공주의 환생이라며 딸 이름을 공주라 짓겠다고 미연이 고집을 부릴 정도였다. 다행히 돌림자가 정해져 있어 연진이라 지었지, 그렇지 않았다면 주공주라는 난감한 이름으로 불렸을 것이다.

데릴사위인 연진의 아버지 민우 덕분에 조부모님과 어울리는 시간이 많다 보니 아이답지 않은 깍듯한 예의범절도 어른들에게 사랑받는 이유 중 하나였다. 그뿐이 아니라 또박또박한 말씨에다 침착한 성미로 이제 이십 개월 된 어린 남동생 연후를 아끼는 고운 성품까지 갖추고 있다 보니 그 누구도 연진을 사랑하지 않고는 배길 수가 없었다. 다만 그것은 어디까지나 대외적인 모습일 뿐, 연진의 치마 속에는 사악한 악마의 꼬리가 이리저리로 꼬리를 치고 있었다.

내심 할머니 진영은 자신 안에 있는 숨겨진 본성이 연진에게 그대로 대물림된 것은 아닐까 의심도 해보았다. 덕분에 남들에게 그 이중적인 성격이 들통나지 않도록 이런저런 충고도 아끼지 않았다. 정말이지 자신을 쏘옥 빼닮은 연진을 볼 때마다 격세유전을 실감하곤 했다.

"정말이지 너무 예뻐도 탈이구먼. 저 어린것을 밖에 내보낼 때마다 무슨 일이 생기는 건 아닌지 이렇게 마음을 졸여야 하다니……."

"그러게 말이야. 우리 애들이 아빠를 너무 많이 닮아 큰일이라니까."

한숨 쉬며 맞장구치는 미연의 말에 진영은 발끈했다.

"아니, 그게 왜 주 서방 덕이니? 이 엄마의 미모는 생각도 안 해?"

"어이구, 엄마. 왜 이러셔? 엄마의 미모 플러스, 나의 미모 플러스, 우리 그이의 미모 겸 두뇌. 이게 정답이지."

"어머, 애 좀 봐? 연진이 누굴 빼닮았는데?"

미연의 기세등등한 발언에 진영은 허리춤에 손을 얹고 얄밉게 대꾸하는 딸을 노려보았다. 연진이 태어나서부터 진영은 연진이 자신을 닮아 예쁜 것이라고 주장하고 있었다.

"그렇게 노려보면 어쩔 건데? 솔직히 우리 주 서방이 좀 잘났어?"

"그래, 너 잘났다. 그런데 그 잘난 주 서방, 처음에 싫다고 바락바락 소리 지른 게 누구야?"

어느새 올챙이 적 일을 생각도 하지 않는 미연의 의기양양한 태도가 얄미운 진영이 한마디 하자 미연은 눈을 살짝 흘겼다.

"어머, 엄마는? 솔직히 그때 내 나이가 몇인데 벌써 결혼해?"

갓 대학에 들어간 딸 앞에 사내 하나를 데려와 소개시킨 아버지가 어찌나 황당하고 원망스러웠는지 모른다. 그러나 더 열 받는 것은 여덟 살이나 어린 자신을 엉큼하게 넘본 남편이었다. 그땐 참 속상하고 모든 것이 다 싫었지만 지금은 그럭저럭 행복하다고, 미연은 남편에게 새침하게 말하는 여우가 되어 있었다.

"기집애, 곧 죽어도 지 잘났대."

여전히 기고만장한 딸을 곱게 흘겨보는 진영의 입가에도 미소가 퍼져 있었다. 말은 저래도 둘이 어찌나 알콩달콩 잘사는지, 지금 생각하면 결혼을 반대했어야 했다는 심술도 불쑥 생기곤 했다.

"할머니, 저 손 다 씻었어요."

욕실에서 나온 연진이 진영에게 달려오자 진영은 딸을 흘겨보던 시선을 거두고 손녀에게 다정하게 손을 내밀었다.

"그래? 그럼 간식 먹자."

진영은 얼른 소녀의 앙증맞은 손을 맞잡고 부엌으로 갔다. 만약 그때 결혼을 반대했더라면 이런 귀여운 손녀 보기가 힘들었겠지란 생각이 들었다. 그런데 그렇게 싫다고 목매더니 왜 연진이는 결혼하고 일곱 달 만에 나왔을까? 미연의 행동이 새삼스레 괘씸해진 그녀였다.

　연진이 입 안 가득 샌드위치를 오물거리며 학교에서 있었던 이야기 중 불쾌했던 일들은 뺀 채 일부만 열심히 각색해서 할머니와 엄마에게 늘어놓는 사이, 올해 대학에 입학한 막내 경현이 친구들을 데리고 돌아왔다.

　"다녀왔습니다."

　현관문을 열고 들려오는 경현의 경쾌한 목소리에 연진은 눈을 반짝이며 먹던 샌드위치를 내려놓고 현관으로 달려나갔다. 경현은 연진이 제일 좋아하는 삼촌이자 친구였다. 그가 연진과 놀아주는 모습에 미연은 늘 정신연령이 낮아서 애들이 좋아하는 것이라며 놀려댔다.

　"삼촌~"

　입가에 빵 부스러기를 묻힌 채 달려와 그의 품 안에 포옥 안기는 사랑스러운 조카를 안아 들며 경현도 반가움에 호들갑을 떨었다. 집안 식구들이 다 아는 그의 푼수 퍼레이드가 시작될 참이었다.

　"아이구, 우리 공주님. 학교 잘 다녀왔어? 우리 공주님, 삼쫀 안 보고 싶었어? 삼쫀은 우리 공주 보고파서 일찍 왔다. 잘했지?"

혀 짧은 소리를 해대며 연진의 볼과 이마, 머리 등에 쪽쪽 소리가 나도록 입을 맞추며 반가워하는 그의 행동에 뒤따라 나온 미연과 진영은 대놓고 혀를 끌끌 찼다. 그래도 경현은 연진에게 온 신경이 집중되어 있어 신경 쓰지 않았고 이젠 만성이 되어 아예 모른 척해 버렸다.

"저걸 누가 대학생이라고 생각하겠어요? 하는 짓이 영락없는 유치원생인 것을."

"요즘은 유치원생들도 조숙해요."

어처구니없다는 표정으로 동생을 바라보는 미연의 표정엔 한심함이 배어나왔다. 그래도 마냥 좋은지 연진을 바라보는 경현의 표정은 행복한 듯 풀어져 있었다. 누가 보면 부녀지간이라고 할 만큼 경현과 연진은 닮아 있었고, 사이도 무척이나 좋았다. 처음 생긴 조카가 어여뻐 누나보다 더 애지중지하는 경현의 마음을 아는지 연진도 그를 무척이나 잘 따르고 좋아하고 있었다. 가끔 그가 얄밉게 굴 때면 모기보다 더 귀찮게, 영악하게 괴롭히기는 하지만 말이다.

"응, 나도 삼촌 너무너무 보고 싶었어."

사실 이런 과도한 삼촌의 애정공세가 조금 지겹긴 하지만 연약한(?) 삼촌의 감성을 생각해 마음 넓은 자신이 희생하겠다는 고결한(?) 마음가짐으로 연진은 속내를 감추었다.

고작 반나절 떨어져 있던 이들의 대화가 마치 반년 이상 떨어져 있던 연인의 것과 같아 지켜보던 미연이 징그러운 듯 부르르 몸을 떨었다. 경현은 눈이 반짝반짝하는 조카가 너무나 사랑스러워 금방이라도 터질 것 같은 감동의 쓰나미에 몸을 떨었다. 그 반응 뒤에 올 것을 예상했는지 연진은 움찔했지만 도망치진 않았다.

희생. 가족 간의 화합. 여린 삼촌의 감성.

그 단어들이 짧은 순간 연진의 머릿속을 스쳐 지나갔기 때문이다.

역시나 쓰나미의 물결이 지난 후 우악스러운 경현의 팔이 연진의 갈비뼈를 부서뜨릴 듯 옭아매기 시작했다.

제발 힘 조절 좀 하시라고요, 삼촌.

차마 삼촌의 여린(?) 마음이 다칠까 봐 그런 격렬한 반응은 가슴속에 묻어둔 채 연진은 어린아이다운 소극적인 반응으로 그의 정신을 일깨웠다.

"아이고, 요 예쁜 것!"

"캑, 사…… 삼촌, 나 숨 막혀."

머릿속이 터져 나갈 것 같은 숨 막히는 순간 연진의 머릿속엔 기사 한 줄이 떠올랐다.

〈성문그룹 금지옥엽 주연진, 삼촌 성경현의 품 안에서 질식사하다.〉

그 아래로 고의가 아니었다고, 너무나 사랑스러워 자신도 모르게 꼭 껴안은 것밖에 없다며 울먹이는 삼촌의 변명들이 주르륵 줄을 지었다.

그 이상 기사를 진행하기 앞서 아무래도 삼촌과 이 사랑스러운(?) 포옹에 대해 진지하게 이야기해 봐야겠다는 생각보다 누가 이 숨 막히는 순간에서 구출해 주길 간절히 바랐다. 아니면 이러다 정말 저 기사가 진실이 될지도 모른다는 공포가 얼핏 떠올랐다.

다행히도 기사가 사실이 되기 전에 연진을 구출해 준 서늘한 목소리가 있었다.

"애 잡겠다. 그만 해라."

"윽!"

경현의 어깨 위에 살짝 얹은 것 같은 진혁의 손이 실은 억세게 그의 어깨를 움켜잡은 것이다. 그 아픔에 정신을 차린 경현은 황급히 연진을 풀어주었다.

"연진아, 괜찮아?"

창백해진 조카의 얼굴에 경현의 심장도 뚝 하는 소리를 내며 어디론가 떼굴떼굴 도망쳐 버렸다.

"미안해. 삼촌이 미안해."

"아냐. 괜찮아, 삼촌."

작은 기침을 하며 연진은 오히려 그를 위로했다. 그런 다정함과 조숙한 태도에 경현의 눈빛이 다시 감격으로 물들자 연진은 움찔하며 이번엔 확실히 한 발짝 뒤로 물러났다. 자신을 피하는 연진의 태도에 경현의 얼굴이 실망으로 물들어가자 연진은 천진난만하게 미소를 보내며 경현을 말려준 고마운 은인에게로 시선을 돌렸다.

"그런데, 누구세요?"

잘만 하면 자신의 미모(?)를 이용하여 또 한 명의 포로를 만들

수 있을 것이란 영악한 계산이 숨겨져 있는, 순진한 표정으로 말이다.

'오옷, 파리가 미끌어질 만큼 잘생겼다.'

살짝 경현의 사정거리에서 벗어날 듯 말 듯한 위치에서 연진은 마치 그리스 조각상처럼 똑부러지게 생긴 진혁을 바라보며 순수한 감탄사를 터뜨렸다.

"삼촌 친구야. 자아, 주연진. 예쁘게 인사해야지?"

그제야 뒤의 사람들의 존재를 떠올렸는지 경현은 그다지 내키지 않은 듯 힐끔 돌아보다 조카를 자랑하고 싶은 우쭐한 마음에 친구들에게 예쁘게 인사해 보라며 그녀를 부추겼다. 어차피 경현이 아니더라도 연진은 자신의 포로(?)를 늘릴 작정이기에 대외적인 사랑스러운 미소를 지었다.

"안녕하세요? 주연진이라고 합니다."

배꼽에 양손을 포개고 90도로 고개를 숙이는 연진의 깜찍한 인사에 서늘하기만 한 진혁의 눈매가 부드럽게 휘었다.

"안녕, 예쁜 꼬마 아가씨? 난 민진혁이란다. 네 삼촌의 친구야. 잘 부탁해."

꼬마 아가씨란 말에 살짝 자존심이 상했지만 진혁이 커다란 손을 내밀며 부드럽게 웃자 봐준다는 듯 도도하게 턱을 치켜들고 살포시 그의 손을 잡았다. 그 거만한 모습에 진혁은 웃음을 삼켜야만 했다. 어쩐지 웃음을 터뜨리면 도도해 보이는 눈매가 앙칼지게 변할 것 같다는 예감 때문이었는지도 모른다.

"귀엽구나."

진혁의 칭찬에 연진은 생긋 웃었다. 그러나 내심 꼬마 아가씨란 말이 가시처럼 남아 있었다.

'꼬마 아가씨라니, 이렇게 사랑스럽고 우아한 숙녀더러 꼬마라니!'

불만이 가득 입술 밖으로 삐져나올 것만 같았지만 타고난 내공과 익혀온 예의범절로 인해 겉으로 드러나지는 않았다.

"그러네?"

그런데 허리를 굽힌 진혁의 뒤로 또 한 사람이 있었다. 조각상처럼 말끔하고 단정하게 생긴 진혁과는 달리 하와이에서 하루 종일 선탠이라도 했는지 시커먼 피부색에 우락부락한 사각 턱과 투박하게 생긴 콧대, 두툼한 입술, 그리고 결정적으로 며칠 깎지 못한 수염이 그를 더욱 험상궂은 인상으로 만들고 있었다. 그럼에도 불구하고 웃는 표정이 무척이나 순박하고 개구져 있었다. 경현 삼촌과 같은 짓궂은 미소가 아닌 순진해 보이는 그런 미소였다. 그러나 그런 미소에도 불구하고 연진은 저도 모르게 주춤 뒤로 물러나며 그를 경악에 찬 표정으로 바라보았다. 그 이유는 순식간에 천장이 낮아 보일 만큼 까마득한 키와 떡 벌어진 어깨로 인한 위압적인 체구 때문이었다. 경현이나 진혁 역시 제법 큰 키지만 알맞게 균형 잡힌 몸매에 거구라는 느낌은 들지 않았지만 이 남자는 달랐다. 마치, 마치 동화책 속에 나오는 도깨비 같지 않은가?

"힉!"

우경은 연진이 자신을 발견하고 넋이 나간 듯한 표정에 질끈 눈을 감으며 반사적으로 뒤로 주춤했다. 이쯤 되면 터져 나올 아이의 울음소리를 예상했기 때문이다. 언제나 그를 본 아이들의 반응은 한결같았기에 얼마든지 예상할 수 있는 일이었다. 아이들을 좋아하는 우경으로서는 그런 반응이 서운했지만 자신의 외모가 아이들을 겁에 질리게 한다는 것을 알고 있기에 어쩔 수가 없었다. 그렇지만 저렇게 예쁜 아이가 자신 때문에 자지러질 듯 울음을 터뜨릴 것을 생각하면 미안함과 더불어 못내 속상했다.

그런데 이쯤 터질 것이라 생각한 아이의 울음소리가 들리지 않자 우경은 조심스레 눈을 떠 상황을 살폈다. 허억 하고 헛숨이 터져 나왔다. 이건 울음보다 더 안 좋은 상황이 벌어진 것이다.

연진의 그 큰 눈을 금방이라도 떨어질 것처럼 부릅뜨고 그를 바라보며 얼어붙은 듯이 부들부들 떨고 있었다. 저러다 경기라도 일으키겠군 싶었던 우경의 걱정이 맞아떨어지듯 연진이 풀썩 주저앉고 말았다.

"연진아, 괜찮아?"

경현은 여태껏 우경을 본 아이들의 반응을 알고 있는지라 연진의 반응에 가슴이 덜컥 내려앉았다. 아이들을 좋아하면서도 쉬이 다가오지도 못하고 쩔쩔매는 우경이 안쓰러웠다.

얼마나 놀랐는지 풀썩 주저앉은 연진에게 진영과 미연이 깜짝 놀라 다가왔다.

"아니, 이게 무슨 일이야? 연진인 왜 이래?"

호들갑을 떨며 다가오는 할머니 진영의 목소리에 연진의 작은 중얼거림이 파묻히고 말았다.

"심봤다."

"뭐?"

그러나 가장 가까이 있던 경현은 고개를 푹 숙인 연진의 입에서 흘러나온 말에 고개를 갸웃거렸다.

금방 경기라도 일으킬 것 같던 연진이 후들거리는 다리로 일어서자 그녀를 지켜보는 어른들의 시선에 안쓰러움이 가득했다. 똑바로 두 다리로 선 연진은 고개를 바짝 치켜들고 우경에게 한 발짝씩 다가가기 시작했다.

금세 울음을 터뜨리거나 경기를 일으킬 것이라 생각한 아이가 어느새 자리에서 일어나 도도한 표정으로 그에게 다가오자 우경은 굉장히 당황스러웠다. 그러나 연진에게서 시선을 돌리지는 못하고 마음을 졸이며 연진의 행동을 지켜보았다.

우경의 곁으로 바짝 다가간 연진이 우경의 거친 재질의 청바지를 작은 손으로 움켜잡은 채 이중에서 가장 막강한 힘을 발휘하는 사람에게 소리쳤다.

"할머니, 나 이 사람 가지고 싶어요!"

그 순간 모든 사람이 얼어붙고 말았다.

그를 처음 본 순간 연진은 자신도 모르게 벌어지는 입을 다무느라 애를 썼다. 그리고 머릿속에서 번쩍이는 단어 하나, 심봤다!

얼마 전 텔레비전에서 방영한 사극 드라마에서 심봤다는 말을 배웠다. 그리고 굉장히 좋은 횡재를 얻었을 때 쓰는 말이라는 것도 알았다. 그래서 그를 본 순간 저절로 그 말이 튀어나오고 만 것이다.

저도 모르게 온몸을 휘감아오는 희열을 억누르지 못해 연진은 그만 주저앉고 말았다. 갓 태어난 송아지처럼 애처롭고 겁이 많아 보이는 눈동자라니……. 컴퍼스로 고정시켜 버리고 연필심으로 콱콱 찔러 버리고 싶을 만큼 유혹적이라 손이 근질거려 참을 수가 없을 정도다. 거기다 숯검정을 붙여놓은 것처럼 진하고 숱 많은 눈썹은 건드리면 움찔거리는 귀여운 송충이를 닮았다. 잘생긴 당근을 거꾸로 붙여놓은 코는 어떻고? 부러뜨리면 빠각 소리가 날 만큼 단정하고 강단있어 보이지 않는가? 또 저 입술! 삼겹살의 푸짐한 비곗살마냥 통통하고 먹음직스러운 모양이라니……. 앞니로 콱 깨물어 터뜨리고 싶어 몸살 날 지경이었다.

한 손으로도 그녀를 안고 남음직한 굵은 팔뚝에 매달려 철봉놀이도 해보고 싶고, 저 넓은 가슴, 등허리! 말놀이 할 때 양반다리하고 앉아도 충분할 만큼 널찍하고 든든해 보인다. 특히나 푹신해 보이는 복부! 저팔계처럼 흘러내리는 나태한 뱃살도, 王자 만든다고 운동하는 경현 삼촌처럼 빈약해 보이는 배가 아닌 말 그대로 말랑말랑해 보이는, 기대고 싶은 푹신함을 갖춘 복부! 완벽해! 너무 완벽한 돌쇠형이야! 딱 좋아!

지금까지 본 사람 중에서 가장 크고 가장 듬직하고 가장 돌쇠답게 생긴 사람이다. 그럼에도 순진한 미소라니, 그 얼마나 가학성을 물씬 자극하는 부조화란 말이냐? 순하고 겁 많은 듯 움찔움찔하는 눈동자가 자신의 안에 눌러두었던 가학성을 콱콱 건드리고 만 것이다. 아, 이 얼마나 기쁜 일인가. 이렇게 완벽한 돌쇠를 만났다니, 난 정말 행운아야.

연진은 온몸에 느껴지는 전율을 가까스로 억누르고 힘겹게 자리에서 일어섰다. 생각 같아서는 기어서라도 다가가고 싶지만 숙녀의 체면을 생각해 기쁨으로 부들거리는 다리에 억지로 힘을 줄 수밖에 없었다.

무슨 일이 있어도 이 사람을 자신의 것으로 만들겠다는 의지 하나로 연진은 두 눈동자를 반짝이며 희망에 가득한 표정으로 자신의 가장 큰 후원자인 할머니에게 소리쳤다.

모든 어른들이 할 말을 잃고 멍하니 연진을 바라볼 때 연진의 머릿속에는 앙큼한 계획이 세워지고 있었다.

"나 이 사람 가지고 싶어요! 아저씨, 내 사람이 되지 않을래요?"

연진은 얼마 전에 보았던 사극 드라마의 대사를 떠올리며 희망에 가득한 표정으로 우경에게 소리쳤다.

바짓자락을 잡고 흔들며 그에게 다그치는 어린 소녀의 말에 우경은 반쯤 빠져나갔던 혼백을 가까스로 붙잡고 힘겹게 무릎을 굽혀 연진에게 되물었다.

"뭐…… 뭐라고 했니?"

"아이참, 내 사람이 되어달라고 했잖아요."

어찌 보면 그 말은 일종의 프러포즈나 다름없었다. 우경은 이렇게 사랑스러운 아이가 자신을 보고도 울지 않고 다가와 준 것만도 고마울 지경인데 프러포즈까지 하다니, 이 상황을 어찌 여겨야 할지…….

"저기, 그 말의 의미를 알고 그러는 거니?"

우경은 힘겹게 침을 삼키곤 연진에게 물었다. 다른 이들도 숨죽인 채 연진의 대답을 기다렸다.

"당연하죠."

사뭇 진지하게 대답한 연진의 말에 우경은 뭐라고 해야 할지 참으로 난감하기 그지없는 기분이 들었다.

"어서 대답해요. 내 사람이 될 거죠?"

"어, 그게⋯⋯."

당혹감에 대답을 머뭇거리는 우경은 연진의 뒤에 즐비한 그녀의 가족들에게 도움의 손길을 요청했지만 다들 곤란해하는 그를 즐기듯 터져 나오는 웃음을 손으로 막으며 일부러 그를 외면했다. 다만 조카를 애지중지하는 경현만 뭐 씹은 듯 떨떠름한 표정을 지을 뿐이다.

"어서요!"

"그, 그래."

앙칼지게 소리치는 아이의 다그침에 우경은 저도 모르게 대답을 하고 말았다. 그의 대답에 매섭게 올라간 아이의 눈꼬리가 부드럽게 아래로 내려오더니 그녀는 방긋 웃으며 그의 어깨 위로 손을 척 얹었다.

"그럼, 이제부터 매일 학교로 나 마중 와야 해요."

"뭐?"

"당연한 거 아니에요? 내 사람이 되었으니 내 호위를 맡기도록 하지요."

그제야 미연은 연진의 말이 무슨 뜻인지 알겠다는 표정이었다. 얼마 전 텔레비전에서 본 사극 드라마에서 부하를 삼는 장면을 연진과 함께 본 기억이 떠올랐다. 그때 딸 연진은 자신도 마음에 드는 부하가 한 명 있었으면 좋겠다고 얘기했었다.

"어머."

미연은 다른 사람들의 의아해하는 눈길에 말을 이었다.

"어머, 그럼 우리 연진이에게 이제 부하가 생기는 거야?"

미연의 말에 연진이 힘차게 고개를 끄덕이며 대답했다.

"응."

이 상황을 조용히 지켜보던 우경이 기가 막혀 얼굴을 일그러뜨렸다.

"푸하하하하하하!"

그제야 연진의 말에 담긴 뜻을 이해한 경현은 데굴데굴 구르며 박장대소를 터뜨렸고, 진혁은 손으로 입가를 막은 채 어깨를 들썩였으며, 미연은 억지로 웃음을 참느라 얼굴을 일그러뜨렸고, 진영도 터지는 웃음을 양손으로 막고 있었다. 그리고 부엌에서 그들의 대화를 들은 지혜 엄마도 바닥에 주저앉아 흐느끼듯 웃음이 새어 나오는 것을 억지로 참고 있는 기색이었다.

그날 저녁 퇴근하고 돌아온 성 회장은 아내에게서 손녀의 기행을 전해듣고는 일 년 치 웃음을 모두 터뜨리고 말았다. 그리고 미국으로 출장 간 미연의 남편 주민우도 전화상으로 그 말을 전해듣고는 호텔방에서 심하게 폭소를 터뜨리는 바람에 옆방의 항의를 듣고 말았다.

무슨 좋은 일이 있는지 하루 종일 콧노래를 흥얼거리며 들뜬 기색을 감추지 않는 연진을 살짝 노려보며 초희가 새침하게 말을 걸었다.

"오늘 유진이가 자기 집에 놀러오랬어."

"그래?"

연진은 초희가 무어라 말을 걸어도 무시하는 방법을 택하기로 했다. 사실 그녀 역시 우경을 떠올릴 때마다 그 순진한 웃음이 일 그러지게 괴롭히고 싶다는 심정을 이해하기 때문에 유진이 자신을 좋아해서 심술궂게 구는 일 따윈 눈감아줄 수 있었다. 그러나 문제는 눈앞의 눈꼬리를 바짝 치켜뜨고 있는—그래 봤자 동그란 눈매라 별로 무섭지도 않다—초희였다. 유진이 그녀에게 시선만 줘도 냉큼 달려와 꼬리 치지 말라는 둥 안 보이는 데로 사라지라는 둥 귀찮게 구는 것이 솔직히 짜증스러웠다. 생각 같아서는 한적한 생물실로 불러내 호되게 혼쭐을 내주고 싶은 마음이 굴뚝같지만 지금껏 지켜온 사회적 체면(?)이 있어 그럴 수는 없었다. 다만 호시탐탐 약점 잡을 기회만, 먹이를 노리는 하이에나의 번뜩이는 눈빛처럼 기다리고 있을 뿐이었다.

한 번만 걸려라, 된통 뒤집어쓰게 만들어줄 테니까! 라고 어제까진 그렇게 생각하고 있었다. 그러나 우경을 만난 이후 이제 초희는 그녀의 관심 밖으로 밀려나고 말았다.

시큰둥한 연진의 대꾸에 초희는 입술을 잘근 깨물었다.

"흥, 너는 초대 못 받을 거야."

"갈 마음도 없어."

"이씨."

일말의 흥미도 보이지 않는 연진의 반응에 짜증이 난 초희가 씩씩거리며 다시 소리쳤다.

"유진인 너 같은 것에 관심없어. 착각하지 마."

"나도 관심없어."

'그러니 제발 귀찮게 좀 하지 마라.'

그제야 연진은 보던 책을 내려놓고 초희를 똑바로 쳐다보며 덤덤하게 대꾸했다. 뒷말은 짜증스럽게 속으로만 덧붙였다. 그 말을 진짜로 꺼냈다간 저 표독스러운 성미 때문에 더 시끄러워질 것이다. 아니면 교실이 떠나가도록 울어대든지. 계집애가 먹고 목소리만 키웠나? 울음소리는 기차 화통 삶아먹은 것마냥 얼마나 우렁찬지 생각만 해도 귀가 따가울 정도다.

유진에게 관심이라니, 어디 그런 어처구니없는 말을 하는지 한심했다. 연진은 슬쩍 초희의 뒤에서 자신들의 대화를 지켜보며 자신의 대답에 얼굴을 찡그리는 유진의 모습에 내심 고소하게 여겼다.

짜증나는 녀석. 그게 유진에 대한 연진의 평가였다.

이제 생긴 지 십 년밖에 안 된 강성재단의 초등학교에 다니지만 이곳에 다니기 위해서는 엄청난 수업료와 더불어 집안의 사회적인 위치도 중요시되고 있었다. 그럼에도 자신들의 아이를 강성재단의 학교에 보내려는 학부모들은 한 줄로 세워도 서울시를 두르고도 남는다는—연진으로는 어이없게끔 황당한—소문이 돌 정도로 유명한 곳이었다. 일반 사립학교와는 학교 시설 수준부터가 다른 강성재단 초등학교 1학년 3반에는 다른 반보다 더 특별한 아이들이 있어 선생님들의 관심이 집중되고 있었다. 바로 강성재단 이사장의 손녀딸인 강초희와 외할아버지는 현직 검찰청장이고 친할아버지는 국민당 총재에 아버지는 변호사 출신의 신임국회의원인 이유진과 5대 재벌그룹 안에 들어가는 성문그룹의 손녀딸 주연진이 있기 때문이었다.

여학생들의 교복은 하얀 블라우스, 빨간색 바탕에 파란색의 가는 체크무늬 조끼를 걸치고, 앙증맞은 주름치마에 짙은 남색의 재킷이었다. 남학생들은 회색의 버버리 스타일 조끼에 마찬가지로 파란색의 가는 체크무늬 정장을 입었다. 어른들이 하면 멋있다 여길 넥타이도 아이들용이다 보니 오히려 귀염성이 강조되었다.

재킷의 단추를 풀어두고 책상 위에 한쪽 엉덩이를 걸치고 앉아 그녀를 노려보는 유진의 모습이 연진의 눈에는 멋있거나 귀엽다기보다는 어른 흉내를 내는 한심한 작태나 다름없어 저도 모르게 혀를 쯧쯧 차고 말았다.

아무리 생각해도 유진은 좋아할래야 좋아할 구석이 없다. 잘난 척하는 것도 그렇지만 사내자식이 쪼잔하게시리 화이트데이 때 건넨 사탕을 받지 않았다고 내내 불퉁한 태도로 자신을 대하니 어처구니가 없을 정도였다. 아무튼 저런 소심비열끼 삼박자를 갖춘 남자는 딱 질색이라. 연진은 보란 듯이 그에게서 고개를 홱 돌려 관심없음을 도도하게 드러냈다. 그 모습에 유진의 얼굴이 확 일그러진 것은 두말할 것도 없었다. 게다가 초희는 유진을 좋아하고…….

결국 신파 드라마의 관계 배열이 이루어진 것 같다며 어려운 말까지 써가며 연진은 결론을 내버렸다. 하지만 한 가지 의문사항이 있다면 도대체 유진의 어디가 좋아 초희가 저렇게 매달리는가였다. 유진에게 매달려 새침하게 애교를 부리며 간살스럽게 속삭이는 초희를 볼 때마다 연진은 도무지 이해할 수가 없었다.

갈색으로 살짝 염색한 머리에 시원하게 뻗은 이마와 콧날, 사내아이답게 뚜렷한 눈매와 굳은 입술을 보면 객관적으로 잘생긴 얼굴이라는 생각은 들었다. 그러나 은연중에 배어나오는 거만함과 사람을 살짝 내려다보는 교만함 가득한 그 표정이 연진은 몸서리칠 만큼 싫었다. 게다가 모든 아이들이 다 자신의 말에 따라야 한다는 생각하는 오만함까지…….

연진은 누차 초희에게 말했다, 자신은 유진에게 관심없다고. 자신의 이상형이 어떤 사람인데 유진 따위와 비교할 수 있겠는가? 연진의 이상형은 다정하고 웃음이 부드러운 남자였다. 그러면서도 강인한 면모를 가지고 있는, 꼭 아버지 같은 남자가 그녀의 이상형이었다. 어제까진 말이다. 그러나 우경을 만난 이래 연진은 자신의 이상형이 전혀 다른 모습을 가지고 있음을 깨닫고 긴급 수정에 들어갔다. 순수한 웃음과 울리게 만들고 싶은 눈망울. 사회적 체면(?) 때문에 숨겨두어야만 한 가학성을 무럭무럭 자극하는 그 애처로운 눈빛. 아, 생각만 해도 가슴이 찡하고 울렸다.

"훗."

우경을 떠올린 연진이 흐뭇함에 살짝 웃음을 터뜨렸다. 어떻게 괴롭혀 줄까 달콤한 상상에 빠져들 참이었다.

"야, 주연진. 너 진짜 까불래?"

유진이 버럭 소리를 지르자 연진의 머릿속에서 우경의 울먹거리는 표정이 사라져 버렸다. 자신의 상상을 방해한 유진이 얄미워 콧김을 씩씩 내뿜으며 다가오는 유진을 보란 듯이 무시하고 책가방을 챙겨 들었다.

"야, 너 진짜 웃긴다."

유진이 재빠르게 다가와 연진의 가방 끈을 부여잡고 못 가게 막아섰다.

"웃기는 건 너야. 이것 놔."

"너도 오늘 우리 집에 와."

"싫어."

"야!"

단호하게 거절하는 연진의 말에 유진은 얼굴을 벌겋게 물든 채 씩씩거렸고, 유진의 말에 초희는 충격을 먹었는지 얼굴이 하얗게 질렸다. 그리고는 모두 연진 때문이라 생각하는지 제법 매서운 눈길로 그녀를 노려보았다. 바늘처럼 따끔거리는 초희의 시선을 느끼며 연진은 왜 이런 상황이 벌어지는지 알 수가 없었다. 싫다고 하면 싫다고 받아들일 것이지, 유진은 도대체 무슨 생각으로 남의 의사를 함부로 무시하는지 심히 불쾌했다. 짜증이 가득한 손길로 유진에게 잡힌 가방 끈을 억지로 빼내고 있는데 담임선생님이 들어왔다.

"자아, 여러분. 이제 그만 집으로 가야지요."

1학년 3반 담임인 오준희 선생이 교실로 들어와 낭랑한 목소리로 외치자 다른 아이들은 짐짓 심각했던 삼각관계에서 벗어나 신이 난 얼굴로 환호성을 질렀다. 그 틈을 타 연진은 유진에게 잡힌 가방 끈을 재빠르게 잡아채며 총총히 그에게서 멀어졌다.

도도하게 턱을 치켜세우며 홱하니 자신에게서 몸을 돌려 버린 연진이 괘씸한지 유진은 작은 주먹을 불끈 쥐고 두고 보라는 듯이 이를 갈았다.

"유진아, 저런 애는 내버려 두고 우리끼리……."

"시끄러워. 누가 너 따위와 논대?"

연진에게 거절당한 분풀이를 초희에게 터뜨린 유진은 성마른 손길로 가방을 낚아채며 교실을 나섰다. 뒤에 남은 초희가 속상한 듯 눈물을 그렁거리자 곁에 선 경아가 위로하듯 그녀의 등을 가만히 토닥거렸다.

선생님의 인도로 교문으로 향하던 아이들의 발걸음이 멈추었다. 팔짱을 낀 채 누군가를 기다리는 우경의 위압적인 몸짓에 아이들이 주춤거리자 오준희 선생님은 잔뜩 경계하는 표정으로 다가갔다.

"실례지만……."

"우경 아저씨."

오준희 선생님이 말을 건네는 참에 반가움이 가득한 여자 아이의 목소리가 뒤에서 튀어나오더니 어느새 그녀를 스쳐 지나가는 인영 하나가 있었다.

"어이쿠, 공주님. 이제 수업 마쳤어?"

그가 멍한 정신을 수습한 뒤 경현이 정리해 준 말에 의하면 자신은 연진의 소유가 되었으니 그 아이가 원하는 대로 해주어야 할 의무를 가지고 있다고 했다. 그리고 경현은 짐짓 심각한 표정으로 그에게 충고를 던졌다.

"그 녀석 우리 집 절대강자니까 넌 이제 우리 공주님의 부하가 된 거야. 아니면…… 알지?"

그 말인즉, 연진이 요구하는 것은 모두 들어줘야 할 의무를 그가 짊어지게 되었다는 말이다. 슬쩍 주먹을 말아쥐고 그의 코앞에서 휙휙 하는 경현의 작태가 우습기도 하고 어이없기도 하지만, 연진이만큼 귀엽고 사랑스러운 여자 아이라면 요구하는 것은 뭐든지 다 들어주고 싶었다. 그래서 연진이 학교 파할 시간에 맞춰 이렇게 정문에서 기다리고 있는 것이다.

다다다 달려오는 연진을 발견한 우경은 몸을 굽혀 그녀를 안아 들고 다정하게 속삭였다. 어제 연진이 자신은 꼬마 아가씨라 불리는 것은 '절대!' 좋아하지 않으니 부른다면 공주님이라고 부르라고 신신당부했다. 그 말을 잊지 않은 우경의 태도가 마음에 드는지 연진은 재빨리 우경의 목에 팔을 감아 신이 난 목소리로 대답했다.

"응."

연진이 낯선 사내를 반기자 그제야 오준희 선생은 연진의 엄마인 미연이 알려준 사람임을 깨달았는지 경계심을 누그러뜨렸다.

"아, 혹시 연진이 데리러 온 분이세요? 어머님께 연락은 받았습니다. 전 연진이 담임인 오준희입니다."

"아, 네. 선생님. 신우경이라고 합니다. 아마 종종 제가 연진이 데리러 올 겁니다."

"아, 예. 그러시군요."

우경이 그녀를 안아서 한 팔로 받쳐 들고 태연하게 선생님과 대화하자 연진은 무척이나 신기했다. 다른 아이들 보란 듯이 우경의 목을 바짝 끌어안고 주위를 두리번거렸다. 여태껏 높게만 느껴졌던 교문이 그녀의 눈높이와 별 차이 없음이 너무나 신기했다. 비슷한 키의 학우들이 한참 아래서 목이 꺾일 만큼 치켜들고 자신을 올려다보는 것도 재미있었다. 그중에서 멍하니 우경을 바라보고 있는 유진을 발견한 연진이 눈을 반짝이며 우경의 귀에 무어라 속삭였다. 그러자 우경이 눈을 빛내며 아이들을 훑어보자 그 시선에 움찔거리지 않는 아이들은 아무도 없었다.

연진을 안은 우경이 성큼성큼 발걸음을 아이들 쪽으로 옮기자 오준희 선생이 의아한 표정으로 그를 지켜보았다. 그가 가까이 갈수록 아이들의 겁에 질린 표정이 점점 더 분명해졌다.

"네가 유진이니?"

우경은 연진이 말한 사내아이 앞에 멈춰 서서 다정하게 말을 건넸다. 아니, 우경은 다정하게 말을 건넸다고 생각했지만 유진에게는 시커먼 괴물이 그에게 다가와 음산하게 속삭이는 것으로 느껴졌다.

도깨비다, 도깨비.

"우리 연진이 괴롭히지 말고 친하게 지내렴."

그의 말에 연진이 못마땅한 듯 콧방귀를 뀌었다. 유진에게 함부로 굴지 말라고 경고해 달랬지 누가 친하게 지내달라고 부탁하랬나? 연진의 입술이 삐뚜름하게 삐져 나왔다.

우경은 조그마한 사내아이가 멋스럽게 차려입은 정장 차림이 귀여워서 유진의 머리를 손으로 슥슥 쓰다듬었다. 순식간에 시야를 덮어버린 커다랗고 험상궂은 손이 자신의 머리를 짓누른다는 생각에 유진은 부들부들 떨고 말았다. 우경의 손이 유진의 머리를 쓰다듬는 순간 어디선가 겁에 질린 울음소리가 흘러나오더니 전염되는 것처럼 주위로 확산되고 말았다. 결국 연진의 반 대부분의 아이들을 울려 버리고 만 우경은 담임인 준희에게 허둥지둥 인사만 한 채 그 자리를 벗어나야 했다.

"으아아아아아아아앙!"

"엄마!"

다른 아이들과는 달리 안색이 파랗게 질렸으나 입술을 잘근 깨문 채 울음을 참은 유진이 대견스러워 가까이 다가간 준희는 그만 약한 비명을 지르고 말았다.

"어머!"

유진의 바지를 적시며 발밑에 고이는 물웅덩이를 발견한 것이었다.

악연의 시작이었다. 훗날 이날을 떠올리며 연진 때문에 우경과 마주칠 때마다 유진은 이를 갈며 그를 잡아먹을 듯이 노려보았지만 그날의 트라우마가 강해서인지 쉽사리 덤비지는 못했다.

2 | 주연진 17세, 신우경 30세의 재 조우

장진영 여사의 생일파티에 참석하기 위해 성현그룹 회장 댁
을 향하던 우경은 문득 그곳에서 처음 만났던 일곱 살 꼬마, 연진
을 떠올렸다.

그 아이를 처음 만난 이후 어느새 십 년이 흐르고 말았다. 그 아
이를 만난 지 일 년이 지났을 무렵 그는 국가의 부름을 받았다. 그
러나 차마 쉬이 훈련소 안으로 발걸음을 뗄 수 없는 이유가 어머
니도, 아버지도 아닌 연진이었다. 붉어질 대로 붉어진 눈동자지만
울지 않으려고 애를 쓰는 그 녀석의 어른스러운 모습에 그의 가슴
도 뭉클 저며들었다. 군대 가는 것을 이해하지 못하는 연진을 겨
우겨우 설득시키고 돌아서는 그의 마음도 무겁게 가라앉았다. 같
은 날 같은 훈련소에 입소하는 경현보다 우경과 더 떨어지기 싫어

하는 연진의 모습에 어느 쪽이 삼촌과 조카 사이인지 헷갈릴 정도였다. 그리고 나중에 경현이 엄청 분해 치를 떨 만큼 연진은 한 달에 한 번씩 꼭 그를 면회 왔었다.

그렇게 2년 4개월이 지나고 대학 생활을 만끽하던 우경은 새로 생긴 여자 친구 때문에 연진에게 소홀하게 되었다. 그리고 그 사실을 알게 된 연진은 조용히 화를 다스리며 그에게 응징할 기회만 기다리고 있었다. 마침내 둘이 만났을 때 생글거리는 연진의 어여쁜 미소에 잠시 넋이 나가 있던 우경의 발등으로 연진의 구두굽이 거침없이 날아들어 그만 발가락뼈에 금이 가는 사건이 발생하고 말았다. 절대 사과 못한다고 고집 부리며 그가 입원해 있던 내내 코빼기도 보이지 않았다. 나중에 그가 찾아가도 외면하기 일쑤였다. 그 뒤에는 우경이 유학을 가게 돼 더 이상 볼 수가 없었다.

"오늘 밤엔 볼 수 있으려나?"

유학 생활을 마치고 돌아와 아버지의 호텔 경영을 배우고 있는 참이었다.

"지금쯤 어엿한 숙녀가 되어 있겠지?"

기대감에 가슴이 설레기 시작했다. 그 조그마한 아이가 어느새 숙녀가 되어 있을 것이란 상상에 우경은 진짜 삼촌이라도 된 듯한 기분으로 키득거리며 차의 속력을 조금 높이기 시작했다.

"지금쯤이면 아마 고등학생이려나? 이야, 나보고 너무 늙어서 이젠 안 놀아준다면 어쩌려나?"

키득거리는 우경의 머릿속에 조그맣던 연진의 고등학생 모습이 그려졌다. 그러나 너무 오랜 시간 보지 못해서인지 쉬이 상상이

가지는 않았다. 그래도 그 사랑스러운 미소는 여전하겠지 싶어 우경은 기대감을 감출 수 없었다.

마침 우경이 도착했을 때는 진혁이 먼저 도착해 있었다.

"어이, 왔냐?"

장진영 여사에게 드릴 꽃바구니를 들고 나타난 우경을 반기는 것은 경현과 진혁이었다.

"어머님은?"

"고모님이랑 이야기 중이셔."

장진영 여사의 고집으로 그녀의 생일파티는 정원에서 가족들만 모여 간단하게 식사를 하기로 결정했다. 이 집안의 막내아들인 경현과 절친한 우경과 진혁은 영광스럽게도 가족으로 인정받아 초대되었다.

"어머님, 생신 축하드립니다."

"어머, 우경이 왔구나. 어서 와. 어머, 뭘 이런 걸 다 가지고 왔어?"

진영은 우경이 내미는 꽃바구니를 흐뭇한 표정으로 받아 들며 짐짓 섭섭한 표정으로 그를 타박했다.

"왜 이렇게 오랜만이야?"

"하하, 죄송합니다. 제가 아직 일이 서툴러서 조금 바빴습니다."

오랜만에 보는 우경의 얼굴을 요목조목 살펴보던 진영은 예전보다 살이 빠지고 눈가가 움푹 들어간 것을 보고 안타까워했다.

"일이 많이 고된가 보지?"

"하하하, 아직 신입이라서 그렇죠 뭐. 경현이도 일을 배운다고 고생이죠?"

"어휴, 저 녀석이야 원래 요령은 잘 부리잖아. 어쨌든 와줘서 고마워. 맛있는 거 많이 먹고 가야 해?"

벌써 그의 나이 서른에 가까워지고 있지만 진영은 여전히 그를 어린아이 취급하고 있었다. 그러나 불쾌하다기보다는 재밌다고 여긴 우경은 빙긋이 웃으며 고개를 끄덕이고 다시 경현을 찾았다.

그 여자가 눈에 들어온 것은 그때였다. 시폰 소재에 가슴 부분에서 라인 잡히는 것이 없이 그대로 아래로 떨어져 무릎 부근에서 팔랑이는 푸른 꽃무늬의 원피스를 입고 있는 여자였다. 머리는 핀으로 단정하게 반을 묶고 있었고, 귀에는 작은 왕관 모양의 귀걸이가 딸랑거리고 있었다.

밤하늘의 별보다 더 반짝이는 총명한 눈동자와 부드럽게 아래로 휘어진 콧날, 그리고 간간이 벌어지는 반짝이는 붉은 입술을 바라보며 우경은 넋을 잃고 말았다. 달콤한 느낌이 나는 피부에 우아한 선으로 쇄골과 연결된 목선을 바라보며 우경은 저도 모르게 침을 꿀꺽 삼키고 말았다.

"야! 뭘 그렇게 넋 놓고 있냐?"

어딘가를 뚫어져라 보며 꿈쩍도 하지 않는 우경을 발견한 경현이 다가가 그의 어깨를 툭 건드렸다. 화들짝 놀라는 대신 우경은 경현의 팔을 붙잡으며 다급하게 속삭였다.

"경현아, 저기 저 여자 누구야? 응?"

"누구?"

경현은 우경이 가리키는 여자를 발견하고 잠시 이상한 표정으로 그를 돌아보았다.

"왜 그래? 저 여자가 누구냐니까?"

"……몰라?"

미묘한 침묵 뒤에 경현이 심각하게 물었다.

"응, 모르겠는데? 저기, 혹시 네 친척이야?"

초대받은 소수의 손님 외엔 대부분 가까운 친족들만 초대받은 자리이기 때문에 우경은 경현의 친척 중 한 명이 아닐까 짐작하고 있었다. 반쯤 넋이 나간 채 그 여자를 바라보며 손으로 경현을 다그치는 우경의 모습에 진혁과 경현은 음모의 시선을 주고받았다.

"이리 와. 소개시켜 줄게."

"어?"

경현이 그의 어깨를 덥석 끌어안으며 성큼성큼 그 여자 쪽으로 걸어가자 우경은 거침없는 그의 이끎에 당황스러운 마음을 감추지 못하고 엉거주춤한 자세로 그에게 끌려갔다.

"흠흠."

그 여자 쪽으로 다가간 경현이 헛기침으로 주목을 끌더니 우경을 의아해하는 여자 앞으로 이끌었다.

"이쪽은 대한호텔 신덕규 회장님의 아드님인 신우경입니다."

경현이 그 여자에게 다가가 뜬금없이 우경을 소개하자 여자가 흥미로운 표정을 지었다. 정면으로 바라본 여자는 옆모습보다 훨씬 우아하고…… 어려 보였다.

가까이서 본 여자가 생각보다 훨씬 어려 보이는 사실에 우경이 서서히 미간을 좁히던 참에 경현이 여자를 소개해 주었다.

"이쪽은 내 조카, 주연진. 오랜만이지, 두 사람?"

터억!

순간 우경의 턱이 아래로 떨어지고 말았다. 청천벽력 같은 경현의 말에 자신도 모르게 입에 쩌억 벌어진 것이다. 그러니까 그가 넋을 놓고 바라보던 여자가…… 그 주연진? 그 꼬마?

무언가 상당히 놀란 듯한 우경의 표정과 웃음을 참고 있는 듯한 경현의 표정에서 연진은 서서히 상황을 파악할 수가 있었다. 그러니까,

"그러니까 내가 누군지 몰라보셨다?"

어금니를 앙다문 채 나지막이 속삭이는 연진의 눈빛이 예사롭지 않았다. 그리고 마치 모란꽃이 피듯 화려한 미소가 이내 그녀의 얼굴 위로 떠올랐다. 그 미소에 취해 버려 멍하니 바라보던 우경은 등줄기를 타고 흐르는 낯익은 살기에 정신을 차렸으나 이미 때는 늦고 말았다.

퍼억 하고 연진의 구두 끝이 우경의 정강이를 호되게 걷어찬 뒤였다.

"으아아아악!"

예전에도 이런 일이 있었다. 묘하게 화려한 연진의 미소 뒤에 호된 보복이 날아들었다는 사실을 왜 잊었을까? 그때 한 달 동안 목발 신세를 졌었던 사실을 왜 잊었을까?

뼈가 으스러지는 고통에 정강이를 감싸 쥐고 폴짝거리던 우경이 괘씸하다는 표정으로 연진을 노려보았다.

"너!! 너!!"

차마 말을 잇지 못하고 숨만 헐떡이는 그에게 연진은 달콤한 미소와 함께 그에게 위협적으로 주먹을 들어 보였다.

"감히 날 잊어버려? 그 정도로 끝난 걸 다행으로 여기라고."

그의 공주님은 여전히 도도하고, 여전히 씩씩하고, 여전히……
아니, 예전보다 더욱 매력적인 여인이 되어 있었다. 정강이의 아픔에 우경은 아주 잠시 자신이 어느새 여자가 되어 있는 어린 공주에게 첫눈에 반해 버렸다는 사실을 잊어버릴 수가 있었다.

3| 2월 14일

유리창 안쪽에서 지켜보는 바깥 날씨는 봄이라 해도 속아 넘어갈 만큼 화사하고 따뜻해 보였다. 그러나 실상 그렇지 않다는 것은 조금 전까지 밖에 있었던 연진이라 잘 알고 있었다.

"연진 양?"

인터폰을 통해 희정이 그녀의 도착을 알리자 들어오라는 허락이 떨어졌다. 사무실 안에는 분명하게 울린 우경의 목소리를 못 들었는지 창밖을 내다보고 있는 연진의 시선이 움직이지 않았다. 희정의 부름에 그제야 정신이 든 듯 고개를 돌린 연진의 입가엔 사랑스러운 미소가 감돌았다.

"실장님께서 기다리고 계세요."

눈부시게 하얗고 어여쁜 얼굴 위에 떠오른 사랑스러운 미소에 희정의 얼굴에도 자연적으로 미소가 떠올랐다.

"네, 고마워요."

희정에게 살짝 고개를 끄덕이며 사뿐히 발걸음을 옮겨 실장실로 들어가는 연진의 뒷모습을 훔쳐보며 희정의 입술에서 탄성이 절로 흘러나왔다.

마치 밤하늘의 은하수를 뿌려놓은 것처럼 연진의 허리 위쪽으로 찰랑거리며 매끄러운 머릿결은 어서 만져 보라고 유혹하는 것마냥 고혹적이었다. 등을 꼿꼿이 펴고 턱을 치켜들고 도도한 걸음으로 실장실로 들어가고 있지만 그 모습은 오만하기보다는 당당하고 찬란한 자태였다.

정말이지 같은 여자가 봐도 부러울 만큼 매끄럽고 뽀얀 피부에 이지적으로 빛나는 또렷한 눈동자, 끝이 동그스름하여 더 귀엽게 보이는 콧날과 도톰한 붉은 입술은 부러움 그 자체였다. 게다가 성문그룹의 금지옥엽이라 하나 조신하고 상냥한 성격에 미워할래야 미워할 구석이 없었다.

뒤에서 희정이 자신을 향해 부러움의 탄식을 흘리는지도 모른 채 연진은 긴장하여 축축한 손바닥을 남몰래 치맛자락에 닦았다. 심장이 튀어나올 만큼 긴장하긴 했지만 누구처럼 소심해서 그런 것이 아니라 기다림의 끝이라 그 희열 때문이었다. 책가방은 오래 전부터 그녀의 등하교길을 책임진 오 기사와 함께 차에서 기다리고 있다. 그리고 그녀의 손에는 작은 종이 가방이 범상치 않은 무게를 끌어안은 채 들려 있었다.

희정은 모르겠지만 실장실 안으로 들어서는 연진의 숨소리가 살짝 깊어졌다. 자신도 모르게 문을 열기 전에 심호흡을 한 것이다.

"저 왔어요, 아저씨."

그러나 문을 열고 들어서는 연진의 목소리에는 한 점의 긴장감도 떠오르지 않았다. 오히려 느긋하기 그지없었다.

"연진아."

이미 비서 희정으로부터 연진의 방문을 전해들었지만 새삼 우경은 그녀가 문을 열고 들어서자 심장이 덜컥 하고 튀어나오는 것 같은 긴장감에 휩싸였다. 진영의 생신 파티 이후로 예전만큼 연진을 자주 볼 수가 없었다. 게다가 고3이라는 이유로 집안 모임에서도 얼굴만 잠깐 내비치고 사라져 버려 더했다. 뿐만 아니라 스스럼없던 어린 시절과 달리 어느새 아저씨란 호칭을 붙이며 깍듯이 존대를 하는 연진이 당황스럽기도 하고 섭섭하기도 했다. 예전처럼 스스럼없는 태도가 사라지고 깍듯한 예의범절로 그를 대하는 연진의 정중한 태도가 이상하게 그의 심장을 아프게 만들었다.

친구의 조카니까 자신에게도 조카가 된다며 스스로를 납득시켜 보지만 이상하게 연진을 볼 때마다 심장병이 생긴 것마냥 욱신거렸다. 꼭 벼락이라도 맞은 양 심장에 전율이 흐르거나 혹은 보일 듯 말 듯한 작은 가시가 콕콕 찌르는 것 같은 기분에 자신도 모르게 심장 부근을 손으로 지그시 누르곤 했다. 그럴 때마다 그는 연진이 예전처럼 대하는 것이 아니라 거리를 두어 서운해서 그런 것이라 납득해 보지만 영 개운치 않았다.

이상하게 예전마냥 그녀를 똑바로 볼 수가 없었다. 쑥스럽기도 하고, 부담스러운 것처럼 초조한 기분도 들어 그녀를 보기가 민망했다. 그렇지만 보이지 않으면 궁금하고, 보고 싶기도 했다. 보이면 보이는 대로 자연스럽게 대하기가 어려워져 그것도 나름대로 힘들었다. 그리고 그녀의 삼촌이자 그의 친구인 경현을 보기도 미안했다. 이상스레 죄책감이 들면서도 자신이 왜 그런 죄책감에 휩싸이는지 알 수가 없어 가끔 심각하게 고민도 해봤다.

오늘도 연진이 방문했다는 비서의 전갈에 심장이 먼저 반응했다. 그러더니 얼굴 위로 홧홧한 기운이 뻗어나가 잠시 마음을 가다듬을 시간이 필요했다. 도대체 왜 연진을 볼 때마다 이렇게 가슴이 조여오는 것인지 이유를 알고 싶었다.

"어서 와. 밖의 날씨가 많이 춥지? 따뜻한 차라도 마실래?"

"아뇨, 괜찮아요."

"어쩐 일이야? 공주님께서 연락도 없이 내 사무실에 왕림을 하시다니?"

아직도 그의 기억에 남아 있는 공주님이라는 호칭에 연진은 속으로 웃었다. 그 말은 아직 우경이 그녀의 영향력 아래 놓여 있다는 말이나 다름없기 때문이다. 우경이 권한 자리에 새침한 얼굴로 앉던 연진은 과장되게 놀라는 척하는 그의 반응에 피식 웃음을 흘렸다.

"지나는 길에 들렀어요."

지나는 길이라는 연진은 하얀 알파카 코트 안에 짙은 남색 교복 재킷을 입고 있었다. 게다가 지금은 두 시가 조금 넘은 시각, 그것은 학교가 파하자마자 왔다는 걸 뜻했다.

"그래?"

그러나 별다른 의문을 제기하지 않는 우경에게 연진은 그 몰래 회심의 미소를 지으며 들고 왔던 종이 가방을 내밀었다.

"자요, 아저씨."

"응?"

얼떨결에 연진이 내민 종이 가방을 받아 든 우경은 호기심에 물었다.

"뭐야?"

"뭐긴요, 제가 직접 만든 초콜릿이죠. 오늘 밸런타인데이잖아요. 몰랐어요?"

"뭐?"

뜻밖의 대답에 우경의 눈이 휘둥그레졌다.

"삼촌이랑 진혁 아저씨한테도 주려고 순회 중이에요."

천진난만한 웃음을 지으며 덧붙이자 우경은 두근박질 치던 심장이 실망감으로 조그맣게 줄어드는 기분이었다.

그럼 그렇지, 나한테만 줄 리는 없지 않은가.

딴에는 조심스럽게 감정을 감춘다 해도 여실히 드러나는 우경의 실망 어린 표정에 연진은 입술을 깨물며 속웃음을 지었다. 자신한테만 주는 것이 아님에 실망한 우경의 표정이 너무나 귀여워 깨물어주고 싶은 것을 억지로 참았다. 사실, 삼촌이랑 진혁에게 줄 초콜릿이 있기는 하지만 그건 우경에게 준 것과는 판이하게 다른 것이었다. 우경에게 준 것은 바로 연진이 손수 만든 수제 초콜릿이니까 말이다.

"아저씨."

묘하게 기분이 좋아 보이는 연진의 웃음이 눈이 부셨다.

"으응?"

덕분에 숨이 멎을 만큼 심장이 단단하게 부풀어 올랐다가 뛰지 않는 바람에 숨이 가빠졌다. 정말 심장병인가 하고 의심이 짙어졌다.

"저 다음 주에 졸업해요."

그러고 보니 이제 연진도 올해 대학 새내기가 된다. 그 사실을 떠올리자 우경은 초조해졌다. 지금도 눈부시게 어여쁜데 대학생이 되면 그 화려하게 피어나는 모습에 그 누가 시선을 빼앗기지 않을까 하는 생각에 입 안이 씁쓸해졌다. 지금은 수줍은 연꽃처럼 은은한 자태를 뿜어내고 있지만 조만간 봄이 피어나듯 그녀 역시 화려하게 피어날 꽃임이 분명했다. 그렇게 되면 분명 젊고 잘생긴 또래와 사귀기도 할 것이란 생각에 더더욱 우울해졌다. 아니, 우울하기보다는 알 수 없는 분노가 더 깊었다. 왜 화가 나는 것일까?

"이젠 저도 어린애가 아니에요."

"그, 그래."

차라리 어린애로 남아 있었다면 이런 이상한 기분에 젖어 연진과 묘한 거리감을 느낄 이유도 없을 텐데 말이다. 조금만 더 어린애로 남아 있어주지 왜 벌써 어른이 되려는지 우경은 자신도 명확히 할 수 없는 서운함과 분노, 초조를 느끼며 얼굴을 굳혔다. 어른이 되어봤자 좋은 게 하나도 없다고 그대로 멈춰달라는 어처구니없는 부탁까지 생각할 정도였다.

"그러니까 긴장하셔야 할 거예요."

"음?"

느긋하지만 의미심장한 어투로 우경의 정신을 일깨우는 연진의 말엔 묘한 뼈가 담겨 있었다. 그러나 우경은 그게 무슨 의미인지 깨달을 수가 없어 어리둥절한 표정만 지었다.

"다음 달이 화이트데이인 거 아시죠? 오늘 저한테 초콜릿 받았으니까 그 답례, 잊지 말고 해주셔야 돼요."

"그, 그래. 내가 못해줄 게 뭐가 있겠니?"

오래전 연진에게 돌쇠로 낙점당한 이후, 연진의 돌쇠가 된 이후 그녀의 집안 식구들과 연진에게 세뇌가 되다시피 하여 연진의 말은 그에게 절대적이었다. 그뿐 아니라 그 자신도 알지 못하는 미묘한 감정이 더욱 그를 그녀에게 맹목적으로 굴게 만들었다.

"그럼 가볼게요."

"버, 벌써 가려고?"

우경의 대답을 듣고 나서 연진은 빙긋 웃더니 자리에서 일어섰다.

"네. 어차피 아저씨한테 초콜릿 주러 온 것뿐이니까요."

"그래도 차도 안 마셨는데……."

얼굴도 제대로 보지 못했는데 간다고 하니 절로 서운한 마음이 들었다.

"이제 시작인걸요."

"응?"

묘한 웃음을 짓고 있는 연진의 뜻 모를 중얼거림에 우경은 어리둥절한 표정이다.

그 모습이 얼마나 사랑스러워 보이는지 당사자는 조금도 알아차리지 못할 것이다. 우경을 대하는 내내 태연한 척했지만 실상 아주 많이 긴장한 연진이다. 가쁜 숨을 그 몰래 내쉬었다.

처음 봤을 때부터 사랑이란 감정을 느낀 것은 아니었다. 그땐 사랑이라기보단 식구처럼 평생 함께 지낼 수 있는 그런 당연한 사람으로 받아들였다. 그저 내 곁에 있는 것이 당연하고, 내가 돌봐주어야 하는 것이 당연한 그런 사람이었다. 삼촌 경현처럼 말이다. 그러나 나이가 들어도, 사람들 속에서 원치 않는 상처를 받았음에도 불구하고 그는 여전히 순수한 마음을 가지고 있는 남자였다. 그런데 어느 날 단순히 가족이라고 느끼기엔 마뜩찮은 미묘한 감정이 자꾸자꾸 커져만 갔다. 그녀를 보고 바보같이 순진한 웃음을 날릴 때, 좋아하는 여자가 자신을 이용하여 경현에게 접근한 것을 알았을 때, 사랑스럽다는 감정을 가득 담아 그녀를 오롯이 바라볼 때마다 이상하게 가슴은 부풀어 올랐다. 처음엔 나이답지 못한 순진함이 애처로워 이상한 여자한테 걸려 인생 종치게 하지는 않게 하겠다는 좋은(?) 의도로 그를 지켜왔는데 자꾸만 아까워졌다. 다른 여자한테 웃음을 보내는 것이 왜 그렇게 열불나고 짜증이 치솟는지…… 그녀 외에 다른 사람을 바라보는 그 순간이 왜 그렇게 화가 나는지……. 영악했으나 그런 미묘한 애정의 감정을 알기엔 아직 어렸던 그녀이기에 그때는 확신하지 못했다. 그러나 사춘기에 들어서니 우경에 대한 마음이 가족이 아닌 한 남자에 대한 것임을 깨달은 것이다. 그 순간부터 우경은 당연한 사람에서 당연한 남자가 되어버렸다.

　그가 유학 가 있는 동안은 볼 수가 없으니 감정이 희석되어 사라져 버린 줄 알았다. 그래서 어린 시절 누구나 한 번쯤 하는 그런 풋사랑이라 여겼었다. 그런데 다시 만난 그는 아직도 세상의 때가 묻어 있지 않는, 예전 모습 그대로라 사라져 버린 줄 알았던 감정이 다시 지펴드는 것이었다. 그녀뿐이 아니었다. 아직 깨닫지 못하고 있을 뿐 그 역시 달라진 시선으로 그녀를 바라보고 있었다. 당연히 가족적인 애정의 시선에서 한 여자를 바라보는 강렬한 눈빛으로 변한 그를 보며 아찔한 전율이 발끝에서 타고 올라왔다.

　당연한……. 주연진을 연모의 시선으로 바라보는 그런 사내가 되어버렸다. 한순간에 집어삼켜 버릴 듯 뜨겁게, 혹은 아슬아슬한 선을 밟고 있는 듯 위태롭게, 혹은 그 자신도 혼란스러운 듯 어지러운 그 눈빛을 읽은 순간 묘한 감각이 뱃속을 헤집어 버렸다. 묘한 기대감이, 나른한 우월감이, 아찔한 숨 막힘이 다가와 버렸다. 혹은 짜릿한 쾌감이 밀려왔다. 아직 자신의 감정을 눈치 채지 못한 어리석은 사내의 진심을 폭로해 볼까 하는 사악한 심보가 발동할 듯 말 듯 살랑거렸다. 하지만 깨어질 듯 순진한 수컷의 조마조마한 시선을 좀 더 즐기고 싶은 마음에 아직까진 모른 척하고 있었다.

　그의 시선 때문에 여자라는 사실을 인식해 버렸다. 매달 꼬박꼬박 찾아오는 불청객이 아닌, 주변을 맴도는 풋내기 사내들이 아닌 오직 신우경이란 남자의, 여자인 주연진을 바라보는 시선에 여자임을 뼈저리게 자각하고 만 것이다.

불쾌하고도 황홀한 기분이었다. 당연히 내 사람이라고만 생각했던 그가, 건방지게 자신을 넘보았다는 사실이 불쾌했다. 그리고 금방이라도 넘칠 듯 찰랑거리는 그의 마음이 그녀를 황홀하게 만들었다.

그래서 용서하지 않을 작정이다. 건방지게 그녀를 넘보고도 아닌 척 물러나려는 오만한 속셈을 눈치 챈 것은 오래전이었다. 스스로 선을 넘지 않으려는 그의 소심함과 나약함에 지친 연진은 기회를 기다리고 있었다. 그를 낚아챌 기회를…….

넘어오지 않으려고 버둥거리는 그가 불쌍해서, 안쓰러워서는 다 변명이다. 실상은 그녀가 기다리는 것에 지친 것이다. 그러니 그가 넘어오지 않는다면 그녀가 넘어오라고 꼬시는 수밖에…….

꿍꿍이가 가득한 속내는 어여쁜 미소 속에 감추고 연진은 평소처럼 상냥한 웃음을 지었다.

"아뇨, 이만 갈게요. 그럼 다음에 봐요, 아저씨."

생긋 웃는 연진의 자그마한 머리통에서 어떤 생각들이 넘쳐나고 있는지 조금도 눈치 채지 못한 우경은 용건만 마치고 사라지는 그녀가 섭섭한지 표정이 밝지 않았다.

"그, 그래."

결국 우경의 손끝을 살짝 피해 팔랑거리는 나비처럼 사뿐한 걸음걸이로 사무실을 나가는 연진의 잔향이 한동안 그의 정신을 마비시켰다. 잡힐 듯 말 듯 애를 태우는 그 감질 나는 몸짓에 우경은 혼미함과 혼란스러움을 동시에 느끼고 말았다.

4 | 구월 1일

창가에는 여리하지만 강단있는 난 잎이 고적한 자태를 자랑하며 방 안 가득 청아한 향을 뿜어내고 있었다. 그리고 갖은 반찬이 상다리가 휘도록 빼곡히 채워져 있는 상을 마주한 채 상이한 분위기의 여자 둘이 앉아 있었다.

"잘 봤어요."

먼저 말을 꺼낸 것은 보름 전보다 훨씬 성숙한 느낌을 풍기고 있는 연진이었다. 윤기가 흐르는 머리카락은 여전히 단정하게 그녀의 등 뒤에서 찰랑거렸다. 해사한 피부는 가볍게 먹은 화장기 덕분에 더 뽀얗고 화사했다. 살짝 쌍꺼풀진 두 눈은 아이라인과 마스카라 덕분에 더욱 깊고 고혹적으로 보였다. 도톰한 입술엔 반짝이는 투명 글로스가 발라져 있어 탐스럽게 보였다.

연진이 말과 동시에 꺼낸 것은 외장HDD였다. 이윽고 맞은편에 앉아 있던, 단정한 단발머리에 까만 뿔테안경으로 지적임과 동시에 매서운 분위기를 풍기고 있는 여자의 붉은 입술이 열렸다.

"충분했니?"

목소리마저 낮게 깔린 저음에 건조하기까지 하다. 겉으로 풍기는 분위기처럼 목소리 또한 서늘한 여인의 말에 연진은 익숙한 듯 빙그레 웃음 지었다.

"이제 실전만 남았지요."

자신만만해하는 연진의 대답에 주령의 입술 끝이 아주 살짝 말려 올라갔다. 그러나 착각이라 느낄 만큼 순식간에 미소가 사라졌다.

"네 부탁이라 구한 것이긴 하지만 내 생각엔 역시 너무 이른 정보가 아닌가 싶다."

"에이, 주령 언니도 참. 괜찮아요. 별것도 아니던데요 뭐."

"그래?"

호기로운 연진의 대답에 주령은 표정이 미묘해졌다. 감탄이랄까, 난감하달까 하는 애매한 느낌이었다.

"다른 남자라면 역겨웠을지 모르겠지만 우경 아저씨의 것이라 생각하고 보니 봐줄 만하던걸요."

생글거리는 연진의 대답에 주령의 미간이 살짝 꿈틀거렸다.

"상대 여자는 너라고 상상하고?"

"당연하죠."

역시 괜히 구해줬다는 후회가 들었다. 겉과 속이 다른 여자임은 처음 본 순간 알아차렸지만 이렇게 능글맞은 면에서 주령은 새삼 사람은 겉모습만으로 판단해선 안 된다는 사실을 깨달았다. 하지만 태연하게 포르노를 구해달라는 연진의 요구에 별다른 말 없이 구해준 자신이 무슨 말을 할까? 어차피 그녀가 구해주지 않는다 해도 연진이라면 분명 어떻게든 원하는 정보를 구했을 것이 뻔한데 만류해서 무엇 할까 싶다.

"신 실장, 외모만큼 대범한 남자는 아니야. 너무 몰아세우지 않도록 조심해."

주령은 문득 저돌적인 연진의 성격을 떠올리며 한마디 충고하는 것을 잊지 않았다. 딱 벌어진 어깨와 듬직한 가슴, 그리고 시원스러운 큰 키와 대충 주물러 놓은 듯 큼직한 외모와는 달리 의외로 소심하고 신중하며 내성적인 면이 있는 우경의 성격을 떠올리며 내심 걱정이 들었다. 신우경이란 남자가 주연진에게 사모지정을 가지고 있다는 확인—대부분은 우경의 친우이자 연진의 삼촌인 경현을 통해서다—은 이미 해두었지만 연진의 애타는 마음이 성급하게 굴어 일을 그르치지 않을까 걱정이 된 것이다.

"에이, 걱정 마세요. 제가 누군데요? 바로 천하의 주연진 아닙니까? 음할할할~ 반드시 올해 안에 신우경 마누라란 타이틀을 걸고 말 겁니다. 두고 보세요."

"너무 서둘지는 마라."

실패라고는 조금도 생각하지 않는 의기양양한 연진의 대답에 주령은 패기 가득한 그 태도가 잠시 부러워졌다.

자신만만하게 대꾸하는 연진의 표정에는 일말의 걱정조차 흐르지 않았다. 주령은 연진이 너무 자신만만해하는 것이 아닌가 싶지만 오만하다고까지 할 수 있는 그 자신감이 오히려 믿음직스러워 보였다.

"에이, 주령 언니도. 제가 그렇게나 못 미더워 보이세요?"

새침한 표정으로 눈을 살짝 흘기는 연진의 귀여운 넉살에 어쩔 수 없는 듯 주령의 입술이 살짝 올라갔다.

"그나저나 봉사활동은 할 만하니?"

시원한 물 한 모금 넘기고 나서 주령은 지나가는 말로 물었을 때 사실 엄살이 나올 것이라 생각했다.

"뭐, 어렵잖게요. 처음엔 좀 힘들었는데 익숙해지니까 할 만하던데요? 게다가 일이 끝나고 나면 확실히 기분이 좀…… 뭐랄까, 뿌듯하달까? 왠지 내가 세상에 미흡하지만 도움이 되는 일을 했구나 하는 생각이 들어서 단순히 힘들었다라고만은 할 수가 없어요."

"그래?"

간만에 진지한 연진의 대답에 주령은 예상외라는 듯이 살짝 눈썹을 치켜떴다. 필시 아프지도 않은 팔다리를 두드리며 못하겠다고 엄살이나 부릴 줄 알았는데 생각지도 못한 반응에 순수하게 놀라고 만 것이다.

"처음엔 이 여사님께 눈도장 찍을 생각으로 가긴 했는데 말이죠, 하다 보니 이 일도 은근히 중독이 되는 것 같아요. 솔직히 제가 한 달 쓰는 용돈을 차라리 기부라도 하면 뭐, 매달 나가는 휴대폰 요금처럼 대수롭지 않게 느껴졌겠지만 직접 사람들을 만나고 이야기도 나누다 보니 제가 얼마나 많은 돈을 기부하더라도 직접 와서 돕는 것만큼 대단하게 느껴지지 않은 것 같아요."

"도움을 받은 건 그 사람들뿐만 아닌가 보구나."

안경 너머로 따스하게 일렁이는 주령의 눈빛을 마주 보며 연진은 가슴속에서 피어나는 자부심으로 등을 곧게 세우며 당당하게 고개를 끄덕거렸다.

"네. 저 역시 생각지도 못한 선물을 받은 기분이에요. 이 여사님에게 환심 살 목적으로 한 봉사활동이긴 하지만 뜻밖에 이쪽 일도 꽤 재미있는 것 같아요."

수능시험이 끝나자마자 인맥을 동원해 우경의 어머니인 현정이 회원으로 있는 사랑나누기 봉사회에 얼굴을 내민 연진은 처음엔 현정과 친해질 요량뿐이었지만 지금은 어느 정도 진지한 마음으로 봉사회에 참가하고 있었다.

"그래서 말인데요, 언니도……."

"난 빼줘."

말끝도 넣기 힘들 만큼 간결하고도 담백한 어조로 주령이 거절하자 연진은 입을 삐죽거렸다.

"들어보지도 않고 거절부터 하기예요?"

"내가 제일 싫어하는 권고가 말이지, 종교, 사상, 봉사야. 좋은 건 알지만 내 몸 추스르기도 바쁘다."

"칫."

냉정한 주령의 대답에 연진은 입술을 삐죽거렸지만 그녀의 성격을 알고 있기에 그냥 넘어가 주었다.

"그래서 내일 신 실장한테 갈 거야?"

"가야죠. 드디어 기다리던 선전포고의 날인데."

그 대신으로 꺼낸 주령의 화제 전환에 연진은 의미심장하게 웃으며 화답했다. 수능시험이 끝나고 고등학교 졸업식이 끝나고 대학 입학마저 지났다. 드디어 자신을 둘러싸고 있는 사회의 장벽이 거둬진 셈이었다. 이미 지난 밸런타인데이 때 주사위를 던지지 않았는가? 더 이상 기다릴 수 없는지 연진의 얼굴 위로 흥분과 설렘, 초조감이 흘렀다.

"걱정하지 마. 신 실장이 머리가 있다면 분명 널 놓칠 리가 없어. 만약 눈먼 장님처럼 어리석게 군다면 내가 친히 공사현장에 산 채로 매장시켜 주마. 제 잘못을 깨닫게 해줘야지."

냉정한 주령의 농담 같지 않은 농담에 연진의 마음이 든든해졌다.

"그럼 제가 그 위에다 시멘트를 붓도록 하죠."

희희낙락한 연진의 대답에 주령의 미간이 살짝 일그러졌다. 턱이 약간 모로 비틀어지며 자조적으로 중얼거렸다.

"아무래도 내가 애 하나 버려놓은 건가? 아님 원래 성격이 이런 건가?"

주령의 중얼거림을 들은 연진은 즐거운 듯 까르르 웃었고 이내 문밖에서 그녀들이 기다리던 소리가 들렸다.

5 | 겨울 2일

벌컥 하고 그의 사무실 문이 허락없이 열리자 우경은 깜짝 놀라며 보고 있던 서류에서 고개를 들고 입구 쪽으로 시선을 들었다.

입구에는 웬 여자 하나가 삐딱한 폼으로 서서 그를 바라보고 있었다. 섬세한 머릿결을 자연스럽게 어깨 위로, 등 쪽으로 풀어헤친 긴 머리의 여인은 얼굴의 반을 가리고 있는 시커먼 선글라스 때문에 눈동자가 보이지는 않았지만 왠지 모르게 익숙한 느낌이 들었다. 하지만 문제는 검은 선글라스와는 대조적으로 하얀 피부 위에 도드라진 저 도톰한 붉은 입술. 어떤 립스틱인지는 모르겠지만 입술이 굉장히 도톰하고 광택 나는 것을 보아 저런 립스틱을 여자들이 바르게 해선 안 된다는 묘한 반발심이 우경의 머릿속에

떠올랐다. 저런 입술을 가진 여자한테 안 넘어갈 남자가 어디 있
겠는가 하는 경계심과 더불어 심장이 멎을 것만 같은 유혹에 넋이
나갈 것만 같았다.

차이나 칼라 스타일의 하얀 블라우스를 입고 그 위에 몸에 딱
붙는 가죽 재킷을 입은 여자의 팔에는 황금색 짧은 체인이 달린
조그마한 붉은색 토드백이 대롱대롱 매달려 있었다. 그리고 그 아
래는…… 우경은 순간 눈이 튀어나오는 줄 알았다. 그녀가 입고
있는 치마는, 치마는…… 그녀의 손바닥만한 재킷과 한 벌로 보이
는 검정 미니 가죽스커트였다. 정말로 딱 손바닥만한, 엉덩이밖에
안 가려지는 치마 아래로 거미줄마냥 구멍이 숭숭 뚫린 망사 스타
킹이 늘씬하게 빠진 다리를 고스란히 드러내고 있었다. 물론 그
아래 다리 곡선을 고스란히 드러내 보이는 검정 가죽 부츠가 그녀
의 무릎 아래까지 올라와 있었다.

낯선 여자의 등장에 놀라고, 그녀의 눈이 튀어나올 것만 같은
옷차림에 놀란 우경이 잠시 마음을 가다듬고 어째서 비서가 이 여
자를 막지 않은 것일까 멍하니 생각하며 중얼거렸다.

"실례지만 잘못……."

"안녕, 아저씨?"

"에?"

위협적이라 할 만큼 성큼성큼 우경에게 다가온 여자가 그 앞에
삐딱하니 서서 입술을 살짝 비틀었다. 그리고는 선글라스를 벗어
머리 위로 끌어올리고 오만한 시선으로 그를 내려다보았다. 가까
이서 본 여자는 그윽한 눈동자가 가지고 있었다. 보면 볼수록 빠

져들 것만 같은 깊은 눈동자였다. 멍하니 여자를 바라보던 우경은 여자의 얼굴이 낯익다는 걸 알아차렸다. 서서히 떠오르는 존재의 확실성에 우경은 저도 모르게 탄성이 터져 나왔다.

"아, 너!"

그의 얼굴 위로 이해의 빛이 떠오르자 연진은 가소롭다는 듯이 콧방귀를 뀌었다.

"이제야 알아본 거야?"

"너! 치마가 그게 뭐야?"

눈앞의 여자가 연진이라는 사실을 깨닫자마자 우경은 자신도 모르게 벌떡 일어나 버럭 소리를 지르고 말았다. 서울 시내 사내란 사내들은 모두 연진의 다리를 보았을 것이란 생각에 뱃속이 쥐어짜듯 불편해졌다.

"뭐가 어때서?"

우경의 지적에 연진은 흘끔 치마를 내려다보고 대수롭지 않게 대꾸했다. 다시 시작된 연진의 반말을 느낄 새도 없이 흥분한 우경이다.

"어떻다니? 너무…… 너무 짧잖아."

우경이 치마 길이를 지적하면서 흘낏 그녀의 다리에 시선을 던지고는 그만 얼굴을 붉히며 소리를 지르고 말았다. 언젠가는 그가 감당할 수 없을 것 같은 화려한 미녀로 성장할 것이라 예상했지만 이렇게 빨리 성숙되고, 도발적이고, 위험한 매력을 지닌 여자가 될 줄은 꿈에도 생각지 못했다. 아니, 보름 전만 해도 이렇게 위험할 정도로 요염한 분위기를 풍기지는 않았다는 생각에 당황스러웠다. 게다가 그 자신이 정말로 흥분하고 있다는 사실에 더욱 당황해했다.

"흐음, 흥분했어?"

얄밉게 놀려대는 연진의 발언에 우경이 화륵 달아오른 얼굴로 그녀를 쏘아보았다. 요 몇 년 사이 얌전하다 싶더니 이게 웬 날벼락이란 말인가?

"주연진!"

"욕구불만이야? 왜 그렇게 소리를 질러?"

"너!!"

태연하기만 한 연진의 대꾸에 우경은 길길이 날뛰다 제풀에 꺾여 씩씩거리며 두 손으로 얼굴을 향해 부채질했다. 그 동작에는 제발 얼굴의 화끈거림과 불편한 그의 속내도 가라앉기를 바라는 마음이 가득했다. 아직 어린 나이라고 스스로를 달래며 그녀의 말대로 흥분한 혈기를 가라앉히려고 마음을 진정시켰다. 잠시 자신이 놀라서 그런 반응을 보인 것뿐이지, 그녀를 상대로 진심으로 흥분한 것은 아니라며 스스로에게 세뇌에 가깝게 반복으로 되뇌었다.

"어쩐 일……."

말을 꺼내던 우경은 그만 눈이 휘둥그레지며 말문이 막히고 말았다. 연진이 슬쩍 책상 위에 엉덩이를 걸치자 그렇잖아도 간당간당한 치마가 위로 슬며시 올라가는 것이었다. 눈길을 사로잡는 망사 스타킹 사이사이로 떠오른 하얀 속살에 우경은 누군가가 그의 목을 조르는 것같이 불편함을 느끼면서도 쉽사리 눈을 뗄 수가 없었다.

불끈 치솟는 아랫도리의 반응에 당혹감과 자신에 대한 혐오감이 동시에 솟구쳤다. 연진을 여자로 보고 흥분한 자신에게 스스로도 소름이 끼칠 만큼 혐오감이 들어서였다. 연진은 그의 절친한 친구인 경현이 가장 사랑하는 조카이며 그에게도 그런 소중한 존재로 취급받아야 되는 아이, 그렇다. 아이여야만 했다. 그렇기에 연진을 보고 일어나는 심장의 폭주와 바지 안쪽의 염치없는 놈의 고갯짓 같은 것은 있어서는 안 될 일이나 다름없었다.

경현의 조카다, 내 조카다, 그래도 조카다.

아무리 되뇌도 이 뻔뻔하고 고집스러운 녀석은 더 힘껏 고개를 치켜들고 있었다. 바로 밀려드는 연진의 달콤한 향수를 탓하면서 말이다.

그런 우경의 표정을 지켜보는 연진의 표정은 무덤덤했다. 속내를 전혀 알 수 없는 표정이지만 우경을 바라보는 그녀의 시선은 무척이나 부드러웠다.

"왜 선물 안 줘?"

"어? 뭐라고?"

멍하니 연진의 허벅지를 바라보며 입 안에 침이 고이는 것을 느끼던 참에 들려온 연진의 퉁명스러운 말에 우경은 뛸 듯이 놀라 황급히 고개를 들었다. 그가 연진의 다리에 굶주린 듯 바라본 사실을 부디 연진이 모르기를 간절히 바라며 애써 시야 한구석을 차지하는 망사 스타킹과 연결된 가터벨트—여기서 정말 코피 나는 줄 알았다—그리고 안쪽의 하얀빛에 시선을 주지 않으려고 애를 썼다. 정말이지 눈물이 날 지경이다. 이 녀석, 왜 이런 여자로 자란 거야?

불분명한 분노의 화살을 차마 연진에게 날릴 수 없어 그녀를 여자로 보고 있는 자신에게 돌렸다. 그러다 우경은 정말 벼락이라도 맞은 양 두 눈을 휘둥그레 뜨고 말았다.

여자.

아무리 둔하고 둔한 그라지만 이제야 왜 연진을 볼 때마다 가슴이 설레고 식은땀이 나고 심장이 뛰는지 알아차린 것이다. 그가 그녀를 여자로 보고 있기 때문이다. 감히 그의 공주님을, 성문그룹의 금지옥엽을, 친구의 조카를……

두려움에 숨이 터억 막혔다. 이 사실을 연진이 안다면, 경현이 안다면…… 상상만으로도 끔찍했다. 다들 그를 보지 않고 경멸하며 손가락질할 것이 분명했다. 친구의 조카를, 자신 역시 조카처럼 어여삐 여기던 아이를 여자로 본다고……. 절망스러웠다.

"선물! 내 입학 선물."

"아!"

그제야 우경은 자기학대의 감정에서 헤어나와 연진이 며칠 전에 대학에 입학했다는 사실을 떠올렸다. 강성재단의 대학이 아닌 그가 나왔던, 정확히는 경현과 진혁도 다녔던 대학에 입학한 것이었다. 강성재단의 대학도 상당한 수준이어서 연진의 선택이 의아한 일이 아닐 수가 없었다. 물론 그가 나온 대학도 상위 3위 안에 드는 최고 수준의 대학이다.

"삼촌은 가지고 싶은 건 뭐든지 사라고 골드카드 한 장 주었고,

진혁 아저씨는 이번에 SH에서 새로 나온 신형 스포츠카를 한 대 뽑아줬는데 당신은 뭐 해줄 거야?"

순간 숨이 막혔다. 연진이 아무렇지 않게 당신 운운하는 소리에 우경의 심장이 대책없이 푸들거렸다. 당신이라는 단어가 주는 그 그윽하고도 요염한 느낌에 취해 심장이 떨려 이러다 제명에 못 죽을 것만 같이 불안했다. 게다가 지난 이 년 동안 느꼈던 거리감을 단번에 날려 버릴 만큼 친밀한 반말이라니 눈물이 핑 돌 만큼 감격스러웠다.

"뭐가…… 필요한데?"

우경은 내면의 떨림이 드러나지 않게 애써 태연한 얼굴로 물었다.

누가 알면 비웃음을 당할 노릇이었다. 한참이나 어린, 그것도 띠동갑에서 +1이나 차이가 나는 여자에게 마음을 빼앗겨 방황하는 중이라고 한다면 누구든 대번에 그를 욕할 것이다. 자신은 벌써 삼십대에 들어선 나이이고, 잘생긴 것도 아니고, 다행히 성격이 나쁜 편은 아니지만 곰 같은 덩치에 성격마저 나빠봐라, 지인이 생길 턱이 없을 것이다. 다만 조금 소심한 게 문제다. 다행히 그의 집안은 재벌에 속하지만 그녀의 집안도 만만치 않아 굳이 거론할 가치가 없는 문제였다.

반면 그녀는 이제 열아홉 살. 그녀의 나이를 정확한 숫자로 떠올린 순간 우경은 누군가가 돌로 그의 머리를 후려치는 충격을 받고 말았다. 정말 어리지 않은가? 게다가 성문그룹의 외손녀지만 집안에서 아낌 받는 존재고, 수재에다가 성격도 시원스럽고 호탕

해서 좋아하는 이들이 많다. 성문그룹의 집안사람다운 화려한 미모에 뭇 여성들의 저주를 받는 완벽한 8등신 몸매에 섹시한 목소리까지……. 집안끼리 아는 사이가 아니라면, 자신이 대한호텔의 후계자만 아니라며 감히 말도 못 붙일 상대나 다름없었다.

그런 생각이 들자 기분이 추욱 늘어지고 말았다. 그래서 연진의 말을 제대로 듣지 못하는 불상사가 벌어지고 말았다.

"……내 말 듣고 있어?"

나지막이 다그치는 그녀의 목소리에 우경은 화들짝 놀라 어느새 떨어진 고개를 들고 그녀와 시선을 마주쳤다.

"미안, 방금 뭐라고 했니?"

우경이 미안한 듯 어색하게 웃으며 되묻자 연진의 눈빛이 심상치 않아졌다. 은근히 퍼지는 불쾌한 오라를 느끼며 우경은 얼른 연진에게 애처롭게 사과를 되풀이했다. 그러고 보니 연진의 이런 분노의 오로라를 느껴본 지도 꽤 오랜만이다. 그 사실이 반갑다가도 흠칫 몸이 굳어져 버린 그였다. 자신에게 혹시 이상한 성향이 있는 것은 아닌가 하는 의심 때문이었다.

"미안, 내가 요즘 일이 많아서 좀 정신이 없어. 그래, 우리 공주님이 원하는 게 뭐야? 원하는 건 다 들어줄게. 응?"

새침하게 입술을 다물며 그를 노려보던 연진이 그의 말에 회가 동한 듯 슬며시 기분이 풀어지는 기색을 보이자 우경은 안도감이 들었다.

"정말이지?"

"그래, 누구의 명인데 내가 못 들어줘? 말만 해."

아무래도 이 어린 마녀를 단념하기 위해 다른 여자도 만나고 선이나 봐서 후딱 결혼이라도 할까 하는 생각이 잠시잠깐 들었다. 그러나 왠지 내키지도 않고 상대 여자에게 못할 짓을 하는 것 같아 마음이 무거웠다. 차라리 연진이 얼른 다른 좋은 남자와 맺어지는 것을 보기라도 해야 이 휘몰아치는 연정이 가라앉을 것만 같았다. 이렇게 삼촌의 절친한 친구로서 다가설 수는 없겠지만 밀어내기엔 먼 이 위치에서 연진을 바라보는 것으로 행복해하자며 스스로를 달래는 그였다.

"그럼 이 대한호텔을 나한테 줘."

순간 우경은 자신이 잘못 들은 것이 아닌지 머리가 멍해졌다.

"뭐?"

"대한호텔을 나한테 넘기라고."

그러나 황당해하는 우경과 달리 태연하게 대꾸하는 연진의 눈빛은 사뭇 도발적이다.

"저어, 연진아?"

반쯤 나사가 풀어진 것같이 금방이라도 울 것 같은 표정을 짓고 있는 우경을 보자 참기가 힘겨웠다.

'아, 저 울먹거리는 눈망울. 사람 환장하게 만드네. 송아지마냥 왜 저리 눈망울이 애처롭게 생겨서 한 여자 가슴을 울렁이게 만드는구만. 안 돼! 참아야 한다, 주연진. 여기서 무너지면 도로 아미타불이야.'

속으로는 대(大) 송곳으로 허벅지를 마구 찌르며 자제하는 상상을 하며 연진은 흥분해 날뛰는 자신의 본능을 억눌렀다.

"농담이야. 놀라기는."

망연자실한 표정으로 자신을 바라보는 우경에게 코웃음을 쳤지만 내심 다른 말을 하고 있었다.

'농담은, 당신이 내 남자가 되면 이 호텔은 당연 내 것이 되는 거지. 흐흐흐.'

"노, 농담……."

농담이라고 했지만 진담 같은 분위기에 우경은 순식간에 진이 빠져 버리고 말았다.

"진짜는, 남자 하나 구해줘."

그러나 연진의 다음 말에 우경의 숨이 돌연 멎고 말았다. 마치 어둠 속에서 괴한의 손에 코와 입이 돌연 막히는 그런 숨 막힘을 느꼈다. 당연 심장 박동도 뚝 하고 멈춰 버렸다. 아무리 조금 전에 차라리 다른 남자와 결혼이라도 하면 낫겠다 싶어도 이건 너무 빨랐다.

"나, 남자?"

절로 높아진 우경의 말에 연진은 고개를 까딱거렸다.

"응, 남자. 대학 가기 위해 그렇게 쉼없이 공부했잖아. 다른 애들은 남자 친구다 애인이다 만드는 동안 공부만 했으니 나도 남자 친구가 필요해. 할아버지께서도 이제 대학에 들어갔으니 남자 친구 하나 만들어서 오랬단 말이야. 하지만 왠지 동갑인 애들은 시시해서 말이지. 그러니까 당신이 남자 친구를 구해줘. 기왕이면 집안 비슷하고 나이는 나보다 좀 많은 편이 낫겠지? 인물이야 뭐, 기왕이면 다홍치마라고. 그리고 나한테 절대적일 것 같은 남자!

이게 가장 중요하지. 듣고 있어?"

연진은 넋이 나간 듯한 우경의 표정에 걱정스레 그의 눈앞에 손을 휙휙 저어 보았다.

"웅? 아, 듣…… 듣고 있어."

"그럼 당신은 남자를 구해주기야."

"하, 하지만 연진아, 그건 좀……."

"왜? 싫어?"

난감해하는 우경에게 연진은 천연덕스럽게 되물었다.

"시, 싫은 게 아니라……."

남자라니! 그것도 연진의 남자 친구를 구해줘야 하다니……. 이렇게 바라만 보는 것도 애가 타 죽을 지경인데 내 손으로 남자 친구를 구해줘야 하다니…….

우경은 아닌 척하려 애를 썼지만 얼굴이 일그러지는 것을 막지는 못했다.

"싫은가 보네? 그렇게 인상을 쓰는 걸 보니?"

뾰로통한 느낌의 연진의 목소리가 들리자 우경은 어색하게 웃으며 그녀를 달랬다.

"아니, 싫은 게 아니라 우리 공주님과 어울릴 만한 남자가 드물지. 감히 어떤 놈을 붙여?"

"흠, 그러니까 못 구해주겠다?"

연진의 눈꼬리가 심상치 않게 올라가기 시작했다. 그 모습에 우경은 흠칫 놀라 얼른 변명을 늘어놓았다. 저런 표정의 연진은 위험 신호 직전이기 때문이다.

"아냐, 절대 그런 게 아니라……. 아, 왜 너 좋다고 하는 그……
그 애 이름이 뭐더라? 초등학교 때부터 알고 지내던……."

"누구? 유진? 걔는 싫어!"

두 번 생각할 여지도 없이 연진은 딱 잘라 거절했다. 그 모습에
안도감이 들면서도 자신이 마음을 고백한다면 저렇게 매정하게
거절당할지도 모른다는 생각에 우경의 어깨가 힘없이 늘어졌다.

"그 애 정도면 괜찮지 않니?"

"싫다니까! 난 걔 재수없어서 싫어. 좀 잘난 척해야지. 난 동갑
보단 나이 많은 사람이 좋다니까. 그래서 남자를 구해줄 거야, 말
거야?"

"그, 그럼 진혁인 어때?"

미친 듯이 머릿속의 인명부를 뒤지던 우경이 연진의 조건에 맞
는 최상급 인물인 진혁을 거론하자 연진의 눈썹이 가소롭다는 듯
이 위로 치솟았다.

"진혁 아저씨? 얼굴값 하잖아. 싫어."

그가 아는 남자 중에 가장 잘생기고, 부유하고, 능력있지만 성
격이 조금 문제 있는, 아주 사소한 단점을 가진 진혁을 거절하자
솔직히 우경은 자신이 없었다. 그나마 진혁이 가장 괜찮고 믿을
만한 사내인데 연진은 싫다고 하니 어찌해야 좋을지 난감했다.

"정말 없어?"

재차 다그치는 연진에게 우경은 미안한 듯 미소를 보내며 그녀
의 심기를 살폈다.

아아, 정말 이런 자신이 한심하지만 별수없었다. 연진 앞에만

있으면 말이란 게 도무지 생각이 나지 않고 입 안이 바짝바짝 말라가며 식은땀만 날 뿐 자연스러운 행동이란 것을 할 여유가 모두 사라져 버리기 때문이다. 게다가 오늘따라 요염하게 자신의 매력을 뽐내는 연진의 마력에 우경의 이성과 의지력은 더더욱 속수무책으로 무너졌다.

"할 수 없지. 당신이 괜찮은 남자 구해줄 때까지 내 쫄따구 노릇이나 해."

"뭐?"

눈을 동그랗게 뜨고 어이없어하는 우경에게 연진은 화사한 미소를 가장한 협박을 서슴없이 자행했다.

"아님 내 마음에 드는 남자 하나 구해주던가. 왜? 만나는 여자라도 있는 거야?"

어느새 그의 앞에 당당하게 서서 팔짱을 끼고 도도한 표정으로 내려보는 연진의 표정은 거절하면 죽어! 라는 분위기였다. 그 표정에 압도당한 우경은 자신도 모르게 고개를 열심히 도리질 쳤다.

"그럼 됐어. 오늘 이 시간부터 당신이 내 쫄이 되는 거야. 불만 있어?"

불만? 그런 게 있을 리 없다. 원래부터 늘 연진에게는 쫄의 인생을 살다시피 했으니까. 그런데 잠깐만…….

"저, 저기, 연진아?"

"왜?"

우경은 정말 이러는 자신이 한심했다. 열세 살이나 어린 여자에게 늘 주눅이 들고 당당하지 못한 자신이 너무 싫었지만 이상하게 연진의 앞에선 한없이 작아졌다.

"정말로 남자를 소개시켜 달라고?"

그 말에 연진의 눈썹이 못마땅한 듯 치켜 올라갔다.

"왜? 안 돼?"

"아, 아니…… 안 된다기보다는……."

딱 부러지게 대답하는 연진의 말에 우경의 자신감이 또 어디론가 가출한 모양이다. 슬그머니 말꼬리에 힘이 사라져 버렸다. 게다가 온몸에 힘이란 힘도 다 빠지고 있는 모양이다.

"내 마음에 안 드는 놈 데려다 놓으면 그날로 초상 치를 줄 알아."

작은 주먹을 불끈 쥐고 공중에 대고 흔들며 위협을 가하는 연진의 행동은 무섭다기보단 귀여웠다. 그렇지만 그 작은 행동에 우경의 기운은 쭈욱 빠져나갔다. 하필이면 왜 자신이란 말인가? 혹은 그녀가 자신도 이제 막 깨달은 그의 마음을 눈치 채고 일부러 그러는 것이 아닌가 의심스러웠다.

"너 말이야, 혹시……."

설마하니 정말로 자신의 마음을 눈치 채고 이러는 것이 아닌가 걱정스러워 우경은 슬며시 그녀의 눈치를 살피며 말을 꺼냈다.

"혹시 뭐?"

그러나 예전과 조금도 다르지 않는 눈빛에서 일말의 의혹도 찾을 수가 없어 우경은 하고자 했던 말을 머뭇거렸다.

"아무것도 아니야."

"싱겁기는……."

눈동자를 데굴데굴 굴리며 우경은 그녀의 남자 친구를 정말로 찾아줘야 하나 마나 하는 고민에 휩싸였다. 그녀에게 남자를 소개시켜 주자니 억장이 무너지는 것 같고, 그렇다고 안 찾아주자니 자신의 속내가 들킬 것만 같아 두렵고, 그야말로 진퇴양난이었다. 자신도 모르게 크게 한숨을 내쉬자 불쑥 손 하나가 그의 가슴으로 들어오더니 그의 넥타이를 잡아 연진의 코앞까지 끌어당겼다.

"인간관계가 그렇게 형편없어? 뭘 그렇게 고민해? 괜찮은 남자 있으면 소개시켜 달라고. 그 뒤는 내가 알아서 할 테니 당신은 공급에나 신경 쓰라고. 알았어?"

"으응, 알았어. 알았으니 이것 좀……."

너무 가까웠다. 연진의 매끄럽고 뽀얀 피부가 바로 코앞에서 보이자 우경은 심장이 튀어나올 것처럼 당황스러웠다. 자신도 모르게 얼굴이 붉어져 슬며시 시선을 피하고 말았다. 느낌상 목에서부터 붉은 기가 올라오고 있는 것만 같아 당황스러웠다.

"아침에 면도는 한 거야?"

연진은 우경의 얼굴을 가까이 들여다보더니 이제 점심시간이 지난 지 얼마 되지 않았는데 수염이 슬그머니 고개를 치켜들고 있는 것을 발견하고 고약타 생각했다.

"으응. 내가 원래 수염이 잘 나."

우경은 점심시간이 지나면 슬며시 푸른 기가 돌고 퇴근 무렵에서 까실까실하게 올라오는 새싹(?)의 기운참을 알기에 씁쓸하게 대답했다. 워낙 활발한 남성호르몬 탓에 며칠 면도하는 것을 잊어버리면 금세 임꺽정이 되어버리곤 해 거울을 볼 때마다 스스로의 모습에 소스라치게 놀라곤 했다. 이건 타고난 것이라 자신은 진혁이처럼 말끔한 미남자가 되지 못한다는 자괴감에 조금 씁쓸해졌다.

"귀엽네, 요 조그마한 것들이……."

"뭐?"

연진의 손가락이 그의 턱 위로 솟은 앙증맞은(?) 수염을 콕콕 건드리자 우경은 진심으로 하는 소린지 알 수가 없었다. 그러나 은근한 눈길로 그의 턱을 어루만지는 연진의 표정에 농담이 아님을 알자 엄청 매운 청량고추를 대여섯 개 한꺼번에 씹어 먹은 것처럼 얼굴이 화끈거리기 시작했다.

귀, 귀엽다니…….

물론 그를 가리켜 귀엽다는 것은 아니지만 그의 일부를 가리켜 귀엽다는 소리조차도 한 번도 들은 적이 없던 터라 우경의 심장은 터져 나갈 것처럼 뜀박질을 했다.

"나중에 요 귀여운 것들 핀셋으로 한번 뽑아볼래. 그래도 괜찮지?"

"헉!"

진심으로 흥미진진한 표정을 지으며 연진이 눈을 반짝이며 말하자 우경은 자신도 모르게 헛숨을 들이키며 턱을 감싸 쥐었다. 눈썹도 아니고 턱수염을 핀셋으로 뽑는다니 그런 경악스러운 발언이 어디 있는가?

두려움에 가득해 자신의 손아래에서 바들바들 떠는 우경이 너무나도 사랑스러워 입 안에 침이 가득 고였지만 연진은 얼른 정신을 수습했다.

'안 되지, 안 돼. 내 속내를 그렇게 쉽게 드러내선 곤란하지.'

아쉬움은 가득했지만 연진은 자신의 노림수가 들키지 않게 애써 태연한 척 굴었다.

"그럼 난 이만 갈게. 내 남자 친구 후보가 선정되면 바로 연락해 줘."

"그, 그래."

경쾌하게 손을 흔들며 떠나는 연진의 말에 우경은 떨떠름한 기색을 감추지 못했다. 뒤돌아선 연진이 분홍빛 혀를 살짝 내밀며 즐거워하는 것을 조금도 모른 채 말이다.

타악 하고 문이 닫히자 사무실 안에 적막감이 흐르기 시작했다. 너무나 순식간에, 그리고 상상만 했던 일이 실제로 벌어지자 우경은 실감이 나지 않아 자신도 모르게 뺨을 비틀어보았다. 그러나 자신의 뺨을 꼬집는 일이라 그런지 손에 힘이 들어가지 않아 그다지 아픔을 느낄 수는 없었다. 그래서 여전히 멍한 표정으로 책상 위를 더듬어 휴대전화를 찾아 어디론가 전화를 걸었다.

[여~ 신 실장, 어쩐 일인가?]

전화기 너머로 경현의 쾌활한 목소리가 들려도 우경의 정신은 완전히 돌아올 생각을 하지 않았다.

"방금 연진이가 왔다 갔는데……."

[그래? 너한테는 뭘 요구했냐? 이야, 말도 마라. 그 녀석 등쌀에 못 이겨 결국 내가 카드 하나 내놨다는 거 아니냐? 진혁이는 차까지 바쳤다고 하더라. 흑흑, 조카에게 삥 뜯기다니 이거 위신이 너

무 안 서는 거 아냐? 그 녀석 대학 들어가더니 변했어, 흑. 예전의 사랑스럽던 내 조카는 어딜 간 거야?]

기다렸다는 듯이 경현이 과장된 엄살을 부려가며 말을 꺼내도 우경은 무어라 말해야 할지 모르겠다는 듯 여전히 멍한 얼굴이었다.

[어이, 신 실장? 왜 그래? 무슨 일 있었어?]

"연진이가……."

넋이라도 나간 듯한 우경의 어조에 경현은 왜 그런지 짐작이 간다는 듯 코웃음을 쳤다.

[아, 그 녀석 모습 때문에 그래? 그 녀석 대학 붙자마자 바쁘게 돌아다녔잖아. 메이크업 강좌에, 코디법에……. 나도 어제 그 녀석 화장한 거 보고 뒤로 넘어가는 줄 알았다. 아무튼 여자들이 화장 하나에 사람이 달라지는 줄은 알았지만 내 조카 녀석마저 그렇게 달라 보일 줄은 몰랐다니까. 게다가 새로 사 왔다는 옷들 보고 누나나 매형이 입을 다물지 못하더라. 그 녀석 지금까지 보인 모습 다 내숭이었어.]

속사포마냥 쉬지도 않고 퍼붓는 경현의 수다를 멍하니 듣고 있던 우경은 자신도 모르는 사이에 경현의 말이 멈춘 순간 중얼거렸다.

"나보고 남자를 소개시켜 달래."

[푸훗.]

수화기 너머로 경현이 무언가를 뿜어내는 소리가 들렸다. 아뜨 뜨 하는 소리도 어렴풋이 들리는 것으로 보아 뜨거운 차 종류를 마시던 중이었던 것 같았다.

　[뭐, 뭐라고? 너 방금 뭐라고 했냐?]

　"연진이가 나한테 남자를 소개시켜 달래."

　그 말을 두 번쯤 입 밖으로 꺼내고 보니 더욱 실감이 나는지 우경은 더욱 처량한 목소리로 웅얼거렸다.

　[연진이가 그래? 진짜로 너한테 남자를 소개시켜 달라고 했단 말이야?]

　"응."

　수화기 너머로 경현이 호들갑을 떠는 소리가 들렸다. 침울하게 울리는 우경의 목소리에 경현은 잠시 말을 잊고 버벅거렸다. 우경 그 자신은 깨닫지 못했지만 진영의 생신 파티 때 연진을 새로 만난 이후 우경이 그녀에게 마음을 빼앗겼다는 것은 알 만한 사람은 다 아는 일이었다. 물론 우경은 본인도 모르는 감정을 주위에선 이미 다 눈치 채고 있다는 사실을 당연히 모르고 있지만 말이다. 그렇지만 도대체 연진이 무슨 생각으로 우경에게 남자를 소개시켜 달라고 했는지 도통 이해할 수가 없었다. 분명 그의 생각이 맞다면 연진 또한 우경에게 흑심을 품고 있을 텐데, 고 앙큼한 꼬마 마녀의 머리통을 해부해 보기 전까지 답을 알 수 없을 것만 같아 경현은 황급히 소리쳤다.

　[잠깐만 기다려. 내가 연진이랑 통화한 다음에 다시 전화 줄게.]

　제 할 말만 하고 경현은 서둘러 전화를 끊었다. 그리고 성급한 손길로 연진의 번호를 눌렀다.

우경의 사무실에서 나온 연진은 아무렇지 않은 듯이 걸어가고 있지만 주위에 아무도 없다는 것을 확인하자 벽에 기대어 쓰러지고 말았다.

"어쩜…… 어쩜 그렇게 귀여울 수가……!!"

가까스로 벽을 짚고 서 있는 연지의 손이 흥분으로 부들부들 떨고 있었다. 세상에서 가장 달콤한 초콜릿을 떠올리는 표정이 연진의 얼굴 위로 떠올랐다.

남자를 소개시켜 달라고 했을 때 그 동그래진 눈동자라니, 어처구니가 없을 만큼 귀여워 죽는 줄 알았다. 정말 본능대로 아무 데나 콱 깨물어 버리고 싶은 것을 억지로 참느라 손이 다 부들거렸다.

서른두 살이나 되었는데도 변함없이 순진하고 소심하고 어리바리한 것이 너무너무 귀여워 죽을 지경이었다. 어쩜 옛날과 하나도 안 변했을까?

솔직히 그가 자신을 좋아한다는 사실은 이미 알아차린 지 오래였다. 다만 그 자신만 모르고 있을 뿐이었다. 게다가 친우의 감정을 눈치 챈 경현의 옆구리를 콕콕 찔러 확인 사살까지 해두었다. 친구의 입이 가볍다는 사실을 모르고 있는 우경만 불쌍할 따름이다. 자신의 감정을 감추려고 애를 쓰긴 했지만 언제나 자신을 바라보며 떨리는 한숨을 짓는 그를 모른 척하기엔 연진은 눈치가 빨랐다. 아니, 정확히는 우경에 대한 모든 것엔 아주 민감했다.

7살, 연진은 우경이 탐이 났다. 너무너무 탐이 나 미칠 것 같을 정도였다. 물론 어릴 때는 단순한 소유욕이었지만 지금은 애정이라 확신할 수 있다. 자신의 어디에서 이런 소유욕이 솟아났을까 싶기도 해 일부러 우경을 멀리해 보기도 했지만 결국 N극과 S극이 서로에게 강렬하게 끌리듯 연진은 우경에게 돌아갈 수밖에 없었다.

자신을 좋아하면서도 거리감을 두는 우경이 못마땅했던 연진은 일부러 그와의 만남을 극도로 자제했다. 특히나 고3이라는 걸 핑계로 일 년 동안 서로 보지 않았다. 그리고 수능이 끝나자마자 연진은 더 이상 어린애가 아니라는 것을 보여주기 위해 과감하게 자신을 드러냈다. 거침없는 옷차림과 당당한 그녀의 태도에 누구도 그녀를 어리게만 보지는 않았다. 우경 역시 완전히 달라져 있는 그녀의 모습에 당황한 기색이 역력하지 않던가?

처음 그녀가 사무실로 쳐들어갔을 때 그녀를 발견하고 감탄하던 우경의 표정이 떠올라서인지 연진의 입술이 만족스럽게 말려 올라갔다. 그때 그의 찬탄 어린 시선에 얼마나 우쭐했던가. 다시 떠올려도 짜릿했다.

하아.

힘겨웠던 과거를 떠올리자 연진의 입술에서 한숨이 새어나왔다. 자신이 자라는 동안 우경을 다른 여자에게 빼앗기지 않기 위해 얼마나 애를 썼던가? 그녀에게 시달리느라 원치도 않게 친구의 여자를 유혹해야만 했던 경현과 진혁의 희생이 아니었다면 불가능한 일이었다. 게다가 우경이 모르는 사이에 자신에게 반해 있었기에 다른 여자들을 떼어내는 것은 별로 어려운 일이 아니었다.

어쨌든 신우경 포획 작전은 시작된 것이다. 다시 말하자면 슬슬 요리해서 잡아먹을 시간이 되었다는 말이다. 이런 날이 오기를 얼마나 기다렸던가?

기나긴 인내 끝에 닥친 우경이란 과실을 드디어 손에 넣게 된 연진이 흥분으로 두 주먹을 불끈 쥐고 부르르 떠는 순간 그녀의 핸드백 안에서 벨소리가 울려 퍼졌다. 휴대전화를 꺼내 상대방이 경현임을 확인하고 연진은 피식 웃으며 전화를 받았다.

"막둥이 삼촌."

열심히 키웠던(?) 우경을 손에 넣을 준비를 마쳤다는 사실만으로도 기쁜 연진이 어리광이 듬뿍 배어나는 목소리로 전화를 받았다.

[윽, 우리 공주 기분이 엄청 좋은 모양이다?]

이젠 경현도 연진의 진면목을 어느 정도 눈치 채고 있었다. 그토록 사랑스럽고 귀여운 모습들이 모두 내숭이라는 사실을 알았을 때 그 절망감이란……

답지 않게 애교가 뚝뚝 묻어나는 목소리에 경현이 짐짓 징그럽다는 듯이 반응했다.

"그럼, 당연히 좋지. 왜? 우리 돌쇠가 그새 삼촌한테 전화했어?"

돌쇠. 연진이 우경에게 붙여놓은 별명이었다.

[너 우경이한테 남자를 소개시켜 달랬다며? 무슨 생각이냐?]

경현의 목소리는 의외로 담담했다. 그러나 연진은 속지 않았다.

"흠, 무슨 생각이라니?"

일부러 감질나게 대답하며 경현의 애를 태우자 수화기 너머에서 씩씩거리는 숨소리가 들렸다.

[너…… 우경이 가지고 노는 거라면 그만둬!]

"웃기시네. 누가 누굴 가지고 놀아? 저 인간이 얼마나 굼뜬지 삼촌이 몰라서 그래? 정신 차리게 한 방 먹여줘야지 제자리로 돌아올 인간이라고. 그러니 훼방 놓지 말고 구경이나 하셔."

[너……!]

오래전에 연진이 우경을 발견하고 했던 심봤다는 정확한 의미를 깨우친 경현이 질렸다는 듯이 말했다. 그러나 연진은 빙그레 웃기만 했다.

"흐음, 그런 조카의 사랑을 위해 친우의 여자들을 치워준 건 누구더라?"

[…….]

보지 않아도 경현이 딴청을 부리며 대답을 회피한다는 것을 알았지만 기분이 좋은 연진은 아무 말도 하지 않았다.

[우경이, 너무 괴롭히지 마라.]

결국 경현이 할 수 있는 말을 그것뿐이었다.

"괴롭히다니, 난 어여삐 여겨준 것뿐이라네. 그러니까 삼촌아, 우리 돌쇠한테 다시 전화해서 나한테 제대로 된 남자 소개 안 시켜주면 죽여 버린다고 협박하는 거 잊으면 안 돼."

사랑스러운 조카답게 연진은 방긋방긋 웃으며 경현을 위협했다. 전화기 너머에 있는 경현이 그런 자신에게 치를 떤다는 것을 알지만 연진은 그가 자신이 말한 대로 해주리라는 것을 믿어 의심치 않았다. 그래서 여태껏 우경의 여자들을 알아서 처리(?)해 주지 않았던가?

연진은 콧노래가 절로 나올 만큼 상큼해진 기분으로 토드백을 휙휙 휘두르며 엘리베이터 쪽으로 걸어갔다.

그날 저녁 바(bar) 티파니에서 우경과 진혁, 경현이 한자리에 모였다. 오늘 모임의 주제는 우경의 과제, 연진에게 남자 소개시켜 주기였다.

"뭐냐? 니들 또 왔어? 니들 때문에 내 가게 물이 엉망이잖아."

원형 테이블에 앉아 주문한 술을 기다리는 세 사람에게 다가온 효성이 얼굴을 일그러뜨리며 소리쳤다. 그들은 가게 주인인 효성과는 고등학교 동창이었다. 짧게 자른 머리에 한쪽 귀엔 조그마한 링 귀걸이가 매달려 있고 딱 달라붙는 쫄티 덕분에 단단한 가슴 근육이 여실히 드러나는 효성에게 세 사람은 힐끔 시선을 던질 뿐이다.

티파니라는 우아하고 세련된 이름으로 뭇 여성들을 홀리겠다는 효성의 원대한 계획에 방해된다며 그는 늘 세 남자를 구박했다. 우중충한(?) 남자 셋이서 자리 잡고 앉아 그의 가게 물을 흐린다는 말도 안 되는 투정을 부리면서 말이다.

"망할 놈들, 남의 장사 말아먹을 속셈이지?"

늘 입으로 툴툴거려도 진혁과 경현이 자주 찾아들자 그들을 보기 위해, 혹은 그들을 유혹하기 위해 여자 손님들이 늘고 있다는 것을 알고 있는 효성이다. 그래서 더 못마땅한 것이다. 그 많은 여인들이 자신을 보러 오는 것이 아니라 친구들을 보러 온다는 점이 마음에 들지 않았다. 온 세상의 여자들은 몽땅 자신만을 바라봐야 한다는 생각에 빠진 효성은 말기에 이르러 더 이상 치료가 불가능한 왕자병 환자였다.

"야야, 어째서 우리가 네 가게를 말아먹냐? 팔아줘도 불만이야."

가만히 듣고 있던 경현이 투덜거리자 효성이 밉지 않게 입술을 삐죽거린다.

"흥, 네놈들이 올 때마다 나의 어여쁜 아가씨들의 시선을 독차지한다는 것을 내 모를 줄 알아?"

"누가 너의 어여쁜 아가씨들이야?"

"뭇 여성들의 가슴을 설레게 하는 것은 나로 충분하다고."

은근슬쩍 그들의 자리에 끼어들며 효성이 거만한 표정으로 턱을 치켜들자 경현이 짜증난다는 표정으로 팝콘을 집어 던졌다.

"그런데 어쩐 일이냐? 이 초저녁부터 너희가 만나다니?"

"아아, 오늘은 축하주를 들 필요가 있어서 말이야."

"축하주?"

어리둥절한 효성의 궁금증을 경현이 풀어주었다.

"우리의 신 실장이 드디어 오랜 짝사랑을 깨달았다는 것, 아니겠냐? 축하할 일이지."

이때 우경은 무안한 표정으로 경현의 눈치를 살폈다. 사실은 아직도 어리둥절하면서 내심 죄책감에 사로잡혀 있는 중이었다. 그 자신도 오늘에서야 깨달은 연진에 대한 마음 탓에 심란해 죽겠다는 심정으로 어렵게 말을 꺼냈는데 친구들은 눈 하나 까딱 않고 오히려 이제 알았냐고 반문하니 어안이 벙벙하달까나? 도대체 다들 언제부터 알고 있었던 것일까?

경현이 히죽 웃으며 풀이 죽은 우경의 어깨에 팔을 얹고 의기양양하게 대답하자 효성의 눈이 휘둥그레졌다.

"오옷, 신 군. 드디어 자네의 감정을 깨달은 것인가? 이제야?"

감탄을 빙자한 놀림에 우경의 얼굴이 더욱 숙여졌다.

"그뿐이겠냐? 축! 짝사랑 발견에 이어 축! 짝사랑 해방이 되었지."

으스대는 듯 경현이 어깨에 힘을 딱 주며 약 올리듯 말하자 효성이 더욱 신이 나서 날뛰었다.

"오옷, 신 군. 자네 드디어 해탈의 경지에 도달한 건가? 그래? 어떻게 짝사랑이라는 고통에서 벗어난 건가? 그 비결 좀 알려주게."

"어쩌긴, 차인 거지. 그것도 완벽하게."

신이 난 얼굴로 이죽거리는 경현에게 우경은 이젠 짜증나는 표정으로 팝콘을 집어 던졌다.

"시끄러워."

"차였다고? 너 연진이한테 고백한 거냐? 용감한 놈. 주제파악을 해야지, 무슨 배짱으로 아저씨 주제에 아직 앳된 처자한테 집적거려, 집적거리길."

기다렸다는 듯이 신랄하게 조소를 퍼붓는 효성의 반응에 경현과 진혁은 잠시 그에게 애도를 표했다. 말이 끝나기 무섭게 우경의 주먹이 효성의 옆구리를 짧고, 굵게 내질렀기 때문이다.

"쿨럭!"

순간 스쳐 간 통증에 잠시 숨이 멎을 뻔한 효성이 마른기침을 토해내자 덕분에 테이블 위가 조용해졌다.

"차이긴 누가 차였다고 그래?"

조금 짜증이 난 어조로 우경이 소리치자 가만히 듣고 있던 진혁이 나지막하게 덧붙였다.

"그래, 차인 건 아니지. 고백도 하지 않았으니까."

"그래도 네가 연진이에게 남자를 소개시켜 줘야 한다는 건 사실이잖아."

진혁의 말이 끝나자 경현이 재빠르게 덧붙였다. 생글거리는 웃음으로 보아 일부러 상기시킨 말이 분명했다.

'저런 것들을 친구들이라고……'

잠시 속으로 이를 갈았지만 틀린 말이 아니기에 할 수 없이 잠자코 있는 우경이다.

"뭐? 연진이에게 남자를 소개시켜 줘? 너…… 그렇게까지 망가진 거냐?"

"그만 입 다물어라."

호들갑스러운 효성의 반응에 우경은 이를 악물며 나지막하게 중얼거렸다.

"불쌍한 놈. 그래, 마셔라. 오늘 네 술값은 내가 쏘마."

"오오, 짠돌이 사장이 웬일이야? 이야, 우경아, 이럴 때를 놓치면 안 돼. 죽어라고 붓자."

우경의 어깨에 팔을 터억 하니 얹으며 짐짓 연민에 가득한 표정으로 그에게 위로를 가장한 조소를 건네는 효성의 발언에 경현이 탄성을 터뜨렸다.

"네놈한테는 철저하게 다 받을 테니까 헛꿈 꾸지 말지?"

"……치사한 놈."

기대에 찬 경현을 일시에 침몰시키는 효성의 말에 경현의 얼굴엔 한순간 불만으로 가득 차고 말았다.

"치사는……. 돈도 많이 버는 주제에 힘겹게 술집이나 운영하면서 생계를 꾸려가는 이 불쌍한 친구의 등쳐먹을 놈이 더 치사다."

힘겹게…….

효성을 제외한 세 사람은 어처구니없는 표정으로 너른 바(bar)를 둘러보았다. 감미로운 재즈 음악과 바쁘게 움직이는 바텐더들의 손놀림과 가게 안에 가득한 손님들과 수시로 문이 열리는 입구까지……. 그 어딜 봐서 힘겹게 운영되는 곳이라 상상할 수 있을까?

친구들의 비난 어린 시선에 멋쩍어진 효성은 애써 딴청을 부리며 목청을 가다듬고 화제 전환을 위해 우경에게 말을 건넸다.

"흠흠, 그래, 말해보게. 어쩌다가 연진에게 남자를 소개시켜 줘야 하는 극형에 처하게 되었는가?"

"입학 선물이지."

"입학 선물일 거야."

분명 우경에게 향한 질문이건만 대답은 엉뚱한 두 남자, 진혁과 경현에게서 나왔다. 어리둥절해하는 효성의 표정에 머쓱해진 두 남자였다.

"난 카드─이때 경현의 표정을 그야말로 땅을 파고들어 갈 만큼 참담했다─를 상납했고, 진혁이 놈은 차까지 바쳤다. 그 빌어먹을 입학 선물이란 미명하에……."

말없는 애도를 보내며 효성은 두 사람이 불쌍한 나머지 자신도 모르게 연민 어린 표정으로 불쌍하다는 듯이 혀를 차고 말았다.

"그래도 저놈보단 낫지. 남자를 데려다 바쳐야 하진 않으니까. 어찌 보면 우경이 놈이 제일 불쌍하다니까. 짝사랑하는 상대에게 손수 남자를 바쳐야 하니까."

"그놈의 짝사랑 소리 좀 그만 해. 내가 왜 연진이를 짝사랑한단 말이야?"

스스로 감정을 잘 숨기고 있다고 생각하고 있었지만 그의 친구들이 다 그의 감정에 대해 알자 창피해진 우경이 대뜸 부정하고 나섰다. 느닷없는 고함 소리에 잠시 테이블 위가 조용해졌다. 그러나,

"웃기시네. 허구한 날 남의 조카를 잔뜩 굶주린 눈으로 바라본 놈이 누군데?"

어이없다는 듯이 경현이 코웃음을 쳤다.

"너 애인 이름보다 연진이 이름을 더 많이 말하는 거 아냐?"

가당찮은 소리를 한다는 듯 효성이 콧방귀를 뀌며 응수했다.

"만나던 여자들과 헤어진 다음 술에 취한 네 속내를 들어준 사람이 누구라고 생각해?"

가장 침착하고 태연한 얼굴로 의미심장한 발언을 하는 진혁이

가장 무서웠다.

"술에 취해 횡설수설하면서 헤어진 여자 이야기보단 늘 연진에 대해 말한 녀석이, 그러고도 자기 마음을 몰랐다는 것이 신기하다."

"헉!"

가만 생각해 보니 자신이 사귀던 여자와 헤어지면 늘 진혁을 불러내 이런저런 한탄을 하곤 했었다. 늘 인사불성이 되도록 술에 취해 대화 내용이 잘 기억은 안 나지만 진혁의 지적대로 사귀던 여자에 대한 이야기가 나온 적은 별로 없고 늘 연진이 어쩌구, 연진이 저쩌구 했다는 사실이 떠오르자 우경은 그야말로 절망하고 말았다.

"저런 걸 제 무덤 팠다고들 하지."

가뜩이나 절망하고 있는 우경의 가슴에 대형 작살을 사정없이 던지는 경현의 애틋한(?) 발언에 다들 공감한다는 듯 고개를 끄덕거렸다.

'이런 것들을 친구들이라고…….'

매번 만날 때마다 똑같은 생각을 해왔지만 지긋지긋한 우정이란 이름의 마수에서 벗어날 방도가 없기에 이젠 대화의 통과 의례로 간주하게 되었다.

"그래서 어떤 놈을 소개시켜 줄 거냐?"

남의 일이라고 얄밉게 깐죽거리는 효성을 매섭게 노려봐 주었지만 돌아오는 것은 엄살 섞인 조롱이었다.

"어이구, 무서라~ 그렇게 노려보니 오금이 다 저린다."

말로 할 때는 이미 지났다는 판단에 우경은 과감히 효성의 정강이를 걷어차 주었다.

"윽, 이노무 시키가……."

우경에게 정강이를 걷어차인 효성이 아픔에 얼굴을 일그러뜨리며 험한 말을 중얼거렸다.

"흥!"

그러나 과감한 콧방귀로 무시하는 우경에게 진혁이 가만히 말을 건넸다.

"그래서 소개시켜 줄 남자가 있긴 있는 거야?"

다시금 작금의 골치 아픈 상황을 상기시키는 진혁의 말에 우경의 입술을 비집고 무거운 한숨이 까마득하게 새어나왔다.

"어쩌지?"

머리를 감싸 쥐며 자학에 가까운 고민을 하는 우경이 불쌍해 보였는지 효성은 테이블 밑에서 반격하려던 자신의 발을 거둬들였다.

"어쩌긴 뭘 어째? 괜찮은 남자를 소개시켜 주면 되지."

우경의 고민이 별거 아니란 듯이 경쾌하게 대답하는 효성의 말에 남자들의 시선이 그에게 몰렸다.

"괜찮은 남자가 어디 있어서?"

거의 자포자기 상태에 빠진 우경이 힘없이 묻고,

"우경이에게 확실한 짝사랑의 종지부를 찍게 만들려고?"

어처구니없다는 듯이 경현이 빈정거리고,

"설마하니 네가 괜찮은 남자라고 생각하는 건 아니겠지?"

지나치게 자신감 넘치는 표정을 짓고 있는 효성을 보며 진혁이 생각조차 하기 싫다는 표정으로 그에게 물었다. 마지막 진혁의 말에 다른 두 사람이 눈을 휘둥그레 뜨고 다시 효성에게 시선을 집중하자 효성은 가슴을 과장되게 내밀고 턱을 치켜들며 거만하게 대답했다.

"당연하지. 나처럼 잘생기고, 능력있고, 여자한테 친절한……."

"에라이."

"그럴 줄 알았다."

자화자찬에 도취해 있는 효성에게 여기저기서, 특히나 경현과 우경에게서, 험악한 반응들이 날아들었다.

"왜들 그래? 나만한 남자 있음 나와 보라고 그래."

우악스러운 친우들의 주먹다짐에 한바탕 혼이 쏘옥 빠지고도 아직 정신을 못 차렸는지 효성이 가슴을 내밀며 소리치자 다들 어처구니가 없다는 표정들이다.

"차라리 좀 이상한 놈들 소개시켜 주고 네가 괜찮은 남자임을 인식시켜 보지, 그래?"

잘났다고 소리치는 효성을 이젠 무시하며 경현이 진지하게 조언을 해주었다.

"하아?"

지친 표정으로 우경이 반문하자 경현은 어깨를 으쓱이며 반문했다.

"너, 우리 연진이 좋아하잖아. 그것도 꽤 오래 짝사랑한 거 아냐? 차라리 잘 꼬셔서……."

"이제 대학교 들어가는 어린애를 어쩌라고?"

"그 어린애를 오래전부터 바라봐 온 속이 시커먼 늑대는 누구?"

"내, 내가 언제?"

오랫동안 봐온 것은 사실이지만 남자로서 연진을 바라본 것은 아니기에 우경은 내심 억울한 심정으로 소리 높였다. 그렇지만 아주 틀린 말은 아니기에 날카롭게 현실을 꼬집는 경현의 지적에 민망한 듯 슬며시 시선을 떨어뜨렸다. 이젠 완전 자포자기였다. 자신도 잘 몰랐던 마음을 모르는 이가 없다니 될 대로 돼라, 라는 심정이었다.

"그러고 보니 우경이 너, 혹시 로리콤이냐?"

"누굴 변태 취급하는 거야?"

의심스러운 듯 눈을 가늘게 뜨며 효성이 목소리를 낮춰 묻자 몹시 놀란 우경이 버럭 소리를 지르고 말았다.

"수상해, 수상해."

발등에 불이 떨어진 듯 펄쩍 뛰는 우경의 반응에 효성의 의심이 더욱 깊어진 표정이다.

"너 그거 병이다."

잠자코 있던 진혁마저 한마디 던지자 우경은 그야말로 울고 싶어졌다.

"아니라니까 그러네."

"그러고 보니 확실히 수상한걸? 너, 솔직히 말해. 우리 연진이 언제부터 좋아한 거야? 설마 처음 만났을 때부터는 아니겠지?"

효성과 비슷한 의심의 표정을 지으며 경현이 추궁하자 그야말로 억울해진 우경은 의자에서 펄쩍 뛸 듯이 반응했다.

"미쳤냐? 처음 만났을 때 걔는 코흘리개였다고."

"코흘리개? 너 설마 그때부터였냐?"

좀 더 은밀한 목소리로, 더욱 짙은 의심의 눈초리를 보내며 경현이 추궁하자 우경은 답답한 듯 자신의 가슴을 주먹으로 두들겼다.

"어휴, 나도 몰라. 젠장, 언제부터 그 녀석이 여자로 보였는지 나도 모른다고……."

"훗."

결국 항복 선언을 하다시피 한 우경의 발언에 진혁이 불쌍한 듯 코웃음을 치고 말았다.

"넌 당한 거야."

아직 사태를 파악하지 못하고 억울해하기만 한 우경에게 진혁이 고개를 절레절레 흔들며 경현과 효성 쪽으로 눈짓을 했다. 득의양양한 표정의 두 사람을 본 순간 우경의 머릿속에 확실히 당했다는 생각이 떠오르며 자신도 모르게 새어나오는 절망에 눈이 저절로 감겨졌다.

"자아, 우경이의 짝사랑 공식 선언을 축하하며 한잔하자."

어느새 각자의 앞에 놓여진 취향대로의 술잔을 가리키며 경현이 의기양양한 표정으로 소리치자 짓궂은 효성의 음성이 뒤를 이었다.

"크크, 짝사랑 공식 선언과 동시에 차인 불쌍한 남자를 위하여."

부글부글하고 서서히 열이 받기 시작한 우경의 귀에 브루투스의 간결한 어조가 들렸다.

"······위하여."

진혁, 너마저······.

더 이상 화도 나지 않아 우경은 자신의 앞에 놓인 술잔을 힘없이 들어 친구란 이름의 악마들과 잔을 부딪쳤다.

"그래, 맘대로 가지고 놀아라."

가볍게 입술만 축인 진혁이 가장 먼저 잔을 내려놓고 우경에게 물었다.

"그래, 정말 어쩔 거야?"

"야, 나한테 도움 청해도 소용없어. 난 그 녀석 감당 못해."

우경이 대답하기도 전에 경현이 먼저 끼어들어 소리쳤다. 처음 연진을 소개시켜 줬을 땐 팔불출 삼촌이 따로 없을 만큼 애지중지하던 녀석이 이젠 손사래를 쳐가며 아주 학을 뗀 표정으로 소리쳤다. 겨우 연진의 속에 들어간 여우를 알아차린 모양이다. 그쪽으로 한심하다는 듯 한번 노려봐 준 다음에 우경은 진혁 쪽으로 고개를 돌렸다.

"정말, 나도 어떻게 해야 할지 모르겠다. 그 녀석 나이에 소개시켜 줄 만한 젊은 남자들이 많은 것도 아니고······. 내 쪽에선 젊다고 생각해도 그 녀석 나이에 봐서 늙었다고 생각할 수도 있잖아."

"너, 진짜로 남자를 소개시켜 줄 생각이냐?"

처량하게 늘어놓는 우경의 푸념에 진혁은 조금 놀란 표정으로 반문했다.

"그럼? 다른 방법 있냐?"

대답과 동시에 새어나온 한숨이 우경의 어깨를 한없이 처지게 만들었다.

"차라리 경현이 말대로 해보지?"

"그 원망, 같이 감당할 자신 있냐?"

"크흠."

표정 변화가 드문 진혁이 난감해하는 모습을 보일 만큼 연진의 영향력은 막강했다. 아무리 귀엽고 깜찍함으로 중무장했던 초등학생일 때도 얼핏 눈가에 비치는 영악함과 약삭빠름을 알아차린 진혁이다. 게다가 조신하게 자랐다고는 하나 성문그룹의 막강 실세 역할을 톡톡히 했던 그녀의 어린 시절을 기억하는 그들로서는 그 조신함을 내숭이라 확신했다. 그리고 그 확신은 결국 진실임이 드러났다.

"딴에는 괜찮은 놈이라고 생각해도 연진이 마음에 안 들 수도 있으니까 차라리 연진이한테 원하는 조건이 있는지 물어봐."

"……그럴까?"

좋아하는 여자한테 남자를 소개시켜 줘야 하는 상황이 기정사실화가 되어갈수록 우경의 표정이 점점 울 것처럼 일그러졌다. 그 모습에 속으로 웃음을 삼킨 진혁은 사뭇 친절한 조.언. 을 아끼지 않았다.

"그 녀석이랑 식사라도 하면서 취향에 대해 한번 알아봐."

"그거 묻는데 무슨 식사까지나……."

퉁명스럽게 대답했지만 은근히 기대하는 표정이다.

"그렇게 만나다 연진이가 네게 은근한 감정을 갖게 될지 혹시 모르잖아?"

"설마……."

애써 부정해 보지만 서서히 진혁의 말에 마음이 쏠리는 모습이 역력히 보이기 시작한 우경이다.

"원하는 남자의 조건을 알아야 한다는 핑계로 자주 만나. 그러다 보면 알지 못했던 상대방의 의외의 모습들을 발견할 수 있는 거고, 그러다 보면 정들지 않겠어?"

의외로 이런 일에 관심을 보이지 않을 줄 알았던 진혁이 뜻밖의 조언을 건네자 우경의 마음이 심하게 흔들리기 시작했다.

"시도도 하지 않고 물러서는 것은 사내가 아니지."

은근한 부추김까지…….

경현과 효성은 흥미진진한 표정으로 진혁과 우경의 대화를 경청하고 있었다.

"그…… 렇겠지?"

진혁의 설득에 넘어갔는지 우경의 마음이 확실히 기울기 시작했다.

"혹시 알아? 연진의 이상형 중에 너랑 맞는 부분이 있을지……."

"음……."

"게다가 이제 연진인 미성년자가 아니야. 어엿한 성인 여자라고. 그저 지켜주고 바라만 봐야 할 나이는 지났어. 언제까지 화실의 난초마냥 바라만 보고 있을 참이냐? 바라만 본다고 그 난이 네 것이 되지는 않아. 가장 가까이에서 지켜주고, 아껴주고, 보살펴 주고 싶은 마음이 없는 거야? 그 난을 너만의 것으로 독차지하고 싶은 마음이 전혀없다고 할 수 있어?"

조금은 매정하게 들리는 진혁의 충고에 가만히 듣고 있던 우경이 갑자기 벌떡 자리에서 일어섰다.

"나, 전화 좀 하고 올게."

결의에 찬 표정으로 휴대전화를 들고 나가는 우경의 뒷모습을 쫓으며 경현이 지나가는 식으로 진혁에게 물었다.

"너도냐?"

그 의도를 뻔히 눈치 챘으면서도 진혁은 얄밉게도 단정한 표정으로 시치미를 뚝 떼고 앉아 있었다.

"짜식, 너도 연진이 끄나풀이냐고?"

대답 기다리는 사람 속 태울 만큼 느긋하게 술을 한 모금 들이키고는 진혁은 피식 웃으며 고개를 설레설레 저었다.

"그 녀석에게 자동차까지 갖다 바친 거 보면 모르겠냐?"

진혁의 입에서 대답이 나오는 걸 기다리다 지친 성질 급한 효성이 대신 경현을 타박했다.

"아, 그렇군."

그제야 수긍한 경현은 고개를 끄덕거리다 진혁의 어깨에 한쪽 손을 처억 하니 얹으며 촉촉이 젖은 음성으로 한마디 던졌다.

"너도 불쌍한 놈이구나."

그 한마디에 진혁의 이마에서 핏줄이 뽈록 올라오며 과격한 손 놀림으로 그가 경현에게 팝콘을 집어 던지게 되었다.

클럽 멤피스에 연진이 나타나자 잠시 주위가 조용해졌다. 오늘의 주인공이 전세 낸 덕분에 익숙한 얼굴들만 보였다. 너무 많은 사람들이 북적이는 것을 싫어하는 연진으로서는 다행이지만 그 얼굴이 그 얼굴이라 식상한 기분도 들었다.

달라진 것이 있다면 그녀 자신.

당연히 여겨지던 조신하고 얌전한 여학생의 모습은 대학교 입학과 동시에 벗어던졌다. 그동안 입고 싶어 근질거리던 미니스커트를 과감하게 사고 마치 밤의 여왕처럼 화려하고 요열한 자태를 뽐내는 그녀에게 당황스러워하는 시선들이 날아들었다.

"어머, 연진아. 너 분위기가 달라졌다."

"학교는 어때? 우리랑 같이 강성대학에 들어갔으면 좋았을 텐데."

"어서 와."

여기저기서 연진을 반기는 사람들에게 일일이 가볍게 응수하며 연진은 지나가는 웨이터한테서 샴페인 잔을 건네받았다.

"왔니?"

파티의 주인공에게 향하는 연진의 앞길을 막아서는 사람이 있었다. 새침하게 말을 건네는 초희에게 연진이 시큰둥하게 시선을 던졌다.

"아아."

자신의 앞을 가로막는 초희의 위아래를 훑어보던 연진은 쓴 미소를 삼켰다. 단정하게 아래로 뻗은 긴 생머리와 하얀 분칠에 가까운 화장, 그리고 조신하게 차려입은 하얀 블라우스와 충성한 검은색의 치마까지. 초희가 기를 쓰고 흉내 내려는 상대가 누군지 알 것 같아 씁쓸한 비웃음이 새어나왔다. 한때 조신한 여학생 흉내를 내느라 입었던 그녀의 무대복이 아니던가? 사람들이 당연히 연진의 분위기라고 받아들이던 모습을 어느새 초희가 흉내 내고 있었던 것이다.

"너 뭔가 달라졌다?"

초희가 연진의 위아래를 훑어 내려가며 어처구니없다는 듯이 비웃어도 연진은 대수롭지 않다는 표정으로 무시했다.

"꼭 업소 나가는 애들 같아."

자존심이 상하지만 유진의 시선을 붙잡기 위해서라면 이보다 더한 모욕이라도 참아낼 수 있던 초희는 보란 듯이 달라진 연진의 모습에 입 안쪽의 여린 살을 깨물며 터져 나오려는 비명을 참아낼 수밖에 없었다. 달갑지 않은 얌전한 의상에 답답해하는 그녀를 약올리듯 과감한 노출을 서슴지 않는 연진의 변화에 짜증과 질투가 동시에 솟구쳤다.

초희는 일부러 연진을 비꼬는 발언을 했지만 연진은 그런 초희의 말을 가볍기 무시했다.

"강초희, 함부로 말하지 마."

그녀 대신 나선 사람은 달갑지 않은 유진이었다. 초희를 못마땅한 시선으로 노려봐 준 다음 연진을 돌아보는 그의 눈빛은 달콤한 꿀단지를 발견한 곰처럼 희번덕거렸다. 감탄을 감추지 않고 완연히 드러내 보이는 그런 그의 눈빛에 초희의 불안함은 더욱 커져만

갔다.

"왔구나. 잘 지냈어?"

겉으로는 친절하게 대하고 있지만 사실 유진은 화가 많이 난 상태였다. 당연히 연진도 강성대학에 갈 것이라 생각하고 있었는데 합격자 발표 후에 알게 된 그녀의 다른 대학 진학에 분노를 금치 못했다. 여태껏 잘만 같은 재단의 학교에 다니다가 한마디 말도 없이 다른 대학으로 가버린 그녀가 괘씸한 것이다. 그러나 생각을 달리 하기로 했다. 차라리 다른 대학에 가서 쓰잘데기없는 사내놈들을 만나다 보면 자신이 얼마나 괜찮은 남자인지 새삼 깨달을지도 모른다는 생각이 들어서였다.

그런데 연진의 모습이 달라져 있었다. 고전적인 줄리엣의 청초하고 고아한 모습은 온데간데없이 사라지고 위험스러울 만큼 방탕하고도 도도해 보이는 클레오파트라가 존재했다.

"주연진, 예뻐졌다."

스윽 자신을 훑어 내리는 유진의 시선이 차가운 뱀의 그것마냥 소름이 돋아 연진은 냉랭한 표정으로 응수했다. 슬쩍 몸을 돌려 다른 곳으로 향하려던 연진의 팔을 유진이 잡았다.

"오랜만에 보는 건데 이렇게 무시할 거야?"

"오랜만에 보는 건데 넌 여전히 무례하구나?"

싸늘하게 응수하는 연진의 태도가 고깝기는커녕 가소로운지 유진이 피식 웃었다. 그 모습을 곁에서 지켜보는 초희의 눈빛이 심상치 않게 매서워졌지만 연진도, 유진도 그녀를 신경 쓰고 있지 않았다.

"주연진, 왔어?"

겨우 그녀가 만나려고 온 사람이 달갑지 않은 상황에 끼어들었다.

"어이, 이유진. 그만 연진이 손 좀 놓지 그래?"

오늘의 주인공이 반짝이는 붉은 드레스를 입고 연진의 팔을 잡고 있는 유진의 손 위에 살짝 자신의 손을 얹었다. 그리고 경고의 시선을 보내는 것을 잊지 않았다. 파티의 주인공에게 밉보여 좋을 것이 없기에 유진은 순순히 연진의 팔을 놓아주었다. 어차피 밤은 기니까.

유진이 놓아준 연진의 팔에 자신의 팔을 끼며 보영은 달콤하게 미소 지었다.

"양보해 줘서 고마워."

유진은 신사답게 물러섰으나 그의 교활한 눈빛은 여전히 연진에게 못 박혀 있었다.

"휘유, 오늘 무슨 일 있어? 설마 내 파티에 오기 위해 이런 과감한 패션을 선택했다는 건 아니겠지?"

한쪽에 놓인 바(bar)로 연진을 안내하며 보영이 연신 휘파람을 불며 감탄사를 터뜨렸다. 연진이 평소와 달리 위험스러울 만큼 짧은 미니스커트와 몸에 달라붙는 가죽 재킷을 입고 나타났기 때문이다.

"오늘 드디어 결전을 치르고 왔지."

연진이 피식 웃으며 대답했다.

"결전?"

의기양양한 연진의 말에 보영이 흥미를 보이며 바짝 다가서 귓

속말로 속삭였다.

"부디 저 재수탱이 이유진의 거시기를 차버렸다는 말을 해줘."

보영의 말에 연진의 입술에서 시원스러운 웃음소리가 터져 나왔다. 낭랑한 그녀의 웃음소리에 사람들의 이목이 잠시 그녀들에게 집중되었으나 파티의 주인공과 다정히 이야기를 나누는 그녀들을 방해할 만한 배짱을 가진 사람은 아무도 없었다.

"설마, 그러고는 싶지만 나도 이미지라는 게 있으니까 참아야지."

"흥, 기집애. 이미지 관리에 무지 신경 쓴다니까."

보영이 샐쭉하니 입술을 내밀었지만 그녀의 눈동자에서 웃음기가 가득한 것을 본 연진은 피식 웃으며 그녀의 팔을 토닥거렸다.

"그나저나 쟨 왜 온 거야?"

연진이 유진을 가리키자 보영은 못마땅한 얼굴로 투덜거렸다.

"내 말이. 나도 초대하고 싶지는 않았지만 어쩔 수가 없잖아. 이 바닥 인원이 다 그 인원인걸."

대부분이 집안끼리 알고 지내는 재벌 2, 3세들이었다. 게다가 거진 강성재단 출신이니 낯선 얼굴이 드물었다.

"오늘은 내가 주인공이니 제발 초희랑 붙지 말아줘."

비굴하다시피 보영이 양손을 모으며 장난스럽게 부탁하자 연진은 손을 살래살래 흔들며 피식 웃었다.

"저쪽에서 시비만 안 걸면 나도 안 부딪쳐."

언제나 연진을 눈엣가시처럼 여기는 초희와 같은 공간에 있다는 사실이 보영은 불안했다. 아니, 사실 그렇게 불안한 것은 아니었다. 싸움도 받아주는 쪽이 있어야 되지 않겠는가? 늘 초희가 시비를 거는 쪽이지만 연진은 무시하는 쪽이라 그다지 싸움이라고 부를 만한 일은 별로 없었다. 단지 일 년에 한 번 있는 생일파티의 분위기를 망치는 것은 아닌지, 그게 걱정될 뿐이었다. 그렇지만 유진도 있으니 크게 문제가 되지는 않겠지 싶어 조금은 마음을 놓았다. 유진을 좋아하는 초희가 설마 유진이 있는 자리에서 대놓고 연진을 공격하진 않겠지 하는 속내가 있었다.

"그래서, 말해봐. 결전이라니?"

"아아, 그런 게 있어."

궁금하다는 보영에게 연진은 살짝 웃으며 대답을 회피했다.

"뭐야? 사람 궁금하게?"

"쿡, 조금 있다가 알려줄게."

"좋은 일이야, 나쁜 일이야?"

연진의 붉은 입술이 매혹적으로 말려 올라갔다. 몰래 그녀들을 훔쳐보던 사내들의 마음을 설레게 하는 고혹적인 미소였다.

"좋다기보단 재밌는 일이지."

"재밌는 일?"

보영이 호기심을 드러내자 연진은 의미심장한 웃음으로 대답을 대신했다.

"흐음?"

마찬가지로 보영 역시 의미심장하게 반응하자 연진은 못 말리겠다며 화제를 바꾸었다.

"참, 늦었지만 생일 축하해."

"이르지만이겠지. 내 생일은 내일이잖아."

한쪽 눈을 찡긋이며 보영이 대꾸하자 연진은 빙그레 웃었다. 사실 오늘의 파티는 보영의 생일 전야제인 것이다. 진짜 생일인 내일, 낮은 절친한 친구인 자신과 함께 보내고, 저녁엔 가족들과 단란한 한때를 보내는 것이 보영의 계획이다.

"그래, 이르지만."

"참, 태헌이 이야기 들었어?"

"뭘? 그 녀석 또 사고 쳤대?"

또래에다 마침 같은 학교에 다녔기에 태헌이 종종 여자들과의 문제에 얽히는 이야기가 귀에 들려오곤 했다. 마음이 약하다기보단 우유부단한 편이 맞는 태헌은 늘 여자에게 휘둘려 일을 만들곤 했다. 중학생 때 여자 하나를 임신시켜 집안을 발칵 뒤집어놓은 보영의 못 말리는 사촌이다.

"그래, 미치겠다. 이번에 글쎄, 태헌이보다 다섯 살이나 많은 여자가 집까지 찾아와서 죽는다고 소리소리 질러댔잖아. 임신은 아니고 태헌이가 다른 여자 만난다고 그랬나 봐. 그래서 작은 고모가 길길이 날뛰고 난리도 아니었어. 덕분에 오늘 오지도 못하고 집 안에 갇혀 있잖아. 조만간 군대에 보내 버리신대."

"가서 정신 좀 차리고 오라 그래."

학습능력이라곤 없는 태헌에게 더 이상 동정할 가치는 없다는 판단에 연진은 냉정하게 말했다.

"그러게 말이야. 가서 정신 좀 차려서 나와야 할 텐데……."

오랜만에 만난 두 여인은 수다꽃을 피우느라 어느새 음악이 애

잔한 재즈로 바뀌었다는 사실을 알아차리지 못했다.

"주연진, 춤추자."

보영과 키득거리며 이야기를 나누던 연진은 불쑥 내밀어진 유진의 손을 한번 쳐다보고 그의 얼굴로 시선을 올렸다. 보영과 이야기를 나눌 때 떠올랐던 부드러운 미소는 사라진 지 오래였다.

"싫은데?"

냉랭한 연진의 태도에 유진의 단정한 이마에 빗금이 쳐졌다. 번번이 내민 그의 손을 무시하는 연진이 괘씸하면서도 그 도도한 자존심을 언젠가 기필코 꺾어버리겠다는 도전 의식이 무섭게 타올랐다.

"난 너와 춤춰야겠어."

춤추고 싶어도 아니고, 춤추지 않을래도 아니고 춤춰야겠어 라니. 연진은 기가 찬 듯 살짝 콧방귀를 뀌며 그에게서 등을 돌렸다. 여전히 자만심 강하고 무례한 녀석이라며 연진의 미간이 살짝 일그러졌다.

그러나 연진이 그에게 몸을 돌리자마자 유진이 그녀의 팔을 잡고 이끌었다.

"이거 놓지 못해?"

유진에 의해 강제로 자리에서 일어나게 된 연진이 냉정한 얼굴로 그의 팔을 뿌리쳤다. 이미 클럽 안의 시선이 그들에게 향한 것은 오래였다. 주연진과 이유진, 그리고 강초희. 이 세 사람이 얽힌 삼각관계는 그들에겐 재미있는 가십거리나 다름없었다. 연진에게 거절당하면 쿨한 듯 물러나면서도 주위를 맴돌며 그녀에 대한 소유욕을 드러내는 유진과 대놓고 싫어하지는 않으나 언제나 그를 거절하며 틈을 주지 않으려는 연진의 실랑이는 언제나 흥미만점이었다. 게다가 이쯤 끼어드는 날카로운 목소리 하나.

"뭐 하는 거야?"

역시.

사람들의 예상대로 초희의 목소리가 날카롭게 공간을 후려쳤다.

초희가 씩씩거리며 붉어진 얼굴로 연진의 팔을 붙잡고 있는 유진을 노려보았다. 냉큼 달려와 연진의 팔을 밀쳐 내고 유진의 팔에 자신의 팔을 끼웠다. 그리고 독기 어린 시선으로 연진을 노려보았다. 그 모습에 연진은 그저 기가 찰 뿐이었고 유진은 달라붙은 초희가 귀찮은지 그녀를 떨어뜨리려고 애를 썼다.

"떨어져."

"싫어."

"야!"

고집을 부리며 자신의 팔에서 떨어지지 않는 초희에게 유진이 위협적으로 노려보았지만 초희는 아랑곳하지 않았다.

"초희랑 춤춰. 난 귀찮으니까."

"야, 주연진."

인심 썼다는 듯이 손을 휙휙 내저으며 그를 물리치는 연진의 태도에 기분이 상한 유진이 버럭 소리를 질렀다. 초희는 그런 그가 야속한지 원망스러운 시선으로 올려다보았지만 유진의 분노에 찬 시선은 연진에게 고정되어 있었다.

그때였다. 연진의 휴대전화가 부르르 떨며 전화가 왔음을 알렸다. 휴대전화 액정에 뜬 이름을 보고 연진은 유진에게 보란 듯이 고혹적인 미소를 지으며 전화를 받았다.

"어."

간결한 그녀의 대답에 수화기 너머에서 머뭇거림이 느껴졌다.

"무슨 일이야?"

그러나 보란 듯이 달콤하게 속삭이는 목소리에 유진이 놀랐는지 마른침을 꿀꺽 삼키는 소리가 생생하게 전해져 연진은 터져 나오려는 웃음을 억지로 참을 수밖에 없었다. 그러나 그런 연진의 모습을 오해한 유진의 눈빛이 사납게 일렁거리기 시작했다.

[저기, 난데⋯⋯.]

소심쟁이 같으니라고⋯⋯.

수화기 너머로 들리는 조심스러운 그의 목소리를 느끼며 연진이 부드럽게 웃었다. 언제나 그녀 앞에선 제대로 말 한마디 꺼내지 못하고 쩔쩔매는 순진함이 우스우면서도 한편으론 존경스럽기까지 했다.

"아아⋯⋯."

게다가 눈앞에서 질투심에 눈을 번득이고 있는 어설픈 늑대 한 마리까지 있으니 연진의 반응이 더욱 농염해졌다.

[있지, 저기⋯⋯.]

그러나 쉽게 말을 꺼내지 못하는 우경의 소심함 때문에 그녀의 인내심이 조금씩 바닥을 드러내기 시작했다.

"듣고 있어, 말해."

속으로는 인내심이 바닥을 치고 있지만 노려보고 있는 유진 때문이라도 쉽게 속내를 내비칠 수는 없는 노릇이었다. 애써 달래가며 기다린 끝에 우경에게서 용건을 들을 수가 있었다.

[저기, 네가 남자를 소개시켜 달라고 그랬잖아. 내 생각엔 저기, 아무래도 쉽게 선택하기 어려울 것 같아서 말이지. 그래서 식사라도 같이 하면서 대…… 화라는 것 좀 하지 않을래?]

빙고!

드디어 듣고 싶었던 말이 나오자 연진은 끈적일 정도로 진득하게 나오는 엔도르핀의 형성에 온몸이 녹아내릴 지경이었다. 그러나 그런 극상의 감각을 느꼈다는 모습을 다른 사람들에게 보이기가 싫어 애써 품위를 유지하며 상대방에게 대답을 주었다.

"언제?"

묘하게 농염한 눈빛과 목소리, 그리고 자신도 모르게 배배 꼬는 몸짓으로 보아 전화를 건 상대가 남자임을 유진은 직감했다. 그것도 이성으로서의 호감이 있는 상대가 분명했다. 당장이라도 전화기를 빼앗아 버리고 싶은 충동이 일었지만 쿨가이로서의 이미지 때문에 마음먹은 대로 행동하지 못했다.

[어, 저기…… 언제가 좋을까?]

딱 부러지게 의견을 말하지 못하고 그녀의 눈치만 살피는 점이 조금 한심하긴 했지만 그녀 앞에서는 언제나 소심우경모드이기 때문에 눈감아줄 수밖에 없었다.

"내일 저녁 어때?"

[그, 그래.]

"내가 내일 오후에 다시 연락할게."

[그, 그럴래? 그래, 그럼.]

"그럼 내일 봐."

상큼한 목소리로 전화를 끊고 나서 연진은 용건이 있는 얼굴로 유진을 바라보았다. 붉으락푸르락하는 표정으로 보아 한바탕 난리를 칠 분위기였다.

"누구야?"

"너하곤 상관없는 사람."

"누구냐니까!"

결국 언성을 높이고 만 유진 때문에 홀 안의 시선이 집중되고 말았다. 귀찮게 됐다며 연진이 조금 짜증 어린 표정으로 유진을 노려보며 조금 전과 똑같이 대답했다.

"너하곤 상관없는 사람."

"어떤 놈이야?"

한 발짝 다가가며 유진은 위협적으로 연진에게 으르렁거렸다. 그러나 연진의 짜증스러운 표정은 좀처럼 가시지 않았다. 연진은 그를 직접 상대하는 게 짜증나는지 시선을 비껴 초희에게 다시 말을 했다.

"얘 좀 데려가지?"

마치 귀찮게 달라붙는 스토커를 가리키는 것마냥 유진에게 턱짓을 하자 초희는 말 그대로 눈에 보이는 것이 없어져 버렸다. 연진에게 저따위 취급을 받는다는 모욕적인 기분에 그만 손을 휘둘러 그녀의 뺨을 내리치고 말았다.

"악!"

"무슨 짓이야?"

볼이 찢어지는 것 같은 아픔과 충격에 눈앞이 아찔했던 것도 잠시, 이런 상황에 당연히 반사적으로 맞받아치려고 늘 생각해 왔던 연진은 눈앞의 타깃이 사라졌음을 알고 당황하고 말았다. 초희가 연진을 때리는 동시에 놀란 유진이 초희를 뒤로 떠밀었기 때문이다. 잠시 갈 곳 없어 방황하던 연진의 손을 보영이 슬그머니 아래로 잡아끌었다.

'이런 쪽이 다 있나.'

"쪽팔리지? 이래서 유진이가 너한테 미움받나 보다."

귓가에 조그맣게 속삭이는 보영의 목소리는 무척이나 즐거워 보였다.

"어떻게 저런 멋진 타이밍으로 헛손질하게 만들까?"

말로는 안쓰러워하는 것 같지만 표정은 다른 말을 하고 있었다.

"가끔은 네가 내 친구가 맞는지 정말 의심스럽다."

"너도 그러니? 나도 그래."

눈을 흘기며 한마디 던지는 연진의 말에 기죽지 않고 보영은 정색하며 맞받아쳤다. 그 대답에 연진이 기가 찼는지 어이없어하는 표정을 짓자 보영은 어떠냐는 식으로 어깨를 한번 으쓱일 뿐이었다.

"저게 널 어떻게 대하는지 보면서도 그래? 널 완전히 스토커 취급하고 있다고……."

유진에게 떠밀려 바닥에 주저앉은 초희는 그런 그의 행동에 배신감을 느끼며 악을 썼다.

"스토커라면 차라리 경찰에 신고라도 하지."

초희의 말에 연진은 보영의 귓가에 대고 슬그머니 중얼거렸다.

"그러게."

동감이라며 보영도 조그맣게 맞장구를 쳤다. 이젠 모든 시선이 연진—유진—초희 구도에서 벗어나 유진—초희 구도로 집중되고 있는 분위기였다. 그 둘에게만 왠지 모를 스포트라이트가 느껴진 달까? 그래서 연진은 보영과 함께 슬쩍 한 발짝 뒤로 물러나 관중이 되어 그 둘의 신파를 지켜보기로 했다.

"그건 내 사정이야. 네가 참견할 일이 아니야."

답답해진 유진이 차갑게 응수하자 초희의 표정이 그대로 굳어 버리고 말았다.

"역시나 네가지 이유진. 굉장해."

음률까지 맞춰가며 보영이 조그맣게 빈정거리자 연진도 그 말에 수긍하는지 고개를 끄덕거렸다.

"연진인 널 좋아하지 않아."

유진의 차가운 말에 상처 입은 표정을 짓던 초희가 이내 반항적으로 소리를 질렀다. 그 말에 유진의 어깨가 뻣뻣하게 굳는가 싶더니 이내 털어버리듯 거만하게 턱을 치켜들고 대꾸했다.

"너하곤 상관없는 일이야."

"왜 상관없어? 난 널 좋아한단 말이야."

자리에서 벌떡 일어난 초희가 악을 지르듯 소리치자 홀 안에 급속도로 긴장감이 돌기 시작했다.

"멋져, 강초희."

그다지 좋은 사이는 아니지만 연진은 그녀의 용기에 감탄하며 솔직하게 빈정 반, 감탄 반을 담아 중얼거렸다.

"그래도 저건 연례행사잖아."

연진의 중얼거림을 들었는지 보영이 조그맣게 응수했다. 초희가 유진에게 좋아한다고 표현한 게 벌써 십여 년이 넘어가고 있는 터라 이중에서 그녀의 감정을 모르는 이는 아무도 없을 정도였다.

"그래도 저렇게 한 사람한테 목맨다는 게 얼마나 대단한 건데?"

짐짓 진심으로 감격했다는 표정으로 연진이 대답하자 보영의 눈빛이 미묘해졌다.

"호오, 그런 사람을 나는 또 한 사람 알고 있지."

의미심장한 보영의 시선이 자신을 찌를 듯 바라보자 연진은 '내가 뭘?' 이란 듯이 고개를 빳빳이 들고 딴청을 피웠다.

"난 널 좋아하지 않아."

초희의 진심 어린 외침에도 유진은 코웃음을 치며 거부했다. 그러자 초희의 얼굴에서 핏기가 급속도로 빠져나갔는지 금세 하얗게 질리고 말았다.

"아무튼 저 거만하고는……."

늘 초희의 마음을 거절하는 유진의 거만한 태도가 마음에 들지 않는지 보영이 못마땅하게 중얼거렸다.

"냅둬, 원래 저러잖아. 지 성격인데 어쩌겠어? 나중에 데리고 살 여자가 고치라고 그래."

발끈한 보영의 손을 다독거리며 연진은 대수롭지 않은 듯이 중얼거렸다.

"그러다 네가 데리고 살면 어쩌려고?"

"아서라. 어디 그런 해괴망측한 소릴…… 떽!"

장난기가 발동한 보영이 심술궂게 속삭이자 연진은 정색하며 학을 뗐다. 그때였다.

"주연진."

마치 그녀들의 대화를 들은 듯 유진이 연진의 이름을 부르자 연진은 가슴이 철렁 내려앉았다. 그러나 애써 태연한 척 그를 바라보았다. 초희에게서 떨어져 나온 유진이 성큼성큼 연진에게 다가오기 시작했다. 문득 연진은 유진과 초희를 비추고 있던 스포트라이트가 자신 쪽으로 다가오는 불길한 환영을 보며 한숨을 삼켰다.

"주연진, 너 정말 내 마음을 몰라?"

뜻밖에도 나지막한 목소리로 유진이 거만하게 말을 꺼내자 연진은 어처구니가 없는지 코웃음을 쳤다.

"네 마음? 몰라. 내가 알 필요가 있어?"

순간 유진의 신형이 휘청거렸다. 너무나 냉담한 연진의 말에 자신도 모르게 충격을 받은 것이다.

"뭐…… 라고?"

"난 애초부터 너한테 관심 따윈 없었다고. 그리고 네 마음? 언제 제대로 나한테 표현하기는 했니?"

"네가지 이유진을 뛰어넘는 완벽재수발언. 오늘 날 잡았구나."

곁에서 듣고 있던 보영이 연진의 귀에만 들릴 정도로 낮은 목소리로 응원을 보내고 있었다. 한편으로는 속절없이 그녀에게 당하는 유진이 처음으로 불쌍하게 느껴질 정도였다.

"사람을 물건 취급하며 네 여자 운운하지만 말이야, 넌 한 번도 내게 네 진심을 보여준 적이 없었어. 내가 지금까지 너를 내버려 뒀던 건 대꾸하는 게 귀찮아서였지 그 이상도, 이하도 아니야."

"너 말 다 했어?"

"그래, 다 했어. 다 했으니까 그만 물러가 줘."

귀찮은 벌레 쫓듯이 손을 휙휙 내저으며 자신을 내쫓으려는 연진의 태도에 화가 난 유진이 버럭 소리를 질렀다.

"좋아해. 내가, 이 이유진이 주연진을 좋아한다고."

발작적으로 소리치는 유진의 말에 뒤에 우두커니 서 있던 초희의 몸이 휘청거렸다. 그러나 이성을 잃은 듯한 유진이 성큼성큼 연진에게 다가가 그녀의 양팔을 붙잡고 성마르게 그녀를 흔들어 댔다.

"다시 말해줘? 내가 주연진을 좋아한다고. 이래도 내가 진심을 보여주지 않아?"

짜증스러운 표정으로 유진의 손을 뿌리친 채 연진은 불쾌감이 그득한 표정으로 대꾸했다.

"나 너 싫어. 됐니? 그러니 그만 해!"

"주연진, 너……."

"그만!"

냉담한 연진의 태도에 유진이 으르렁거리며 무어라 대꾸할 참에 옆에서 벼락같은 호통 소리가 터져 나왔다. 골이 난 사람처럼 볼을 부풀리며 허리에 손을 얹고 연진과 유진을 노려보는 보영에게 모든 시선이 집중되었다.

"오늘 이 파티의 주인공은 나라고. 들러리들은 그만 나서지 그래? 이만하면 여흥거리는 충분했어. 이유진, 너 분위기 망칠 거면 그만 가."

연진의 냉소적인 태도와 보영의 축객령에 잠시 씩씩거리던 유진은 거친 몸놀림으로 몸을 돌려 클럽을 빠져나갔다. 그 뒤로 빠진 얼을 되찾았는지 초희가 허둥지둥 따라갔다.

"이유진 꼬리도 같이 간다."

유진에게 그렇게 매몰찬 대접을 받으면서도 그의 뒤를 따르는 초희의 모습에 보영은 이젠 안쓰러운 감정도 생기지 않았다.

"쟤 도대체 자존심도 없나? 자기 싫다는 남자한테 저러고 싶을까?"

아직까지 누군가에게 매달려 본 기억이 없는 보영으로서는 그런 초희의 행동이 이해가 가지 않았다.

"글쎄, 사람의 감정이란 게 묘해서 내 것이 되지 못한다는 갈망 탓에 더 매달리게 만드는 것일지도 모르지."

간만에 진지한 연진의 발언에 보영은 잠시 생각하는 표정을 짓더니 심각하게 되물었다.

"진심이냐?"

마주 보는 친구의 눈빛에 결국 연진은 어깨를 으쓱이며 두 손 들고 말았다.

"아니, 사실 나도 이해 못해. 그래도 난 초희가 아니니까 이해 못해도 상관없지."

보영은 아무렴 어때, 라는 식으로 어깨를 으쓱이며 근처에서 대기 중이던 웨이터를 손짓으로 불러서는 연진의 뺨을 식힐 얼음주머니를 가져오게 했다.

"그런데 솔직히 말해. 아까 전화의 남자는 누구야? 남자 맞지?"

"쿡, 왜 그 말 안 하나 했다."

"야, 누구야? 얼른 이실직고해."

호기심 어린 표정으로 보영이 팔꿈치로 연진의 옆구리를 사정없이 찌르며 닦달하자 시달림이 지쳐 결국 털어놓고 말았다.

"알았어, 그만 찔러. 말해줄게."

"그래, 얼른 말해봐. 궁금해서 속이 다 탄다."

유진과 초희가 나가고 나니 다시 음악이 흐르며 분위기가 흥겨워지기 시작했다. 여기저기서 조금 전의 일로 다들 수군거리며 호들갑들을 떠는 모습을 지켜보며 연진은 조용하게 보영의 귓가에 속삭였다.

"전에 말했지? 늑대만 병아리를 잡아먹으란 법은 없다고. 어리바리한 늑대라면 오히려 영악한 병아리에게 잡힐 거라고."

잠시 그게 무슨 소린가 멍한 표정을 짓던 보영은 이내 그 뜻을 알아차리고 탄성을 내질렀다.

"아, 그럼……."

덕분에 연진은 의기양양한 표정으로 고개를 끄덕였다.

"그래, 그 사람. 오늘부터 계획 시작이야. 후훗."

"징한 것. 결국 그 얼토당토안한 계획을 실행한 것이냐?"

"훗, 얼토당토아니하다니……. 두고 봐. 기필코 신우경을 내 것으로 만들고 말 테니까."

연진이 두 눈을 비범하게 빛내며 승리를 다짐하는 모습을 해 보이자 그것을 허탈한 표정으로 바라보던 보영이 때마침 웨이터가 가져온 얼음주머니를 받아 연진에게 건넸다. 연진은 피부가 지끈거릴 만큼 차가운 느낌에 진저리가 쳐졌지만 내일을 생각하면 잠시의 고통은 참는 편이 낫겠다 싶어 가만히 얼음주머니를 뺨에 대고 있었다. 보영이 김빠진 목소리로 물었다.

"도대체 그 인간 어디가 그렇게 좋냐?"

"귀엽잖아, 어리바리한 게……."

"엥?"

전혀 상상도 하지 못한 연진의 대답에 보영의 얼굴이 사정없이 일그러져 버렸다.

"그 덩치에, 그 성격에, 그 외모 어디가 어리바리냐? 야, 내 사촌오빠지만 그 인간, 눈 씻고 찾아봐도 예쁜 구석 없다."

가차없이 냉정한 지적을 던지는 보영의 발언에 연진은 생긋 웃으며 친절하게 응수해 주었다.

"나한테만 어리바리하거든."

"썩을……."

자랑에 가까운 연진의 염장질에 그만 보영의 입에서 험악한 말이 튀어나고 말았다.

"제기랄!"

속에서 치솟는 성질을 이기지 못하고 뛰쳐나와 다른 클럽으로

간 유진은 양주를 잔뜩 시켜놓고 잔이 넘치도록 붓고 마셨다. 가슴속에 너울거리는 묘한 배신감과 분노를 안주 삼아 벌컥벌컥 양주를 들이키던 유진을 걱정스런 표정의 초희가 만류했다.

"너무 많이 마셨어."

조심스럽게 초희가 유진의 손을 막자 거추장스럽다는 듯이 유진은 그녀의 손을 털어냈다.

"저리 비켜."

"유진아."

목구멍을 타고 흐르는 불같은 양주를 어렵사리 삼키며 유진은 흐릿해진 눈동자에 독기를 품었다.

"망할 년, 기어이 내 뒤통수를 쳐? 감히 날 거절해?"

"유……."

한 번이라도 연진이 네게 마음을 주긴 했니?

초희는 발작적으로 터져 나오려는 말을 억지로 삼키며 물기 어린 시선으로 유진을 바라보았다. 이렇게 곁에 머물고 있는 자신에게는 눈길조차 주지 않으면서도 연진이 자신을 보지 않는다고 투정 부리는 유진이 원망스러우면서도 같은 시간 동안 그만을 바라본 자신과 동일시되어 스스로에게 연민이 솟구쳤다.

난 안 보이니? 네 곁에 이렇게 존재하는 나는 왜 안 보이는 건데?

연거푸 술을 들이키는 유진에게 초희는 그 말을 차마 입 밖으로 말을 꺼내지 못하고 서러운 듯 입술을 깨물었다. 그 말을 꺼내면 유진은 틀림없이 가라고 할 것이 뻔했고, 그러면 다시 유진의 옆 자리에 앉기까지 많은 시간이 걸릴 것이라는 건 불 보듯 뻔했다. 차라리 아무 말 하지 않고 곁에 있자고 마음먹으면서도 끝까지 돌아봐 주지 않는 무심함에 서러워졌다.

사람들 앞에서는 아무렇지 않게 유진에게 사랑한다고 고백할 수 있는 용기가 생겼지만 단둘이만 있을 때는 이상하게 주눅이 들어 평소처럼 대할 수가 없었다. 다른 사람들의 이목이 신경 쓰여서라도 그녀에게 가능한 함부로 대하지 않기 때문에 대범한 척 굴수 있지만 둘만 있을 때는 달랐다.

말없이 술만 거칠게 들이키는 유진을 바라보며 초희는 문득 어깨 위에서 찰랑거리는 자신의 머리카락을 잡아당기며 가만히 한숨을 내쉬었다. 연진의 긴 머리를 좋아하는 유진 때문에 잘 자라지 않고 뻗치는 머리를 찰랑찰랑하게 가꾸는 데 얼마나 공을 들였던가? 매끄럽고 뽀얀 연진의 피부 때문에 겨울방학 때는 아무도 모르게 얼굴의 점과 주근깨를 모두 빼고 피부박피까지 했다. 체구 자체가 가녀린 연진 때문에 먹고 싶은 음식들 다 참아가며 힘겹게 다이어트도 했고, 유진과 같은 대학에 가기 위해 과외까지 받아가며 필사적으로 공부했지만 유진은 그러한 그녀의 노력을 조금도 알아주지 않았다. 지금까지의 노력이 모두 유진을 위한 것이지만 그는 일말의 시선조차 그녀에게 던지지 않았다.

나 좀 봐줘. 이렇게 너를 사랑하는 내가 곁에 있는데 왜 다른 곳만 바라보는 거야?

사뭇 원망스러운 눈빛으로 유진을 바라보던 초희는 깜짝 놀라고 말았다. 그녀의 마음속의 외침을 들은 듯이 유진이 천천히 그녀 쪽으로 시선을 던진 것이다. 붉게 흐려진 눈동자는 이미 많은 술에 의해 의식이 사라졌음을 알리고 있지만 초희는 아무래도 상관없었다. 유진이 이렇게 자신을 봐주는 것만으로도 그저 감사할 뿐이다.

"유진……."

"너…… 예쁘다."

그새 술이 취했는지 유진의 발음이 새고 있었다. 그럼에도 불구하고 그의 말에, 취기 때문이라는 것을 알면서도, 가슴이 철렁 내려앉았다. 한 번도 유진은 그녀에게 예쁘다는 말 따윈 하지 않았다. 아니, 관심조차 주지 않았다. 지금 유진이 한 말과 어조가 어떨 때 쓰이는지 아는 초희로서는 기쁘면서도 씁쓸한 기분이 들었다. 유진이 그녀 보란 듯이 다른 여자들을 품에 안을 때 늘상 쓰는 말이면서 절대 자신에게는 해주지 않던 말이다. 고등학생 때부터 태연하게 클럽에 드나들며 마음에 드는 여자들을 거리낌없이 거닐면서도 그녀는 어린애 취급하면서 안중에도 없던 그가 말이다.

묘한 기분이다. 드디어 유진이 자신을 여자로 봐준 것일까 하는 일말의 기대감 혹은 술에 취해 자신이 누군지도 모를 것이라는 서글픔이 뒤섞였다. 유진이 술에 깨면 분명히 자신과의 일에 미친 듯이 후회하고 화를 내겠지만 초희는 한 번만이라도 유진에게 여자가 되고 싶은 욕망이 앞섰다.

매번 그의 품에 안겨 깔깔 웃어대며 그녀를 조롱하는 다른 여자들의 시선 때문에 비참함을 느꼈던 것이 한두 번이 아니었다. 대놓고 그녀의 감정을 조롱하며 다른 여자들과 낄낄거리던 유진에게 한 번쯤 충격이란 걸 주고 싶은 충동도 일었다. 한 번도 자신을 여자로 보지 않았던 그가 처음으로 자신에게 손 내민 것이라 변명하며 초희는 두렵고 허무한 마음을 애써 감추며 그의 손을 잡고 자리에서 일어났다. 이 밤으로 더 이상 유진의 곁에 있을 수 없게 되더라도 한 번쯤은 그에게 여자로서 다가가기라고 할 것이라고 다부지게 결심하면서 말이다.

6 | 겨울 그 일

"**우**경 오빠도 오빠지만 너도 징해."

자주 가는 단골샵에서 생일 선물 명목으로 뜯어낼 핸드백을 고르며 보영이 연진에게 중얼거리자 마찬가지로 샵을 둘러보던 연진이 피식 웃었다.

"뭐가 어째서?"

"뭐, 신우경이 주연진한테 홀딱 반해 쩔쩔맨다는 건 아는 사람은 다 알지만 사람이 염치가 있어야지. 그 나이에 감히 핏덩이나 다름없는 널 욕심내? 우경 오빠도 그렇게 안 봤는데 은근히 엉큼해."

"훗."

"어쭈, 웃어? 야, 너도 마찬가지야. 남자 보는 눈 좀 키워라. 내 사촌오빠지만 솔직히 나이 많지, 외모? 솔직히 잘생겼다고는 못하지. 성격? 뭐, 못돼 처먹은 건 아니니까 뭐."

"말본새 하고는."

신랄한 보영의 어조에 연진이 못 말리겠다는 표정으로 살짝 눈을 흘겼다.

"그래서 뭘 어쩌려는 거야?"

"어쩌긴, 신우경한테 내가 여자임을 상기시켜 줘야지."

한쪽 벽에 위치한 거울을 통해 연진은 자신의 매무새를 확인하며 의미심장하게 대꾸했다. 어제는 위험스러운 매력을 발산하며 여자라는 인식을 똑똑히 새겼다면, 오늘은 캐주얼하지만 요염한 매력을 아낌없이 발산시킬 작정이었다.

두툼한 모직 재질의 회색 체크무늬 핫팬츠에 상체의 몸매를 고스란히 드러내는 까만 목폴라에 바지와 한 벌인 회색 재킷을 입었다. 그리고 옆 선으로 길게 무늬가 들어간 까만 스타킹에 앵클부츠를 신었다. 짧은 바지에, 스타킹에 가려진 다리지만 오히려 은근한 농염이 묻어났다.

"그러다가 오빠가 너한테 진짜 남자라도 소개시켜 주면 어쩌려고?"

뭘 그런 것을 묻냐는 표정으로 연진이 회심의 미소를 보내자 보영은 알았다는 듯이 한껏 어깨를 들썩였다.

"네에, 마음대로 하세요."

"두고 봐. 이달 안으로 신우경한테서 항복 선언을 받아낼 테니까."

"네에, 네에, 잘해보세요."

이젠 자포자기인지 보영은 시큰둥한 태도로 대답했다.

"어이, 미래의 사촌 시누이."

"징그러워, 저리 가."

슬그머니 보영의 곁으로 다가간 연진이 강아지가 주인에게 애교 부리듯이 가볍게 어깨를 툭툭 밀쳤다. 말로는 귀찮은 듯 퉁명스럽게 대하지만 보영의 입가에 어느새 웃음이 스며들었다.

"지원사격 잊지 마."

"……너랑 친구가 된 게 내 평생의 한이지."

"원수보단 낫지 않아?"

진절머리 치는 보영의 말에도 연진은 생긋 웃으며 얄밉게 응수했다.

"어휴, 화상. 아, 이거 어때?"

연진을 보며 학을 떼던 보영은 눈에 들어온 반짝이는 연분홍색의 핸드백을 집어 들자 연진이 이리저리 살피더니 괜찮다는 듯이 고개를 끄덕거렸다.

"음, 괜찮네."

"이거로 할까? 그나저나 정말 괜찮겠어? 그 인간 솔직히 나이가 너무 많잖아. 완전 아저씨야."

"뭐가 어때서?"

우경의 나이를 떠올리며 보영이 근심스러운 표정으로 중얼거리자 연진은 심드렁하게 대꾸했다.

"야아, 오빠 나이가 있지. 노총각 대열에 들어섰잖아. 슬슬 결혼을 생각해야 할 때인데 너 그러다 코 꿰인다."

보영의 장난스럽지만 우려 섞인 말에 연진은 피식 웃었다. 그다지 크게 걱정하지 않는 연진의 모습에 보영이 미간을 찌푸리며 그녀 곁으로 바짝 다가섰다.

"주연진, 솔직히 털어놔. 너 우리 오빠랑 결혼까지 할 생각이야?"

"글쎄……."

아리송한 미소로 대답을 회피하지만 연진의 눈동자가 반짝 빛나는 것을 분명히 본 보영이 오히려 호들갑을 떨었다.

"미쳤어, 미쳤어. 그 인간 나이가 얼만데 결혼을 생각해? 야, 니가 아까워. 세상에 파릇파릇한 완소남들이 얼마나 많은데 그런 아저씨한테 코 꿰일려고 그래? 야, 다시 생각해 봐."

"내가 아까운 건 사실이지."

대수롭지 않게 긍정하는 연진이 순간 얄미워졌지만 그녀의 속내가 궁금해진 보영이 더욱 바짝 다가섰다.

"말해봐. 진짜 우경 오빠랑 결혼까지 할 생각이야? 그런 건 아니겠지?"

"네 의견은 어때?"

연진은 대답 대신 질문을 던졌다. 의기양양한 연진의 모습에 대답은 이미 나와 있었다. 그야말로 용감한 건지 멍청한 건지 모르겠다며 보영은 고개를 절레절레 흔들었다.

"그래도 말이야, 내 시야에 완소남은 단 한 명뿐인걸."

의기양양한 표정으로 자신있게 대답하는 연진의 태도가 얄미워 보영이 샐쭉하니 노려보았지만 이내 피식 웃으며 팔꿈치로 슬쩍 쳤다.

"미친년, 나중에 우리 오빠 너 때문에 죽겠다고 난리치게 만들기만 해봐라."

"쿡, 그건 장담 못하겠는걸. 내 속만 안 썩이면 난 언제나 사랑스러운 부인 노릇 해줄 수 있다고."

"어쭈구리? 벌써부터 와이프 소리 붙이냐? 그렇게 자신있다 이거지?"

건들거리는 태도로 툭툭 치는 보영의 장난을 피해 연진은 아까부터 눈에 들어왔던 남성용 지갑을 집어 들었다. 꼼꼼하게 안을 살피고 재질을 확인하는 연진에게 보영이 다가가 궁금한 얼굴로 물었다.

"뭐 봐?"

"지갑."

"남자 건데?"

"응, 왠지 그 사람한테 어울릴 것 같아서……."

대수롭지 않게 대답한 연진이지만 보영은 놀랐다는 듯이 황급히 그녀에게서 떨어져 짐짓 심각한 표정으로 물었다.

"……그래서 사주게?"

"응."

조금의 망설임도 없이 흔쾌하게 대답하는 연진의 말에 보영은 조금 확신하지 못하는 표정으로 물었다.

"미끼냐?"

"당연하지."

거만한 연진의 표정에 보영은 입맛을 쩝 다시며 그럴 줄 알았다는 표정을 지었다.

"잘해봐라."

"왜? 부럽냐?"

"오냐, 더럽게 부럽다."

"그럼 너도 남자 친구한테 선물해 주든지."

"난 선물 받는 입장이지 주는 입장이 아니야."

단칼에 고개를 내젓는 보영의 거만한 모습에 연진은 피식 웃을 뿐이다. 손에 들린 남성용 지갑을 바라보며 이걸 줬을 때 우경의 감격한 표정을 떠올리자 그것만으로도 답례는 충분하다고 생각했다.

"으, 머리야."

눈을 뜨자마자 밀려드는 것은 해머로 머리를 두드리는 것 같은 두통과 위장이 뒤집힌 것 같은 메슥거림이었다. 따끔거리기까지 한 속을 부여잡고 바짝 마른 입술을 적시기 위해 힘겹게 몸을 일으킨 유진의 눈에 낯익은 여인의 모습이 옆에 자리하고 있었다. 자신에게서 몸을 반쯤 돌리고 있지만 익숙한 머릿결과 몸의 굴곡으로 봐서는 초희였다.

순간 무언가로 머리를 얻어맞은 것 같은 충격에 유진은 황급히 시트를 들춰 서로의 상태를 확인했다. 빌어먹을……. 욕설을 뇌까리며 답답한 심정에 머리를 마구 엉클어뜨렸다.

"미치겠네. 씨발, 술이 웬수지. 저걸 건드렸으니……."

그에게 있어서 초희는 건드려서는 안 되는 여자였다. 자신을 좋아한다고 오랜 시간 동안 매달려 온 여자. 어쩌면 손쉽게 가질 수도 있었지만 이상하게도 손이 뻗어지지 않는 여자였다. 언젠가부터 말없이 원망에 가득한 시선으로 자신을 바라보는 그녀가 점점 부담스럽고 마음을 무겁게 만들었다. 그런데 어제 일로 책임이라도 지라고 떽떽거릴 것을 생각하니 머리가 지끈거리기 시작했다. 자꾸만 연진에게 시선을 돌리는 자신을 원망스럽게 바라보면서도 마냥 그의 곁에서 기다리고 있는 녀석이었다. 왠지 여자라고 칭하는 것이 낯간지러워 유진은 머리를 북북 긁어댔다. 다른 여자라면 몰라도 초희만큼은 건드리지 않겠다고 다짐했건만 어젠 연진의 일 때문에 제정신이 아니었던 모양이다.

"미친놈."

스스로에게 욕설을 내뱉으면서 엉망이 된 상태를 정리할 겸 몸을 일으켜 욕실로 향했다.

탁 하고 욕실의 문이 닫히자 잠들어 있는 줄 알았던 초희가 파르르 속눈썹을 떨며 물기 가득한 눈동자를 떴다.

저걸……. 유진 스스로를 자책하는 말이지만 초희에겐 상처가 되었다. 그에게 여자도 되지 못한 자신을 가리킨 지칭에 금세라도 터져 나올 것 같은 오열을 억지로 삼켜야만 했다.

물먹은 솜마냥 무거운 몸을 일으키니 있는 줄도 몰랐던 근육들이 비명을 내지르며 고통을 호소했다. 이를 악물고 몸을 일으킨 초희는 유진이 나오기 전에 이 방을 떠나겠다는 의지 하나로 이리

저리 흩어진 옷가지를 주워 입었다.

분명 후회할 거다. 그리고 늘 그렇듯 차가운 목소리로 없던 일로 하라고 투덜거릴 것이 분명했다. 나에게 있어 넌 여자가 아니다 라는 유진의 부정을 듣고 싶지 않았다. 유진의 다른 여자들처럼 하룻밤만 상대하고 사라져 버리고 싶지 않아 초희는 도피를 결심했다.

차라리 이렇게 며칠 사라져 버린 다음 아무렇지 않은 얼굴로 나타나리라. 그러면 유진도 아무 일 없었다는 듯이 받아줄지 모른다.

그렇게 마음먹었음에도 불구하고 초희의 눈동자에서 맑은 눈물 한 방울이 똑 떨어졌다. 그녀로서도 막을 수 없는 미련이었던 듯 순식간에 떨어진 눈물이다.

뜨거운 물로 샤워를 하고 나니 훨씬 속이 편해져 있었다. 목욕 가운을 걸치고 젖은 머리를 쓸어 올린 채 유진은 손잡이를 잡고 잠시 머뭇거렸다. 하필이면 어젯밤을 함께 보낸 게 초희라는 점이 못내 마음에 걸렸다.

깨어나 있을까? 무슨 말을 해야 할지 고민이 됐다. 다른 여자라면 이걸로 바이바이 하자고 말하겠지만 초희는 달랐다. 미안하다고 하기도 그렇고 냉정하게 없었던 일로 하자기도 내키지 않았다. 자신답지 않게 망설인다는 생각에 짜증이 난 유진은 그냥 아무 일 없었던 것이라 생각하기로 마음먹고 욕실 문을 열었다. 그러나 뜻밖에 침대에 있을 줄 알았던 초희의 모습이 보이지 않았다. 다른 욕실을 사용하는 것인가 의아해했지만 호텔 방 안에는 그 외의 다른 존재감이 전혀 느껴지지 않았다.

뭔가 이상하다는 생각에 주위를 두리번거리던 유진의 눈에 호텔 시트가 눈에 들어왔다. 그들이 벌인 정사의 붉은 흔적. 제기랄 하고 또다시 욕설이 그의 입에서 튀어나왔다.

"이 계집애는 어디 있는 거야?"

다른 때 같았으면 여자가 먼저 사라져 준 것에 홀가분함을 느꼈겠지만 지금은 이상하게 씁쓸하고 불안했다. 혹시 숨어 있는 것은 아닌가 하는 마음에 호텔 방 안을 다 뒤지고 나서야 그녀의 옷가지라든지 핸드백이 없다는 사실이 불쑥 떠올랐다.

"정말 간 건가?"

마음속에 기묘한 알싸함이 퍼졌다. 호텔 방 안의 정적이 못내 불안하게 느껴질 정도였다. 저도 눈뜨고 나니 당황스러웠겠지 라며 자위해 봐도 뭔가 찜찜한 기분이 들었다.

"망할 년, 사람 심란하게 만들고 있어."

이 사이에 낀 이물질을 제거하고도 여전히 느껴지는 잔재감처럼 자꾸만 무언가가 유진의 마음을 불편하게 만들고 있었다.

그러나 저녁에 다시 모임이 있다고 연락하면 아무렇지 않은 얼굴로 나타나겠지 하는 불안한 기대감에 불편한 마음을 접고 말았다.

고개를 꺾듯이 올려야만 그 끝을 바라볼 수 있는 높이의 건물을 올려다보며 연진은 저 위에서 일하고 있을 누군가를 떠올리며 빙그레 미소 지었다. 그런 그녀를 지나가는 남자들이 흘끔흘끔 쳐다보았지만 다른 사람들의 시선 따윈 전혀 느껴지지 않는지 연진은 자신만의 상념에 집중하고 있었다.

한참 만에야 두 눈을 반짝이며 당당하게 호텔 안으로 들어가던 연진은 우르르 나오는 사람들의 모습에 잠시 발걸음을 멈추었다.

"신 회장님?"

낯익은 중년 신사의 모습이 수행원들과 함께 나타나자 연진이 환한 미소와 함께 다가갔다.

"음? 누구신가?"

"안녕하셨어요? 저 연진이에요, 주연진."

약속이 있어 호텔을 나서던 덕규는 자신을 부르는 젊은 여자의 목소리에 의아한 듯 옆을 돌아보다 눈을 휘둥그레 떴다.

연진이라면 분명 자신이 알고 있는 아이인데 어느새 성숙한 여자의 모습으로 다가오는 걸 보고 당황한 표정을 고스란히 내보였다. 하나뿐인 아들놈은 그다지 변화라는 것이 없는데 어떻게 여자애들이 그 짧은 시간에 사람을 당혹스러울 정도로 자라는 것인지 신기할 따름이다.

"이야, 너무 멋진 숙녀로 변해 있어 잘못하면 못 알아볼 뻔했다."

능청스럽게 구는 덕규의 말에 연진은 배시시 웃었다.

"에이, 회장님도 참. 어디 나가시는 길이신가 봐요?"

"에이, 회장님이 뭐냐? 다 아는 처지에……. 아저씨라고 불러야지. 중요한 약속만 아니면 연진이한테 맛있는 것도 사줄 수 있을 텐데……. 어쩐 일이냐?"

고등학교 때 만난 경현과 우경이 절친하게 지낸 덕분에 덕규 역시 연진네와 친분이 있었다. 특히 연진은 가끔 만찬회나 각종 모임 자리에서 조부모님이나 부모님과 함께 모습을 드러내어 안다고도 할 수 있지만 우경의 집안에서 그녀는 유명한 편이었다. 우경이 군대에 가 있을 동안 매달마다 면회를 가고 부지런히 위문편지도 써서 보냈기도 하지만 결정적으로 우경의 입에서 나오는 여자의 이름의 대부분이 연진이었기 때문이다. 사귀는 여자보다 연진이 이름이 더 많이 거론되었으니 매번 연애가 쉽게 이루어지지 않는 이유로 알 만했다. 거기다 부인인 현정이 자신이 다니는 봉사회에 연진이 나온다는 말을 지나가다 종종 하곤 했다. 서툰 솜씨라 실수투성이어도 노력하는 모습이 꽤 귀엽다고…….

나이만 조금 더 먹었더라도…….

이제 막 여인의 향기를 뿜어대는 연진을 보며 덕규는 안타까워 가슴을 치고 싶은 심정이었다. 나이 차이만 덜 났더라면 얼굴에 철판을 깔고 저쪽 집안에 어떻게 선이라도 보면 안 되겠냐고 사정하고 싶을 정도였다.

"여기서 만날 사람이 있어서요."

"그래? 혹시 시간 나거나 하면 우경이 놈, 위에 있으니까 불러다가 맛있는 거나 사달라고 그래."

"그럴게요."

그렇잖아도 그러려고 왔어요.

속으로 앙큼하게 덧붙이며 연진은 화사하게 웃었다. 어느새 여인의 고혹적인 느낌을 물씬 풍기게 된 연진을 덕규는 아득한 시선으로 바라보았다. 얼마 전까지만 해도 어린애 같았는데 어느새 이런 여자가 되어 있는지 기가 막힐 뿐이라고 생각했다. 보면 볼수록 아쉽고 안타까워 입맛이 씁쓸해졌다. 불현듯 투박하고 넙적그리한 아들놈보단 연진이같이 여리여리한 딸이 가지고 싶다는 욕심이 떠올랐다.

"자주 놀러오너라. 내가 우경이, 저 재미없는 놈 때문에 사는 게 심심해. 너만한 딸이라도 있었으면 좋았을 텐데……."

연진의 아버지인 주 사장이 몹시도 부러워져 덕규는 연신 입맛을 다실 수밖에 없었다. 시간이 촉박한 듯 수행원들이 재촉하자 어쩔 수 없이 연진에게서 시선을 떼고 아쉬운 듯 덧붙였다.

"그럴게요. 조심해서 다녀오세요."

어른 앞이기에 연진은 조신한 태도로 짧은 길이의 바지를 핸드백으로 살짝 가리고 한껏 귀염성 있는 표정으로 덕규를 배웅했다. 그 모습에 덕규의 아쉬움이 더욱 커졌다는 사실을 알아차린 연진은 더욱 사랑스러운 미소로 그를 배웅했다.

우경의 사무실로 향하면서 연진은 자신도 모르게 콧노래를 흥얼거리기 시작했다. 묘하게 기분이 들떠 발걸음도 가벼웠다. 지나가는 직원들이 자신을 흘낏 쳐다보는 것이 느껴지지 않을 만큼 기분이 좋았다. 막상 우경의 사무실 앞에 도착하니 가슴이 콩닥콩닥한 것이 느닷없이 긴장되기 시작했다. 깊게 심호흡을 하며 두근박질 치는 심장을 진정시키고 씩씩하게 문을 열고 들었다.

"언니, 저 왔어요. 안에 있죠?"

이젠 친해졌다고 할 수 있는 우경의 비서인 희정에게 생긋 웃으며 손가락으로 우경의 사무실 문을 가리키자 희정이 머뭇거리며 연진을 만류했다.

"안에 손님 와 계십니다."

"아, 그래요? 업무적인 손님? 오래 기다려야 돼요?"

비서의 만류에 문 앞까지 다가갔던 연진은 뭔지 모르게 시무룩해지는 기분으로 물러났다.

"아뇨, 여자 손님이십니다."

"여자?"

불현듯 연진의 쌍심지가 마뜩찮음으로 치솟았다. 그 모습에 희정은 어색하게 웃으며 연진이 기다리는 답변을 해주었다.

"예전에 사귀시던……."

희정의 말이 끝나기가 무섭게 연진이 사무실 문을 박차고 안으로 들어섰다.

"어쩐 일이야?"

약속도 없이 불쑥 찾아온 채경의 방문에 우경은 조금 놀라고 있었다.

"오랜만이에요. 앉으라는 소리도 안 해요?"

"아, 앉지."

손님용 소파에 자리를 권하고 우경은 어색한 표정으로 주인석에 앉아 채경을 바라보았다. 무릎까지 내려오는 단정한 남색 스커트에 하얀 카디건을 입고 손바닥만한 까만색 토드백을 들고 있는 채경은 여전히 우아하고 세련된 느낌이었다. 어깨선을 살짝 넘긴

찰랑찰랑한 단발머리도 이 년 전과 다를 바가 없었다.

"그동안 잘 지냈어?"

오래전에 진혁에게 반해 자신을 찼던 여자와 다시 마주친다는 것은 여전히 어색한 기분이었다. 이상하게도 그가 사귄 여자들 모두 그와 몇 번 만나다가 경현이나 진혁을 만나고 나면 슬그머니 그를 멀리하더니 끝내 그를 차버리곤 했다. 그래서 사귀는 여자를 두 사람에게 소개시켜 주지 않으려고 애를 써봤지만 어느새 다른 이유로 차이곤 했다.

"음, 잘 지냈어요. 당신은요? 결혼은 했어요?"

오기 전에 이미 우경에 대한 근황을 모두 조사한 채경이다. 진혁의 묘한 눈빛에 이끌려 결국 우경을 차고 진혁에게 접근했지만 그는 우경과 함께가 아닌 그녀에게 더 이상 묘한 눈빛을 보내지 않았다. 아직도 떠올리며 소름이 와득 솟는 진혁의 그 차가운 눈빛에 채경은 잠시 몸을 부르르 떨고 말았다.

"왜? 추워?"

"아, 아니에요. 갑자기 오한이 들어서……."

황급히 말을 얼버무리지만 채경은 여전히 당당한 미소를 머금고 있었다. 슬그머니 그의 코에 와 닿는 채경의 향이 느껴지자 우경은 이상하게 거북한 기분이 들었다. 사무실이 삭막해야만 한다는 생각은 없었지만 어울리지 않는 여자 향수가 떠도는 것이 못내 불쾌했다.

"미안하지만 조금 바쁘거든. 무슨 일이야?"

이상하게 조바심이 나 얼른 채경을 내보내고 싶어졌다. 지난번에 연진이 다녀간 뒤로 사무실 안엔 한동안 그녀의 향이 가득했었다. 그런데 오늘 채경에게서 나는 향이 연진의 향기를 없애고 있다는 기분이 들어 마음이 조급해졌다.

바쁘다는 우경의 말에 채경은 보이지 않게 슬며시 입술을 깨물었다. 이 년 전에 그를 차버린 다음 다른 남자들을 만나봤지만 우경만한 집안의 남자는 없었다. 물론 우경과 만나다 보면 다시 진혁과 마주칠지도 모른다는 기대감이 없는 것은 아니다.

채경은 머뭇거리면서도 너무 도발적이지 않는 손길로 우경의 무릎에 살짝 손을 얹고 촉촉한 눈빛으로 그를 바라보았다.

"사실…… 당신과 헤어진 다음에 많이 생각해 봤어요. 그땐 내가 잠시 혹했었나 봐요. 당신한테 미안하기도 해서 이렇게 찾아오기가 쉽지 않았어요. 그래도 나 이젠 내 감정을 확실히 알 것 같아요. 다시 시작하고 싶어요."

예상치 못한 채경의 발언은 우경은 잠시 머릿속이 멍해졌다. 지금 자신이 제대로 들은 것이 맞는지 믿을 수가 없었다.

예전에는 채경이 마땅한 짝이라고 생각했다. 우아하고 세련된 외모와 행동 가짐, 대학교수인 부모님 덕에 교양까지 갖추어 자신에겐 충분히 과분한 여자라고 생각했다. 그러나 그녀는 이미 예전에 그의 친구인 진혁 때문에 그를 찼었다. 잠시 혹했든, 아니면 진심이었든 그의 친구 때문에 그를 찬 여자에게 기회를 줄 만큼 자신이 녹록한 사람으로 보였다는 것이 심히 유감이었다. 그래서 더욱 매정한 손길로 무릎 위에 놓인 채경의 손을 뿌리쳤다.

"미안하지만 채경 씨, 난 당신과 다시 시작하고 싶지 않아."

냉정한 뿌리침에 채경이 당황한 듯 눈이 휘둥그레졌지만 우경은 굳이 자신의 행동에 변명을 늘어놓지 않았다. 그럴 필요도 느끼지 못했다. 하지만 뜻밖의 그의 행동에 놀란 채경이 이내 조심스럽게 그의 무릎 위에 다시 손을 얹었다. 마치 심술난 아이를 달래려는 듯 조심스러운 손길이었다.

"알아요, 내가 잘못했어요. 하지만 우리 제법 잘 어울리는 사이라는 거 당신도 잘 알잖아요. 한 번만 내게 기회를 줘요."

그윽하게 바라보는 여자의 촉촉한 눈빛에 우경은 짜증 어린 시선을 보내다 문득 연진에게 생각이 닿았다. 차라리 채경과 다시 시작하고 연진에게 다른 남자들을 한 트럭이나 갖다 바친다면…….

거기까지 생각했을 쯤이었다. 벌컥 하고 노크도 없이 열린 문 뒤로 연진이 두 손을 허리에 얹고 앙칼지게 두 눈을 부릅뜨며 들어서고 있었다.

"여…… 연진아."

예기치 않은 상황에서 연진의 등장에 당황스러운 우경이 엉거주춤 자리에서 일어나려 하자 연진이 먼저 씩씩거리며 다가와 그의 무릎 위에 놓인 채경의 손을 쳐냈다.

"당신 뭔데 남의 남자 무릎에 손 올리고 있어?"

"뭐, 뭐라고?"

문이 벌컥 열리고 등장한 여자의 모습에 채경 역시 많이 당황한 기색이었다. 늘씬한 다리를 드러내는 짧은 바지를 입은 앳된 얼굴의 여자가 건방지게 우경의 무릎 위에 놓인 자신의 손을 쳐냈을

땐 그저 기가 막혔다. 그리고 그녀의 입에서 나온 남의 남자란 말에 황망한 시선으로 우경을 바라보자 우경도 그녀처럼 황망한 시선으로 무례하게 등장한 여자를 올려다보고 있는 것이 눈에 들어왔다. 그제야 채경은 찬찬히 연진을 살펴볼 여유가 생겼다.

가벼운 화장이지만 확연히 드러나는 탱탱하고 화사한 피부와 초롱초롱한 눈빛이 그녀와는 다른 나이대라고 말하고 있었다. 요염하고 거칠 것 없는 매력을 마음껏 발산하고는 있지만 어디선가 은근히 느껴지는 어린 티에 순간 웃음이 흘러나왔다.

채경의 입술에서 가벼운 웃음이 새어나오자 연진의 두 눈에서 불꽃이 튀었다. 감히 웃어?

"아아, 우경 씨. 이 귀여운 아가씨는 누구예요? 이런 귀여운 아가씨가 당신 좋다고 쫓아다녀요?"

짐짓 어른의 여유를 보이며 느긋한 태도로 우경을 돌아본 채경은 분명 그의 입에서 아는 동생이라는 말이 나올 것이라 예상했다. 아무리 나이 많게 봐줘도 어른 흉내 내는 고등학생 같은 연진의 모습에 처음의 다소 놀랐던 마음이 사라지고 여유로움만 남은 것이다.

"하!"

그녀의 말에 오히려 기가 막힌 연진이 콧방귀를 뀌며 터억 하니 우경의 무릎 위에 앉자 그 모습에 채경의 표정이 살짝 일그러졌다.

"나? 이 남자 여자 친군데 그러는 당신은 누구야?"

연진이 자신의 무릎 위에 앉아버리자 순식간에 그녀의 향과 온기로 우경은 정신을 잃을 것만 같았다. 게다가 새침한 표정으로 그의 목까지 두 팔로 감싸 안자 본능적으로 하반신이 반응하고 말아 연진이 그 사실을 알아차릴까 봐 전전긍긍했다.

"자기야, 말해. 저 여자 누구야? 그새 바람피우는 거야?"

토라진 듯 우경을 닦달하는 연진의 말에 채경은 어처구니가 없었다. 우경 역시 뜻밖의 상황에 굳어 있기는 마찬가지였다.

"여, 연진아……."

"뭐? 나 아니면 안 된다, 버리지 말라 애원한 게 누군데 벌써부터 바람이야?"

어이없기로는 채경이나 우경이나 마찬가지였다.

"연진아, 난……."

당황한 우경이 말을 더듬자 연진은 더욱 기고만장해져 그의 머리카락을 한 움큼 잡아 쥐었다.

"바람피우면 머리카락 다 쥐어뜯어 놓을 거라 그랬지?"

"아야, 아파. 연진아, 그만 해."

연진에게 머리카락이 잡혀 쩔쩔매는 우경의 모습에 채경은 말 그대로 입이 벌어지고 말았다. 그녀가 알고 있는 신우경이란 남자가 저런 어린애한테 휘둘릴 만큼 만만한 사람이 아니었다. 그런데도 화도 내지 않고 오히려 쩔쩔매는 모습에 채경은 기가 막힐 뿐이었다.

"어, 저…… 전 이만 가는 게 좋겠군요."

아무래도 정보가 잘못된 게 분명하다며 채경은 속으로 씨근덕거리며 자리에서 일어섰다. 그러나 아무도 그녀가 자리를 떠나도 개의치 않아 하자 더욱 기가 찬 표정으로 자리를 떴다.

"연진아, 그만 해."

오해한 채경이 사무실을 나가자 우경은 쩔쩔매며 자신의 머리를 잡고 흔드는 연진의 손을 잡고 애원했다.

"명심하는 게 좋을 거야, 신우경 씨. 내가 솔로인 이상, 당신도 솔로부대원이어야 해. 감히 내 남자 친구는 만들어주지도 않은 채 혼자 커플부대로 진입하면 가만 안 둘 줄 알아."

"하?"

심술궂은 어조로 중얼거리는 연진의 설명에 우경은 그야말로 김이 빠진 표정이었다.

"그게 뭐야?"

"뭐긴 뭐야? 사촌이 땅을 사면 내 배가 아프다는 거지. 고로 내가 솔로인 이상 당신도 솔로여야 한다는 말이지."

"어째서?"

"내 맘대로."

기가 막혀하는 우경에게 돌아온 것은 당당하기 그지없는 연진의 당돌한 대꾸였다.

"저기, 그런데 연진아? 좀 내려와 주면 안 될까?"

강렬하게 다가온 연진의 향과 동시에 야릇한 감각을 전해주는 육감적인 엉덩이 감촉에 우경의 아주 특별한 한 부분이 열렬한 반응을 보이고 있었다. 그 과도한 반응에 연진이 눈치 채면 어쩌나 걱정된 우경은 애써 아무렇지 않은 척 말을 꺼냈지만 속으로는 진땀을 흘리고 있었다.

"왜, 무거워?"

그런데 연진은 비켜줄 생각이 없는지 빈정거렸다.

"아니, 조금 불편해서……."

이젠 이마에서 땀까지 흘러내릴 지경이었다.

"비켜주면 안 될까?"

조금 전 채경에게 단호하게 노우라고 말했던 것과는 달리 연진에게는 거의 사정하다시피 애원하고 있었다.

"흐음, 그럼 지금 내 엉덩이 아래로 불룩한 것이 느껴지는데 그게 뭔지 설명해 주면 비켜줄게."

이 마녀 같으니라고…….

절망감에 우경은 그대로 두 눈을 질끈 감아버리고 말았다. 과도한 충격 탓인지 머리가 재빠르게 회전하지 못하고 그만 맥을 놓고 말았다.

"흐음, 진짜 궁금하네."

이미 눈치 채고 있으면서도 모른 척 장난치는 연진이 얄미워 우경은 그만 버럭 화를 내고 말았다.

"주연진, 그만 안 일어날래?"

한 번도 자신에게 언성을 높여본 적 없던 우경이 소리를 지르자 연진은 놀란 나머지 그대로 굳어버렸다.

"도대체 어린애 주제에 어른을 가지고 놀아?"

화가 한번 터지니 봇물 터지듯 멈춰지지 않았다. 우경은 흥분한 나머지 자신의 목을 감고 있는 연진의 팔을 잡아떼며 단호하게 소리쳤다.

"이런 장난 그만 해."

놀랐는지 연진의 눈이 휘둥그레지며 숨을 멈춘 것 같아 보였다. 그러나 주연진이 달리 주연진이겠는가? 그동안 얌전하게 지냈지만 성질은 절대로 죽지 않았다.

"하! 그럼 그 어린애한테 흥분한 건 누군데?"

자신의 손목을 잡고서 떼어놓으려는 우경과 떨어지지 않으려는 연진이 잠시 가벼운 실랑이를 벌이다 두 사람의 입술이 아주 가깝게 위치하고 있음을 서로 깨달았다. 누가 먼저랄까 서로의 입술을 바라보며 숨을 죽이자 이상한 기류가 슬금슬금 그들을 감싸기 시작했다. 연진은 갑자기 입 안이 바짝 마르기 시작했다. 머릿속에서 키스라는 단어가 고장 난 시디플레이어처럼 반복되고 영화와 드라마 속 키스신이 눈앞에 좌르륵 펼쳐지기 시작했다.

그의 눈치를 살피듯 그와 눈을 마주쳤다 슬그머니 입술로 시선을 던지는 연진의 행동에 우경 역시 입 안이 바짝 마르며 숨결이 가빠지기 시작했다. 연진이 마른침을 꿀꺽 삼키자 그 역시 마른침을 힘겹게 삼켰다. 어느새 미묘한 분위기가 흐름을 감지했는지 하반신이 더욱 격렬하게 반응을 보내오자 우경은 더 이상 참을 수가 없었다. 그녀를 떼어놓지 않는다면 자신도 모르게 사고를 칠 것만 같아 밑바닥까지 내려가 있는 의지력을 모두 끌어모아 힘겹게 연진에게서 고개를 돌렸다.

"그만······."

떨어지라는 말을 꺼낼 참이었지만 연진이 더 빨랐다.

"흡!"

돌아간 그의 고개를 똑바로 붙잡은 다음 과감하게 먼저 입을 맞춘 것이었다. 그러나,

"웃!"

"아얏!"

저돌적으로 입술을 부딪친 까닭에 치아가 부딪치고 말자 두 사람은 깜짝 놀라며 떨어지고 말았다.

"이런, 젠장⋯⋯."

연진은 금속을 깨문 것 같은 아릿함에 진절머리를 치며 이런 어처구니없는 실수를 저지른 자신을 믿을 수가 없었다. 영화나 드라마 같은 데서는 이런 일이 없었던 것 같은데⋯⋯.

"너⋯⋯ 너⋯⋯ 이게 무슨 짓이냐?"

찰나의 입술이 부딪친 것도 키스라고 부를 수 있다면 우경은 연진과의 키스에 말 그대로 황망한 심정을 감추지 못했다. 실패로 끝난 키스였기에 우경의 혼란스러움은 더욱 커졌다.

"뭐긴? 키스한 거지."

눈앞이 획획 돌아갈 정도로 당황해하는 우경과 달리 실패로 끝났다는 사실이 계속 마음에 걸린 연진은 불퉁한 목소리로 대답했다.

"왜⋯⋯."

너무 당황해서 말조차 제대로 꺼내지 못하는 그가 불쌍해 보여서인지 연진이 약간의 연민으로 순순히 대답해 주었다.

"키스하는 데도 이유가 있어야 돼? 밥 먹으러 안 갈 거야? 아, 배고프다."

그렇게 떨어지라고 애원할 때는 아교처럼 달라붙더니 이젠 순순히 그의 무릎에서 일어서는 연진을 바라보며 우경은 사라지는 그녀의 온기에 아쉬움을 느꼈다. 게다가 연진이 자신에게 키스까지 했다는 사실에 더욱 머리가 혼란스러웠다. 온갖 이유들과 변명들이 잡다하게 늘어섰지만 명확한 영문을 알 수가 없어 더욱 어지러웠다.

"연진아······."

혼란스러워하는 그의 목소리에 연진은 이내 평소와 다름없는 모습으로 명랑하게 말을 건넸다.

"나 배고파. 저녁 사준다며?"

조금 전의 키스 따윈 존재하지 않는 양 태연하기 그지없어 보이는 연진의 모습에 우경은 더 이상 그 일을 거론할 용기가 나지 않았다. 아직도 많이 혼란스러웠지만 얼떨결에 자리에서 일어나 떨떠름한 얼굴로 고개를 끄덕일 수밖에 없었다.

"아, 그래. 그랬지."

입으로는 대답하고 있지만 눈은 연진에게 고정된 채, 머리로는 필사적으로 이유를 찾아 헤매고 있었다. 혼란스러워하는 그와 달리 연진은 천연덕스러운 웃음으로 그를 재촉할 뿐이었다.

지금 우경은 가까운데서 먹자는 연진의 제안에 그러자고 대답한 자신을 믿을 수가 없었다. 도대체 무슨 정신으로······. 아니, 솔직히 정신이 없긴 했다. 연진의 기습키스의 의도를 파악하느라 있는 대로 머리를 굴리다 보니 다른 생각은 조금도 들지 않았기 때문이다.

"필요하신 건 없으신지요?"

벌써 세 번째.

메뉴판을 들여다보고 있는 우경과 연진의 근처를 기웃거리던 웨이터 한 명이 은근슬쩍 다가와 메뉴를 묻는 척하며 분위기를 파악하고 있었다. 젠장, 남의 연애사에 왜 그렇게들 관심이 많은 건지…….

"크흠."

불편한 기색을 내보이며 우경이 슬쩍 눈치를 주자 웨이터는 모른 척 자리를 떴다.

"흠, 주문할래?"

"아저씨, 인기 많네."

메뉴판에서 고개를 들지 않은 채 연진이 지나가는 투로 말을 꺼내자 더욱 우경은 앉은 자리가 더욱 불편하게 느껴졌다.

"크흠흠."

애꿎은 목청만 가다듬느라 헛기침 소리만 요란하게 나왔다.

"난 스테이크로 먹을래. 레어로."

"아, 그…… 레어?"

연진이 메뉴를 정하자 우경은 반색하며 화답하려다 눈이 휘둥그레지며 반문했다.

"음, 레어. 무슨 문제 있어?"

태연한 얼굴로 되레 묻는 연진에게 당황한 우경은 허둥지둥 고개만 저을 뿐이다.

"아, 아니. 전혀. 그런데 미디움이 낫지 않을까?"

고기를 썰면 흥건히 흘러나오는 핏물을 떠올리며 우경은 애써 태연한 얼굴로 거북해지는 속을 감췄다.

"난 레어가 좋아."

"그, 그래?"

뜻밖의 정보를 머릿속에 새기며 우경은 그들의 대화를 궁금해하며 그들 주위를 알짱거리는 웨이터를 불러 세웠다. 그가 연진과 함께 호텔 구층에 자리한 레스토랑에 들어섰을 때부터 호기심 어린 시선들이 그들의 테이블을 떠날 생각을 하지 않았다. 그 시선들을 거북하게 느끼며 우경은 연진이 어찌 생각할지 몰라 내심 눈치만 살폈다.

"왜 그래? 레어라니까 이상해?"

놀리는 듯한 연진의 시선에 우경은 화들짝 놀랐지만 아무렇지 않은 척 웃으며 고개를 가로저었다.

"아니야, 절대 그런 거 아니야."

"나 육회도 좋아해."

그를 놀리는 듯 덧붙인 연진의 말에 우경은 자신도 모르게 떨떠름한 얼굴이 되어버렸다.

"아저씨, 날것 싫어하지?"

확신하는 연진의 말투에 우경은 더는 속이지 않고 어색한 웃음으로 얼버무렸다.

"그래 가지고 무슨 요리를 하겠다고……."

"음?"

그의 귀에 들릴락 말락 조그맣게 중얼거리는 소리에 우경이 궁금한 표정을 짓자 연진은 아무것도 아니라며 싱긋 웃었다.

"아니, 요리사가 꿈인 남자치곤 가리는 게 많다 싶어서……."

"뭐?"

잔을 들던 우경은 생각지 못한 말에 그대로 얼어붙고 말았다.

"왜? 내가 못할 말 했어?"

도리어 연진이 고개를 갸웃거리며 묻자 우경은 마른 입술을 혀로 적시며 떨떠름하게 물었다.

"내가 요리사가 꿈이란 말, 어디서 들었어?"

"전에 어디선가 들었어."

"어디서?"

그 꿈은 부모님의 반대에 접은 지 오래였다. 아주 오래전의 일이라 알고 있는 사람이 드문데 도대체 연진이 어디서 그런 소릴 들었는지 알 수가 없었다.

"그게 중요해?"

메뉴판에서 눈을 뗀 연진이 말간 시선으로 바라보자 우경은 이미 접은 꿈에 연연해하는 자신이 한심해져 시선을 피하고 말았다.

"아니, 이젠 상관없지."

"없진 않지. 꿈은 가지고 있는 것만으로도 사람을 살아가게 만드는 원동력이기도 하니까. 혹시 알아? 아저씨가 괜찮은 마누라를 얻어서 호텔은 마누라한테 맡기고 요리사 공부를 계속할 수 있을지……."

"하하……. 그게 과연 가능한 일일까?"

이미 꿈을 간직하기엔 너무 타성에 젖어버렸다는 생각에 서글퍼진 우경이 힘없이 대꾸했다.

"세상일은 한 치 앞도 모르는 거래. 포기하지 마. 혹시 모르잖아. 당장이라도 아저씨 앞에 그런 여자가 나타날지⋯⋯."

이미 눈앞에 있긴 하지만 말이야.

새침하게 속으로 덧붙인 다음 연진은 진지하게 한마디 더 했다.

"믿어. 꿈이란 언젠가 이룰 수 있다는 희망을 간직하게 해주는 것이잖아. 내일 죽는다고 정해진 것도 아닌데 꿈 좀 꾸면 어때? 안 그래? 이젠 주문하자."

"아, 그래."

때때로 보이는 연진의 나이답지 않은 성숙함에 가끔 넋을 잃고 말 때가 있었다. 새삼 아직 젊기에 용기로 가득한 연진을 부럽게 여기며 우경은 그들의 대화를 엿들을 기회를 노리고 있는 웨이터를 빨리 보내기 위해서라도 서둘러 주문을 마쳤다.

"그러고 보니 다른 데도 괜찮은 곳이 많은데⋯⋯."

여기저기서 우경과 연진을 훔쳐보는 시선이 느껴지자 우경이 불편해져서 어색하게 말을 꺼냈다.

"왜? 여기 아저씨네 호텔이잖아. 여기 별로야?"

의외라는 얼굴로 연진이 속삭이자 우경은 떨떠름한 얼굴로 고개를 저었다.

"그런 건 아니지만⋯⋯."

"아님, 내가 아저씨 애인이라고 오해라도 할까 봐 걱정돼?"

"아니, 그게⋯⋯."

사실 오해해 주면 좋겠지만 실상이 그렇지 않으니 오해해 봤자 당사자가 그리 생각하지 않으니 문제가 아닌가.

시큰둥한 얼굴로 금세 고개를 떨어뜨리는 우경의 모습에 연진은 한심함과 애처로움을 동시에 느꼈다.

'저렇게 소심해서야……. 아무튼 귀엽다니까.'

"그나저나 '대화'라는 것을 한번 해보자며?"

"아, 그래. 그랬지."

연진이 말문을 열어주기 전까지 이 저녁식사가 가지는 의미를 까맣게 잊고 있던 우경이다. 그제야 곤혹스러운 절망감이 덮쳐들자 울 듯 말 듯한 난감한 표정으로 그녀의 말에 수긍하는 그였다.

"무슨 정보가 필요해?"

"아, 그러니까…… 어떤 남자가 좋은데? 아니, 어떤 스타일이 좋은지……."

속마음을 고스란히 드러내며 힘겹게 말을 꺼내는 우경이 안쓰러운지 연진은 속으로 혀를 쯧쯧 차며 그를 동정했다.

"귀여운 남자."

"뭐?"

"귀여운 남자가 좋다고."

담백 간결한 연진의 대답에 우경은 그야말로 막막한 심정이다.

"뭐가 그렇게 간단해?"

어이가 없어진 우경이 불만스럽게 중얼거리자 연진은 별수없다는 표정으로 어깨를 으쓱였다.

"내 눈에 귀엽고 사랑스러우면 그만이지. 뭘 더 바라?"

어처구니가 없는지 우경의 표정이 그야말로 얼빠진 모습, 그 자체였다.

"너무…… 어렵다."

"어렵게 생각하지 마."

애피타이저로 나온 샐러드를 뒤적이며 연진이 쾌활하게 말했지만 우경은 도저히 어렵게 생각하지 않을 수가 없었다.

"그러지 말고……."

"나이는 나보다 좀 많으면 좋겠고, 성격? 자상하면 좋겠지. 날 좋아라 해주면 금상첨화겠고……. 더 뭘 바라?"

"음……."

아무리 생각해도 어려운 주문이라 우경의 한숨 소리가 무거워졌다.

잠깐, 나이가 많고? 내가 그렇지. 자상한 성격? 연진에게는 그렇지. 좋아하는 마음? 넘치고 넘치지. 혹시 이거 날 가리키는 말?

마른침을 꿀꺽 삼키며 잠시 우경의 마음속에 착각의 등불이 반짝거렸다. 그러나,

"참, 삼촌이 그러던데 아저씨도 집에서 선보라고 난리라며?"

아무 감정도 느껴지지 않은 연진의 태연한 어투에 역시나 착각의 등불이 푸시시 하고 꺼져 들어갔다.

그럼 그렇지. 난 연진이에겐 막내삼촌의 친구인 아저씨일 뿐이야.

급격히 실연의 어둠 속으로 파고 들어가는 그에게 햇살 같은 연진의 목소리가 들렸다.

"참, 난 아저씨처럼 덩치 있는 사람이 좋아."

"그, 그래?"

자신을 좋아한다는 말이 아님에도 불구하고 우경은 자신 같은 사람이 좋다는 말에 금세 얼굴에 화색이 돌았다.

'귀, 귀여워. 어떻게 해. 울리고 싶어.'

어색해서 어쩔 줄 몰라 하다가 시무룩하게 풀이 죽었다가 금세 활짝 피어나는 어린애처럼 순진한 속내를 고스란히 드러내는 우경의 표정 변화에 연진은 금방이라도 손을 뻗어 그의 머리를 쓰다듬고 싶은 충동에 시달렸다. 게다가 눈물이 그렁그렁 매달리게 만들어서 울게도 만들고 싶어 발이 쑤실 지경이었다. 끝이 뾰족한 구두로 정강이를 호되게 걷어차면 울지 않을까 하는 못된 심보 때문이었다.

그런 사악한 생각을 하고 있는지도 모른 채 우경은 연진의 골똘한 표정을 훔쳐보며 혹시 염두에 두고 있는 다른 남자가 있는 것은 아닌지 걱정했다.

"아, 학교는 어때? 대학 생활은 할 만하니?"

느닷없이 찾아든 침묵을 이기지 못하고 우경이 황급히 머리를 굴리고 굴려서 안전한 화젯거리를 꺼내 들었다. 발끝이 덜덜 떨릴 만큼 충동에 휘감겨 있던 연진은 충동의 광기에서 벗어날 수 있었음을 다행으로 여기고 맞장구를 쳐주었다.

"대학 생활이란 게 생각만큼 재밌지는 않더라. 빡빡하던 고등학교 시간표가 그리워질 줄은 꿈에도 몰랐으니까."

"하하, 그래? 천천히 남는 시간을 활용할 데를 찾아봐."

"참, 나 아저씨네 어머니가 다니시는 봉사회 나가. 알고 있어?"

얼마 전에 어머니인 현정에게 지나가는 말로 연진이 봉사회에 나온다는 소릴 듣고 굉장히 놀랐었다. 한 번도 봉사활동이란 것을 해보지 않은 아이가 수능이 끝나자마자 현정이 속해 있는 봉사회에 나와 일손을 거든다는 생각에 대견하면서도 안쓰럽기도 했다. 제대로 일을 할까 걱정스러웠지만 현정의 서툴지만 잘해보려는 노력이 가상하다는 말에 적잖게 마음을 놓았다.

"어머니께 들었어. 꽤 열심히 한다고 그러시더라."

"쳇, 서툴다고 만날 구박만 하시는데……."

짐짓 툴툴거리는 얼굴이지만 은근히 의기양양한 표정이었다.

"그런데 갑자기 봉사회는 왜 나가? 너 그런데 관심없어했잖아."

영문을 모르겠다는 우경의 순진한 발언에 연진은 내색하진 않았지만 속으로 못마땅해 혀를 찼다. 동시에 자신도 모르게 아까부터 근질근질하던 발을 확 움직여 우경의 정강이를 걷어차고 말았다.

"아얏!"

"흥, 내 맘이야. 남이사 관심이 있든 말든……."

테이블 아래로 불시에 당한 공격에 우경은 눈물이 찔끔거릴 만큼 놀라고 아파서 허둥거렸다.

"그, 그래."

아무튼 성질머리하고는…….

입 밖으로 꺼낸 말과 속으로 중얼거리는 말이 서로 달랐지만 우경은 그런 내색은 보이지 않았다. 그래도 역시 지금의 모습이 낫다고 생각했다. 얼마 전까지 얌전……한 모습은 도통 적응이 되지 않아 사실 더 무서웠다. 차라리 이렇게 성질 부리는 편이 마음이 편해 안도감이 들 정도였다.

"친구는 많이 사귀었어? 고등학교 친구들이랑 같이 진학한 거야?"

"아냐, 대부분 강성대학교 갔어. 난 내 의지로 대한대학교에 입학한 것뿐이고. 참, 보영이도 강성대학교에 진학했는데……."

사촌 여동생인 보영의 이름이 거론되자 우경의 얼굴이 불편한 듯 일그러졌다.

"그래, 그렇잖아도 지 생일이라고 생일 선물 겸 입학 선물을 빙자한 거금을 뜯어갔다."

"음, 그래서 오늘 보영이랑 같이 쇼핑했어. 봄도 되고 했으니까 새 백이 필요하대서 선물 겸……. 아, 그리고 가서 이것도 샀어."

주섬주섬 가방 안에서 포장된 작은 상자를 꺼내 우경 앞으로 밀어주자 우경은 어리둥절한 표정으로 상자를 바라보았다.

"이게 뭐야?"

"풀어봐."

의미심장한 연진의 미소에 우경은 떨리는 가슴을 가까스로 억누르며 조심스러운 손길로 연진이 건네준 상자의 포장을 뜯어보았다. 낯익은 로고와 함께 까만색 가죽으로 매끄러운 몸체를 자랑하는 남성용 지갑이 모습을 드러냈다.

"이건……."

"생각나서 하나 샀어. 맘에 들어?"

싱글싱글 웃고 있는 연진의 미소 너머로 언 듯 비취는 사악한 의도는 단숨에 무시해 버리고 우경은 감격한 표정으로 연진만 바라보았다.

"별로야?"

"아, 아니야. 잘 쓸게. 고마워. 그런데 어째서……."

그 자리에서 펄쩍 뛸 만큼 기쁘면서도 뒷목이 뻣뻣해질 만큼 불안해진 우경이 조심스럽게 선물의 의도를 물었다.

"아아, 그거? 뇌물이야. 괜찮은 남자 꼭 좀 소개시켜 달라는……."

해맑게 웃고 있는 연진의 미소가 사악하게만 느껴지면서 우경의 몸이 마치 석고상처럼 굳어져 버렸다. 누군가가 건드리기만 하면 바로 와르르 무너질 것처럼 위태위태한 석고상처럼 말이다.

"그, 그래?"

애써 웃어 보이며 아무렇지 않은 척해보지만 자신의 얼굴이 얼마나 일그러져 있는지 우경은 알 수가 없었다.

"그 말 알지? 중신 잘 서면 술 석 잔이고, 잘못되면 뺨 세 대라는 거……."

생글생글 웃으며 말하는 폼이 여간 암팡스럽고 교활해 보이는지 우경은 머리가 지끈거릴 지경이었다. 머리뿐만 아니라 가슴도 지끈거려 죽을 지경이었다. 보이지 않는 송곳이 심장을 콕콕 찔러대는 탓에 우경은 저도 모르게 왼쪽 가슴 부근을 지그시 손으로 눌렀다. 그 모습을 본 연진이 걱정스런 얼굴로 물었다.

"왜 그래? 가슴이 아파?"

"아, 나 잠시 화장실 좀⋯⋯."

연진을 눈앞에 두고 있자니 긴장과 설렘, 그리고 상처로 가슴이 제멋대로 뛰어 더 이상 가만히 앉아 있을 수만은 없었다. 조금은 힘겨운 얼굴로 우경이 자리를 뜨니 뒤에 남은 연진은 그의 표정에 피식 웃을 뿐이었다.

"아무튼 소심하다니까."

찬물로 세수를 하고 나니 혼미하던 정신이 맑아지는 기분이 들었다. 앞머리에서 물방울이 뚝뚝 떨어지는 것을 손으로 대충 훔치고 거울 속의 자신을 물끄러미 들여다보았다. 아무리 요모조모 따져 보아도 그다지 잘나 보이지 않는 투박한 얼굴의 사내가 서글픈 눈빛을 하고 있었다.

"미친놈, 바랄 걸 바라야지. 그 애는 네 조카뻘이야. 딴 맘 품지 마라."

스스로에게 야박하지만 연민 어린 경고를 던지고는 한숨을 길게 내쉬며 세면대에 기댔던 몸을 일으켜 세웠다. 문득 자신도 모르게 손가락으로 입술을 천천히 어루만졌다.

왜 키스한 걸까?

조심스런 희망의 의문이 싹텄으나 연진의 짓궂은 미소를 떠올리며 진심이 아니었을 거라 생각하며 재빨리 생각을 털어냈다.

"아냐, 아냐. 그럴 리 없어. 허튼 생각 따윈 하지 말자."

머릿속으로 연진을 여자로 봐선 안 된다는 자기암시를 끊임없이 되풀이하며 젖은 얼굴을 닦고 밖으로 나갔다.

우경이 자리에 돌아오니 그사이 음식이 세팅되어 있었다. 오물 거리며 스테이크를 잘게 썰어먹고 있던 연진이 눈으로 그를 반겼 다.

"나 배고파서 먼저 먹었어."

"그래, 잘했어. 먹자."

되풀이되는 자기암시 덕분인지 조금은 냉정한 마음으로 연진과 마주할 수 있게 되어 우경은 내심 안도의 숨을 내쉬었다. 그런 미 묘한 우경의 변화를 재빠르게 캐치해 낸 연진은 뭔가 못마땅한 듯 눈동자를 데굴데굴 굴렸다.

"맛있니?"

마치 정말로 어린 조카 대하듯 어르는 그의 어투에 연진의 곱게 그려진 아미가 꿈틀거렸다. 화장실 간다며 일어서기 전보다 훨씬 더 침착해 보이는 지금의 모습이 아무래도 마음에 들지 않았다.

"흐음, 먹을 만해."

뭔가 미묘하게 분위기가 달라졌다며 은근히 우경을 관찰하자 그 뜨거운(?) 시선에 우경은 불편한 듯 헛기침을 하며 연진의 시선 을 피했다. 약간은 집요하게 느껴지는 연진의 시선을 피하다 맞은 편에서 걸어오는 요염한 몸매의 여자를 발견하고 눈이 휘둥그레 졌다. 몸매가 드러나게 딱 달라붙는, 노란색과 녹색이 섞인 기하 학적 무늬의 원피스를 입은 여자가 우아한 걸음걸이로 그들의 테 이블을 지나갔다.

이 남자가…….

우경의 시선이 방금 지난 여자에게 향한 것을 본 연진의 이마에

핏대가 삐죽하며 심술궂게 솟아올랐다.

　방금 지나간 여자의 기하학적 무늬 옷차림에 우경은 요즘은 저런 현란한 무늬가 유행인가를 중얼거리다가 저도 모르게 큰 숨을 들이켜고 말았다. 지금 무언가가, 무언가가…….

　자신이 제대로 느낀 것이 맞는지 혼비백산한 표정으로 천천히 고개를 들어 연진과 눈을 마주치자 화사하게, 너무도 화사하게—너무도 사악하게만 느껴지는—미소 짓는 그녀를 발견할 수 있었다.

　"여, 연…… 진아?"

　아직도 확신을 가지지 못한 우경이 어설프게 미소라는 것을 지으며 연진에게, 금방이라도 울 것만 같은 표정으로, 자신의 허벅지 쪽을 가리키며 손가락질하자 연진은 피식 웃기만 했다.

　"허억!"

　말로 하는 대답 대신 그의 허벅지에 닿은 연진의 보드라운 발이 좀 더 은밀한 곳을 더듬었다.

　눈앞에 그녀가 있는데 감히 다른 데에 눈길을 주다니 다시 곱씹어봐도 괘씸해 견딜 수가 없었다. 이 기회에 단단히 혼쭐을 내주겠다는 마음에 연진은 과감하게 그의 정강이를 걷어차는 대신 회유하기로 마음을 먹은 것이다. 어차피 테이블 보가 아래까지 덮여 있어 테이블 아래로 무슨 일이 벌어지고 있는지는 다른 사람들 눈에 뜨이지 않을 테니 더욱 대담해졌다. 재빨리 앵글부츠에서 발을 꺼내 간질이듯 그의 정강이를 쓰다듬으며 위로 서서히 올라가니 그 사실을 눈치 채고 그대로 굳어버린 우경의 얼굴이 눈에 들어왔다. 벌겋게 달아오른 채 어쩔 줄 몰라 허둥거리는 모습이 상당히 유혹적이라 연진은 자신도 모르게 입맛을 다시고 말았다.

나를 봐. 이래도 내가 아직 어린애로 보여?

허벅지 쪽으로 발가락이 미끄러지자 헉 하는 거친 숨소리가 테이블 너머에서 들려와 연진의 입가에 드리워진 미소를 더욱 짙게 만들었다. 발끝을 통해 느껴지는 우경의 긴장감 또한 확연히 전해졌다. 좀 더 안쪽으로 미끄러지려는 연진의 발을 우경의 커다란 손이 확 움켜잡았다.

"주……."

꿀꺽하고 마른 입술을 축이기 위해 억지로 침을 삼켜 목울대가 거칠게 움직이는 것을 황홀한 표정으로 바라보던 연진은 흥미진진한 표정으로 그의 말을 기다렸다.

"주연진, 장난이 지나치잖아!"

그답지 않은 낮은 음성으로 으르렁거리자 연진의 내부 깊숙한 곳에서 부글부글 끓어오르는 쾌감에 정신이 혼미해질 지경이었다.

"왜에?"

그래서인지 오히려 도발하듯 대꾸하는 연진의 목소리는 좀 더 농염하고 유혹적이라 우경을 당황케 하기에 충분했다.

"흠흠, 그만 하고 식사나 하자."

왜라는 연진의 당돌한 대꾸에 할 말을 잃은 우경은 힘겹게 숨을 고르며 억지로 아무 일도 없었던 식으로 마무리 짓고자 했다.

"그러려면 내 발부터 놔줘야지."

놀리듯 은근한 연진의 속삭임에 우경은 자신이 그녀의 발을 잡고 놓아주지 않았음을 깨닫고 당황해서 그만 얼굴이 시뻘겋게 달아오르고 말았다.

"이, 이런 장난 두 번 다시 하지 마."

험악한 표정으로 윽박질러도 연진은 그가 두렵지 않았다. 오히려 색다른 모습에 입맛만 더욱 동할 뿐이었다.

"아저씨, 흥분했구나?"

테이블 위로 몸을 살짝 숙인 연진이 조그맣게 속삭이자 우경의 얼굴이 하얀 문어가 삶아져 발갛게 달아오르듯 말 그대로 폭발해 버렸다.

"그, 그만 일어서자."

당황한 속내를 감추려 자리에서 일어서려는 그에게 연진의 밉살스런 한마디가 날아들었다.

"헤에, 사람들이 알아볼 텐데……."

의미심장한 그 말에 우경은 반쯤 일으켰던 몸을 울며 겨자 먹기로 도로 주저앉고 말았다.

"잘 생각했어. 나 이거 다 먹을 즈음이면 진정될 테니까 그때 나가자. 그러니까 아저씨도 얼른 먹어."

얄밉게 생글거리는 연진의 목을 조르고 싶다는 생각에 이미 식욕은 달아난 지 오래였다. 이를 부득부득 가는 그와는 달리 연진은 너무나 즐거운 표정으로 스테이크를 싹싹 비우고는 마무리로 와인까지 음미했다.

"그만 가자."

연진이 식사를 다 마치기만 기다리던 우경이 평소와는 달리 퉁명스럽게 말을 꺼냈다. 테이블 위를 아쉬움이 가득한 시선으로 훑어보는 연진을 뒤로한 채 우경이 먼저 자리에서 일어나 버렸다. 벌써 저 앞쪽으로 성큼성큼 걸어가는 그의 뒷모습을 바라보며 아쉬움의 한숨을 삼킨 연진은 몰래 회심의 미소를 지으며 자리에서 일어났다.

차를 안 가져왔다는 연진의 말에 우경이 그녀를 집으로 데려다 주기로 했다. 사실 이미 연진의 차는 그녀를 따라다니는 경호원들이 미리 집으로 가져다 놓았지만 우경이 그 사실을 알 리는 없었다.

레스토랑에서 나온 이후 내내 말이 없는 우경 때문에 심기가 불편한 연진은 그가 열어준 조수석에 올라타며 어떻게든 분위기를 바꿔보겠다고 다짐했다. 운전석으로 돌아온 우경은 시동을 켜고 안전벨트를 매다가 연진이 끙끙거리는 것을 보았다.

"왜 그래?"

"이게 안 당겨져."

"그래?"

힘겨운 표정으로 연진이 안전벨트를 잡아당기자 우경은 의아한 표정으로 자신 쪽의 안전벨트를 풀고 그녀 쪽으로 몸을 기울였다. 안전벨트로 손을 뻗다 보니 그만 그의 상체가 그녀의 몸을 덮다시피 기울어졌음을 깨닫고 당황한 우경이 황급히 몸을 빼려는 순간 촉촉이 빛나는 연진의 분홍빛 입술이 눈이 들어와 버렸다. 마치 시간이 멈춘 듯 호흡조차 멈춰 버린 느낌이다. 홀린 듯 연진의 입술을 뚫어져라 바라보고 있던 우경은 뒤늦게 자신의 실수를 깨닫고 황급히 상황을 수습하려고 정신을 차린 순간 유혹적으로 연진의 입술이 벌어지고 조그맣고 앙증맞은 분홍색의 혀가 마른 입술을 축이는 것이 눈에 들어와 버렸다. 눈을 통해 머릿속에 새겨져 버린 연진의 촉촉한 입술이 그의 말초신경을 자극하더니 말 그대로 본능을 지배해 버렸다.

"연진아."

뜨거운 한숨 소리와 함께 우경은 이성을 잃어버린 채 연진에게 고개를 숙여 맹렬한 기세로 입을 맞추었다.

네가 화를 낼지라도, 내게 실망할지라도 한 번만이라도 널 내 품에 안고 싶다.

자신도 미처 알지 못했던 격렬한 기분으로 연진의 보드라운 입술을 만끽하며 거침없이 입 안으로 혀를 집어넣으며 수줍어하는 그녀를 휘감았다. 간간이 떨어지는 입술 위로 서로의 뜨거운 숨결이 오르내리고 정염의 불꽃에 취해 버린 우경의 눈에는 더 이상 어린 연진이 아닌 농염한 매력을 발산하는 마녀 연진만이 비쳤다.

집어삼킬 듯 강한 흡입력으로 연진의 입술을 빨아들이고 있던 우경은 주변을 지나가는 차의 헤드라이트 덕분에 이성을 차릴 수가 있었다. 눈부신 빛이 그의 이성을 일깨우자 뒤늦게야 정신을 차릴 우경은 그야말로 경악할 상황에 얼어붙고 말았다.

언제 그랬는지 시트는 눕혀져 있고 연진의 옷가지는 반쯤 벗겨진 채 흐트러져 있었다. 자신의 다리와 연진의 다리가 엉켜 있다는 것도 그의 멍한 머리를 강하게 후려갈기고 있었다.

"아저씨?"

약간 부풀어 오른 입술을 반쯤 벌리며 연진이 숨 가쁘게 부르자 우경은 자신이 저지른 짓에 너무 놀라 달아나고 싶은 심정이었다. 그 심정이 그대로 반영되어 황급히 몸을 뗀다는 것이 그만 차 천장에 머리를 박고 말았다.

"크앗!"

머리가 띵해지는 충격에 양손으로 머리를 감싸며 신음을 터뜨리자 몸을 일으킨 연진이 어이없다는 듯이 혀를 쯧쯧 찼다.

"괜찮아? 어디 봐봐."

"괘, 괜찮아."

연진의 보드라운 손이 자신의 머리에 닿자 우경은 소스라치게 놀라며 재빨리 몸을 뒤로 뺐다.

이 아저씨 보게? 내가 전염병이야? 그렇게 놀라 도망가게?

조금 전의 키스가 천지가 뒤바뀌는 일이라도 되는 양 전전긍긍하는 그의 행동이 몹시도 불쾌하고 서운했다.

"신우경!"

경계심 어린 태도로 그녀에게서 거리를 두려는 우경의 행동에 연진이 쌍심지를 켜고 노려보았다. 흠칫 놀라며 그녀의 눈치를 보는 우경의 행동에 당장이라도 덤벼들고 싶은 마음이 굴뚝같지만 조신한 숙녀의 체면에 그럴 수가 없지 않은가? 대신 연진은 불쾌하다는 오라만 물씬 풍기며 분위기를 잡았다.

"잘못했다는 건 알고 있나 보지?"

음산하게 목소리를 까는 연진의 분위기에 우경은 아픈 머리를 감싸 쥐며 움찔거렸다.

귀…… 귀여워. 한입에 홀라당 털어 넣고 싶잖아.

속으로는 당장이라도 우경을 요리해 먹고 싶은 음흉함으로 침을 질질 흘렸지만 어쨌든 여자는 적당히 튕길 줄도 알아야 한다지 않는가? 할 수 없이 그 몰래 입가에 흐른 침을 닦고 속이야 어떻든 겉으로는 냉정하게 말했다.

"밖에 나가서 머리나 식히고 와."

당연히 이럴 줄은 몰랐다든지, 실망이라든지, 짐승이라든지……. 기타 등등의 반응을 예상하고 있던 우경은 냉정하지만 깔끔한 연진의 말에 어리둥절해 눈만 끔벅거렸다.

"왜? 2회전할까?"

"아, 아니야."

그녀의 눈치를 살피며 머뭇거리는 그에게 연진이 이죽거리자 당황한 우경은 굴러 떨어지듯 요란하게 차 밖으로 뛰쳐나갔다. 그런 그의 모습에 차 안에 남아 옷매무새를 정돈하던 연진이 고개를 절레절레 흔들었다.

"아무튼 바보같이 순진하다니까."

그럼에도 불구하고 연진의 눈동자에는 감출 수 없는 애정이 담뿍 담겨 있었다.

후들거리는 다리를 가까스로 지탱하며 급박하게 내달리는 심장을 진정시키려 애쓰는 우경의 표정은 말 그대로 혼비백산이었다.

"미친놈."

자기도 모르게 스스로를 타박하며 중얼거리며 터벅터벅 자동차 앞부분의 벽 쪽으로 걸어갔다.

"미친놈. 정신 나간 놈. 변태, 말미잘."

아직도 두근박질 치는 심장 때문에 옷깃을 붙잡고 있던 우경은 거친 숨을 토해내다 문득 입술에 손가락이 닿았다. 반사적으로 떠오르는 연진의 보드라운 입술과 그 달콤한 감각에 또다시 정신이 몽롱해지려 하자 황급히 그 생각들을 털어내듯 머리를 저었다.

"안 돼, 안 돼. 생각하지 마."

아무리 자기암시를 걸어보아도 손아귀에 남아 있는 연진의 피부 감촉과 입술 위에 남아 있는 열정의 기억이 암시를 해제시켜버렸다. 아무리 털어버리려 해도 자꾸만 반복되는 위험 수위의 상상 때문에 참을 수가 없어진 우경은 벽에다가 머리를 박기 시작했다.

"멍청한 놈, 정신 차려라. 절대 안 돼, 안 돼!"

콩콩콩.

이마가 시멘트에 쓸려서 따끔거렸지만 우경은 아랑곳하지 않고 사념(?)이 사라질 때까지 벽에다 머리를 박았다.

"얼씨구? 저게 뭔 짓이래?"

가방 안에서 꺼낸 화장 거울로 지워진 립글로스를 새로 바르던 연진은 우경의 자학을 발견하고는 코웃음을 쳤다.

"자학도 가지가지야. 저런다고 내가 놔줄 줄 알아?"

어림없다며 입술을 지그시 깨물고는 재빨리 차에서 내렸다.

"아저씨, 자학 그만 하고 가자."

아무 일도 없었다는 듯 태연한 연진의 목소리에 화들짝 놀라 우경이 황급히 뒤를 돌아보았다.

"바보같이 뭐 하는 짓이야?"

돌아본 우경의 이마가 불그스름한 것을 발견하고 연진은 눈살을 찌푸리며 그에게 다가갔다. 피는 나지 않지만 가방을 뒤적거려 하얀 레이스 손수건을 꺼내 그의 이마 위에 살짝 눌렀다.

"아프지 않아? 왜 그랬어?"

"괘, 괜찮아."

예상치 못한 친절에 우경은 당황해서 그만 말을 더듬고 말았다.

"키스한 거 때문에 그래? 뭘 그런 걸 가지고 그래?"

"뭐?"

둘 사이에 있었던 키스나 별거 아니란 식으로 얘기하지 우경은 자신도 모르게 불쾌한 감정을 고스란히 내보였다.

"어차피 아저씨, 키스 못하던데?"

흐윽.

날카로운 비수가 심장을 후벼내는 것 같은 기분에 자신도 모르게 억눌린 신음을 내지르고 말았다.

"내가 기억하기로는 여자 친구도 좀 있었던 것 같은데 테크닉이 별로다."

약 올리듯 빈정거리는 연진의 말에 우경은 쓰라린 가슴만 붙잡느라 차마 변명을 할 수가 없었다. 과거 여자 친구가 있기는 했지만 조금만 진도를 나가려 하면 깨지고, 진도를 나갔더라도 오래

가지 못한 관계가 수두룩했기에 더욱 연진의 말이 가슴을 아리게 만들었다.

"그래 가지고 여자 혼을 빼놓겠어? 쯧쯧, 아저씨. 장가가서 사랑받긴 힘들겠다."

마지막으로 위로하듯 자신의 어깨 위로 한 손을 척하니 올리며 불쌍하다는 표정을 짓고 있는 연진을 보자 속에서 울컥하는 것이 치솟았다. 확 구겨진 마음에 자신도 모르게 어깨 위에 놓인 연진의 손목을 거칠게 움켜잡고는 당황해하는 그녀를 반 바퀴 돌려 벽 쪽으로 몰아붙였다.

"내 테크닉이 별로라고?"

코가 맞닿도록 얼굴을 바짝 들이밀고는 위협적으로 속삭이던 우경이 연진의 뒷목을 단단히 붙잡고는 탐욕스럽게 입술을 빼앗기 시작했다. 잠시 놀란 듯 눈이 휘둥그레지던 연진은 이내 화답하듯 그의 목에 팔을 걸며 매달리자 도리어 우경이 놀랐다. 하지만 멈칫할 사이도 없이 향긋하게 부딪쳐 오는 부드러운 여체에 혼이 빠져 겁만 준다는 것을 잊은 채 도리어 미친 듯이 연진에게 매달렸다. 끊임없던 자기암시는 오히려 강한 반발력으로 연진에 대한 갈증만 키워갔고 덕분에 우경은 자신도 모르게 그녀에게 매달려 더 많은 것을 원한다고 몸으로 보채기 시작했다.

빠아앙.

지나가던 차가 경적을 울리며 그들을 일깨우자 우경은 황급히 입술을 떼며 가쁜 숨을 내쉬었다.

"이, 이래도, 별로야?"

숨을 헐떡이며 자신이 이성을 잃고 연진을 탐닉했다는 사실에서 고개를 돌리려는 우경의 노력이 가상했지만 순순히 넘어가 줄 연진이 아니었다.

"그런 말을 할 거면 내 가슴에서 손은 좀 떼고 말해주지?"

"허억!"

냉소적인 연진의 지적에 우경은 자신의 손이 그녀의 맨가슴을 떠억하니 쥐고 있다는 사실을 깨닫고 놀라 황급히 손을 뺐다.

"미, 미안……."

얼굴이 시뻘겋게 달아오른 채 어쩔 줄 몰라 당황하는 우경의 모습에 연진은 남몰래 침만 꿀꺽 삼켰다.

쓰읍, 그냥 사고쳐?

"아, 아무튼 이건 네 잘못이야. 그러게 함부로 남자를 자극하는 게 아니야."

이미 연장자의 위엄이고 권위고 구겨진 지 한참 전이었건만 애써 노력하는 자세가 가상해 연진은 어깨를 으쓱이며 어느 정도 동의하는 자세를 취했다.

"흠흠, 그, 그럼 가자."

아무 일도 없었다는 듯이 몸을 돌리긴 했지만 바지 앞섶이 잔뜩 부풀어 올라 걸음을 옮기는데 상당히 큰 지장이 있었다. 어기적어기적 걸음을 옮기는 우경의 뒷모습을 지켜보며 연진은 못 말린다는 듯이 피식 웃음을 흘렸다.

아무튼 귀여워 죽겠다니까.

"어쨌든 데려다 줘서 고마워."

연진의 집까지 오는 동안 차 안에는 아무런 대화도 흐르지 않았다. 우경은 연진이 무슨 의도로 키스를 해도 가만있었는지—평소의 성격으론 뺨은 기본이고, 정강이뼈가 또 부러지고도 남았을 텐데 말이다—무슨 꿍꿍이가 있는지 곱씹느라 말을 하지 않았고, 연진 또한 하염없이 상념에 빠져 아무런 말도 하지 않았다.

"저기, 연진아."

아무래도 키스에 대해서 대화를 나누는 것이 좋겠다고 생각한 우경이 힘겹게 입을 열었다. 그러나 연진이 더 빨랐다.

"토요일에 시간 비워둬. 오늘 아저씨한테 입술 빼앗겼다고 온 동네에 소문내기 싫으면 그날 하루 나한테 시간 내. 아, 참고로 나 첫키스였어."

"뭐?"

속사포같이 제 할 말만 하고 내려 버리자 뒤에 남은 우경은 충격으로 그야말로 망연자실했다.

경쾌한 발걸음으로 계단을 올라간 연진이 콧노래를 흥얼거리며 집안 현관 안으로 들어섰다.

"다녀왔습니다."

씩씩한 인사말에 거실에 있던 가족들의 시선이 그녀에게 모였다.

"저녁은?"

"먹고 왔어."

이미 먹고 온다는 연락을 들었기에 미연의 말은 그저 인사치레나 다름없었다.

"누나, 무슨 좋은 일 있어?"

연진의 얼굴에 해실한 미소가 떠나지 않자 거실에서 과일을 먹고 있던 연후가 의아한 듯 물었다.

"켈켈켈, 꼬마는 알 것 없다."

"누나! 그렇게 좀 웃지 마. 꼭 마귀할멈 웃음소리 같잖아."

음침한 연진의 웃음소리에 연후가 질색하며 타박하자 이층으로 올라가려던 연진이 재빨리 방향을 틀어 동생의 머리를 쥐어박았다.

"마귀할멈을 보지도 못한 주제에, 말이 많아."

"엄마, 누나가 나 때려~"

올해 중학교 2학년으로 올라가는 연후가 엄살을 부리며 미연에게 투정을 부리자 연진은 기가 찬지 코웃음을 튕기며 요리조리 피하는 연후의 머리통을 한 대 더 때렸다.

"마마보이."

"헹, 마귀할멈."

서로 밉지 않은 빈정거림을 주고받는 남매의 투닥거림에 어른들의 입가에 어린 잔잔한 미소가 짙어졌다.

7 | 3월 7일

오후에 다른 학과의 킹카들과 미팅 약속이 잡혀 있어 콧노래를 흥얼거리던 보영은 자신이 다니는 단대 앞에서 기다리고 있는 연진을 발견하고 눈을 동그랗게 떴다. 수능시험도 끝났겠다 얌전한 모범생의 이미지를 벗어던지느라 딱 엉덩이만 가리는 길이의 미니스커트만 입고 다니던 녀석이 어쩐 일로 청바지에 면티를 입고 찾아온 것이다. 그 의아한 차림에 시선을 쭈욱 훑어내리고는 뜻밖이라는 기색을 여지없이 드러냈다.

"연락도 없이 어쩐 일이야?"

"오후에 수업 없지?"

"아아……."

없지만 미팅 약속이 있어 라는 말을 꺼내기도 전에 연진이 덥석 그녀의 손목을 낚아채며 차로 이끌었다.

"가자."

"엥? 가자니? 어딜? 야아, 나 오후에 약속있단 말이야."

발을 동동 굴리며 황급히 그녀를 만류하자 돌아오는 대답이 기똥차다.

"오늘 이 언니랑 봉사활동 가자꾸나."

"뭣이라?"

마귀할멈이 백설공주에게 독이 든 사과를 권하는 그것처럼 음험하고 사악한 목소리에 보영은 경기를 일으키며 반대했다.

"싫어. 나 그런 거 안 하는 거 알면서 그래?"

"친구야."

소리를 빽 지르며 반항하는 보영에게 연진은 전에 없이 상냥한 목소리로 그녀를 부르며 가볍게 어깨에 손을 얹었다. 그리고 조용하게, 너무 나지막하여 더 심란한 목소리로 살포시 위협했다.

"이 언니가 네 이모님께 점수 좀 따자는데 그리도 반항이냐? 엉?"

누가 보면 친구들끼리 다정한 대화를 속삭이는 모습으로 오해하기 딱 좋은 포즈였다. 실상은 절대 그렇지 않다는 것이 문제지만…….

"이것이……. 네가 봉사활동 가서 우리 이모한테 점수 따는 게 나랑 무슨 상관이야?"

기어이 가지 않으려고 발버둥을 치며 강력하게 반발하게 보영에게 연진은 마치 연극무대의 여배우처럼 고개를 45도 각도로 숙이며 애처로운 한숨을 내쉬었다.

"네 이모님께서 나를 볼 때마다 말씀하시기를, 보영이랑 친한 친구라면서 어째서 그 애는 안 데려오는 거니? 라고 하시는데 내가 어찌해야겠니?"

간절한 표정을 짓고 있는 듯하지만 실상 무언의 압력을 넣고 있는 연진의 강력눈빛에 보영은 주눅이 드는지 멋쩍게 시선을 돌렸다.

"그러니까 친구야, 함께 봉사활동 하러 가자꾸나."

인형처럼 긴 속눈썹을 고의적으로 깜박거리며 순진한 척 반강요하는 연진의 압력에 보영은 기가 질린 듯 아무런 말도 하지 못했다. 마치 네게 후환이 두렵지 않은가 보구나 라는 오로라가 연진의 뒤에서 펼쳐져 와 그녀를 콕콕 찔러대고 있기 때문이기도 했다.

결국 눈물을 뿌리며 약속된 킹카들에게 이별을 고하며 연진의 차에 오르려는데 누군가가 연진의 차 뒤에 급정거하는 소리가 들려 고개를 돌리니 유진이 차에서 내리고 있었다. 유진을 발견한 연진의 얼굴은 보나마나 일그러져 있을 것이다.

"주연진, 여기까진 어쩐 일이야? 보영이 만나러 왔어?"

냉담한 미남이라는 별명이 무색하게끔 미소 띤 얼굴로 다가오는 유진을 바라보며 보영은 자기도 모르게 신음을 흘렸다. 워낙에 유진을 싫어하는 연진과 그 점을 알고 있으면서도 연진에게 달라붙지 못해 안달난 유진과 어떻게든 유진을 자신에게 머물게 하려는 초희……. 그리고 보니 초희가 보이지 않아 보영은 의아한 얼굴로 유진의 주변을 두리번거렸다.

"어쩐 일이냐? 초희가 안 보인다?"

초희라는 이름이 나오자마자 밝았던 유진의 얼굴이 급속히 냉담해졌다. 아니, 일그러졌다는 게 맞는 표현일지 모르겠다. 보영의 지적에 연진도 조금은 의외라는 듯 그의 주위를 기웃거렸다.

"어떻게 된 게야? 드디어 초희를 떼어낸 거야? 비결이 뭐야? 좀 알려주라. 나도 널 떼어버리게."

연진이 보영의 말꼬리를 붙잡고 답삭대자 빈정 상한 유진이 빽 소리를 질렀다.

"야!"

인상을 쓰며 신경질을 내는 유진에게 연진은 도리어 화사하게 미소를 보냈다.

"유진아."

처음으로 상냥하게 그의 이름을 부르는데 유진은 감격하기는커녕 오히려 경계심 어린 표정으로 다음 말을 기다렸다. 연진이 순순히 그의 이름을 불러줄 위인이 아님을 잘 알고 있었기 때문이다.

"유진아, 너 나를 좋아한다고 그랬지? 그렇다면 지금 내 발밑에 무릎 꿇고 나한테 매달릴 수 있어?"

"뭐?"

"내게 무릎 꿇고 다른 남자한테 가지 말라고 애원할 수 있겠냐는 말이야."

유진의 미간이 불쾌감으로 살짝 찡그러지자 그 모습에 연진이 그럴 줄 알았다는 듯이 어깨를 으쓱였다.

"그것 봐. 넌 나를 좋아한다고 말하고 있지만 정작 네 자존심을 접으면서까지 나를 사랑할 마음은 없잖아. 넌 나를 좋아한 게 아니야. 나를 좋아한다는 그 상황을 즐기고 있는 것뿐이지. 너한테 난 네 자존심보단 아래야. 하지만 누군가를 지독하게 갈구하게 되면, 사랑하게 되면 상대방을 원하는 마음이 더 커서 그 앞에 자존심 따윈 얼마든지 접을 수 있어. 넌 나에 대한 감정 때문에 그럴 수 있겠니?"

마치 머리를 세게 얻어맞은 것처럼 멍해졌다. 유진은 원하기 때문에 매달려야 한다는 생각은 한 번도 해본 적이 없었기에 연진의 말이 큰 충격으로 다가왔다. 원하는 것이 있다면 말만 하면 됐다. 그러면 늘 쉽게 가질 수 있었다. 그렇기에 자존심을 먼저 굽혀야 한다는 생각은 한 번도 해본 적이 없었다.

"충고 한마디 할까? 너무 자존심만 앞세워 자신의 감정을 무시한다면 언젠가 후회할지도 몰라. 때론 굽히는 방법이 일을 쉽게 해결해 주기도 하니까. 그럼 잘 가라."

손을 흔들며 몸을 돌리는 연진에게 유진이 발악하듯 소리쳤다.

"그럼 넌? 넌 할 수 있어? 빌어먹을…… 너나 나나 동류인 거 몰라? 웃기지 마. 너도 할 수 없는 걸 내게 강요하지 마."

유진을 돌아보는 연진의 눈빛이 싸늘했다.

"난 할 수 있어."

"뭐?"

담담하지만 분명한 연진의 대답에 유진은 귀가 의심스러운 듯 얼굴을 찡그렸다.

"할 수 있다고. 네가 나를 좋아한다고 생.각.한. 시간만큼 나 역시 마음에 둔 사람이 있어. 그 남자, 차지하게 위해서라면 무슨 짓이든 다 할 수 있어. 무릎을 꿇고 애원이라도 해서 그 남자를 차지할 수 있다면 그렇게라도 해."

말을 마친 연진이 차에 오르자 어정쩡한 방관자의 입장이 되어버린 보영도 정신이 든 듯 황급히 차에 올라탔다. 사이드미러로 망연자실해 서 있는 유진을 흘끗 본 연진은 가볍게 콧방귀를 뀌며 차의 액셀을 밟았다.

"흥, 누굴 동류 취급이야?"

마찬가지로 고개를 돌려 뒤를 본 보영이 그래도 안쓰러운 듯 중얼거렸다.

"그래도 저런 모습 보니까 좀 안됐다. 사실 미운 정이라는 것도 있잖아. 너무 모질게 대하지 마."

미운 정이라는 말에 연진도 적잖게 동의하는 표정이었다. 초등학교 시절부터 내내 같은 학교를 다니며 얼굴을 부딪쳐 왔는데 마냥 싫다고만은 할 수 없는 미묘한 감정이었다. 저렇게 좋다고 거만하게 쫓아다니지만 않았다면 그렇게 학을 떼며 싫어하지는 않았을 텐데 하는 묘한 아쉬움이 들었다.

"그래도 저 녀석은 모질게 대해도 돼. 초희한테 하는 거 보면 당해도 싸."

"독한 년. 그리고 초희는 좋아하지도 않으면서 웬 인심?"

매정하게 말을 맺는 연진에게 보영이 못마땅한 듯 이죽거렸다.

"나 독한 거 이제 알았어? 나 원래 한독함 하잖아. 그러니까 신우경을 손에 넣기 위해 십수 년을 기다려 왔지. 그리고 초희 싫어하는 건 사실이지. 그래도 여자의 진심을 깔아뭉개는 놈은 더 싫어."

"징글맞게도 독한 년."

"그 독한 년 친구는 누구?"

"내가 왜 네 친구냐?"

"아, 사촌 시누이?"

"아휴, 징글징글해."

결국 보영이 못 말린다는 듯 타박을 하자 슬쩍 옆 자리를 돌아보는 연진의 눈가에 장난기 묻은 미소가 가득했다.

"그러고 보니 오늘은 오빠 안 만나?"

"주말에 데이트하기로 했어."

뭔가 꿍꿍이가 가득한 미소로 대답하는 연진의 모습에 보영은 과연 글자 그대로의 데이트가 맞는지, 혹은 일방적인 데이트가 아닐지 의심이 가득한 표정을 지었다.

"진짜야, 아저씨한테 토요일에 시간 비우라고 했단 말이야. 영화도 같이 보려고 티켓 끊어놨는걸?"

"헤에? 넌 그 아저씨 어디가 그렇게 좋은 거야? 내 눈엔 진혁 아저씨가 훨씬 멋지더구만."

믿어지지 않는 듯 보영이 황망한 표정으로 묻자 연진은 그녀의 말에 검지를 들어 까닥까닥거리며 부정했다.

"아냐, 아냐. 난 진혁 아찌를 보면 좀 그래. 사람이 너무 단정해 보여서 오히려 불안해. 속으로 음흉할수록 겉으로는 전혀 문제없어 보이는 사람이 많거든. 나한테 진혁 아찌는……. 뭐랄까, 너무 완벽해지려고 애를 쓰는 불완전한 사람으로 보여서 좀 피곤해. 그런데 우리 우경 아저씨는…… 그야말로 노다지!"

"헉! 운전, 운전대 잡아!"

한 손으로 핸들을 쥐며 다른 손으로 주먹을 불끈 쥐는 연진의 행동에 보영은 순간 심장이 떨어지는 것처럼 놀라고 말았다. 연약한 심장이 푸들푸들 떨리는 것을 진정시키느라 우경을 떠올리며 감탄을 금치 못하는 연진에게 핀잔을 던지지 못했다. 그리고 맹세했다. 다시는 운전하는 연진에게 우경 오빠에 대해 말을 꺼내지 않기로……. 운전하다 말고 무슨 제스처를 취하는지, 사고 나는 줄 알고 얼마나 놀랐는가.

"어쩜, 그렇게 사랑스러운 뺨을 가지고 있는지……. 콱 깨물어서 피가 줄줄 나면 와앙 하고 울 것만 같아서 가슴이 너무 설레인다니까. 그 두루뭉술한 배를 보면 나도 모르게 쿠욱 찔러 버리고 싶다니까. 딱딱하지 않아서 손가락으로 찌를 만한 맛이 있다니까. 게다가 날 완전히 깔아뭉갤 것 같은 덩치라니……. 그런 남자가 내 밑에서 흥분해서 헐떡이는 모습을 생각하면……. 하아, 정말 환상적이야."

정말로 상상하는 것만으로도 가슴이 설레는지 흥분으로 뺨을 붉히는 연진의 모습에 보영은 기가 막힌다는 표정이었다. 애가 고등학교 다닐 때까진 안 이랬는데 라고 중얼거리며 연진에게 불안한 시선을 던졌다.

"너…… 그게 정상이냐?"

"그럼? 너무 사랑하니까 예뻐해 주는 게 뭐가 잘못됐어?"

도리어 눈을 동그랗게 뜨고 반문하는 연진의 모습이 못내 낯설
게만 느껴졌다. 혹은 자신이 지금까지 친구에 대해 잘 몰랐던 것
이 아닌가 의심스럽기까지 했다. 새삼 연진의 본성이 의심스러워
졌다.

"그게…… 예뻐해 주는 거니?"

"당연하지. 그 귀여운 얼굴로 울먹거리면서 내게 애원하는 걸
상상만 해도 흥분되는걸?"

귀여운 얼굴? 누가?

정말로 전율이 오는지 살짝 몸을 떠는 연진의 모습에 보영은 입
을 다물지 못했다.

"상대를 울리는 게 그렇게 좋아?"

"당연하지. 너무너무 사랑스러우니까 괴롭히고 싶은 게 뭐가
나빠?"

"세상은 그런 사람을 변태라고 한단다, 친구야."

"훗."

콧방귀를 뀌며 의연해하는 연진에게 보영은 잠시 아주 심각하
게 이런 애와 왜 친구가 되었는지 의문에 휩싸였다.

"그렇게 기대를 받으면 왠지 부응하고 싶다니까. 그나저나 보
영아, 나 결혼 선물로 받고 싶은 게 있거든. 골라봐. 1번 가죽 채찍
과 목줄, 플러스 양초. 2번 가터벨트랑 깃털 속옷, 3번 바니걸 복
장과 수갑♥, 4번 간호사 코스튬 복장 혹은 의사 가운이 나을까?

아저씨가 예전에 자기 이상형은 백의의 천사라고 했었거든. 자아, 골라봐."

"……3번에서 느껴지는 불쾌하고 러블리한 감각은 무엇이냐? 그리고 결혼이라니? 아직 오빠가 너한테 넘어간 것도 아닌데 너무 서두르는 거 아냐?"

수갑이라고 말할 때 연진의 얼굴에 떠오른 홍조를 분명히 발견한 보영이 한참 만에 힘겹게 묻자 연진은 말 그대로 얼굴을 복숭아처럼 발그레 물들이며 대답했다.

"그럼? 그냥 연애만 하고 살아? 야아, 아저씨 나이가 몇인데? 얼른 날 잡아야지. 나야 아직 파릇한 나이지만 아저씬 벌써 삼십 대라고. 한창 무르익은 나이 아냐? 익었을 때 재빨리 먹어치워야지, 너무 익으며 물러 버려서 못 먹어. 게다가 나 같은 취향을 가진 여자가 또 있으면 우리 아저씨 위험해서 안 돼. 얼른얼른 주연진 거라고 찜해놔야 마음이 놓일 것 같단 말이야."

끝에 가서 입술을 잘근 깨물며 초조함을 드러내는 연진의 모습에 보영은 의외라는 듯 눈썹을 치켜떴다. 언제나 자신만만해하는 연진이 초조해하는 모습은 꽤 낯선 일이었다.

"헤에?"

의외라는 듯 받아치는 보영에게 연진은 덧붙이듯 중얼거렸다.

"아, 그리고 수갑은 말이지. 그건 내 로망이거든. 봐봐, 수갑하면 떠오르는 가슴 두근거리는 금지 영상. 우리 우경 아저씨한테 수갑을 채워 침대에 묶어두고 괴롭히면 나한테 이러지 말라고 눈물을 글썽이며 애원할 것을 생각하니 가슴이 너무너무 뛰는 거 있지? 그 귀여운 목소리로 앙앙거리며 앙탈을 부릴 걸 생각하니 소름 끼치도록 행복해서 견딜 수가 없다니까. 혹은 말이야. 바니걸 복장을 입은 내게 오빠가 수갑을 채워서……. 훗, 난폭하게 침실에 갇히지 않을까 상상하면 나도 모르게 흥분해서…….”

변태다.

조금 전까지 연진에게 아주 쬐금 연민 비스무리한 감정을 느꼈던 보영은 그런 감정 자체가 실수임을 인정했다. 그리고 자신이 연진을 잘 안다고 생각했던 사실을 수정했다. 연진에게 이런 변태성이 있음을 아주 조금은 알고 있다고 생각했지만 이렇게 확.실.한. 변태인지는 전혀 알지 못했다. 도대체 얘가 어쩌다가 이 지경까지 갔을까?

“웅, 그러니까 3번 바니걸 복장과 수갑♥으로 선물해 줘도 아주 유용하게 쓸 것 같은데?”

자기 딴에는 귀여운 표정으로 고개를 갸웃거리며 부탁을 가장한 협박을 하고 있는 연진이 가증스러워 견딜 수가 없었다. 불끈 치솟는 구토감을 억누르며 힘겹게 대꾸했다.

“……구할 수는 있는 것이냐?”

“훗, 어둠의 루트가 있지.”

결국 될 대로 돼라 심정으로 물었지만 대답이 가관이었다.

“어둠의 루트?”

어이가 없어 눈동자를 데굴데굴 굴리는 보영에게 연진은 씨익 웃음을 쪼갰다. 그 순간 보영은 자신의 사촌오라비인 우경에게 정말로, 진심으로, 안타까움에 심심한 위로를 보내고야 말았다. 어쩌다가 이런 해괴한 애한테 찍혔을까? 혹은 이런 애, 어디가 그렇게 좋은 걸까? 라는 점도 고민했다.

"그리고 신우경이 나, 주연진에게 홀딱 반해 있다는 사실은 아는 사람은 다 안다고. 넘어오는 것은 시간문제일 뿐이야."

자신만만해하는 연진에게서는 아까의 초조한 모습은 조금도 찾을 수가 없었다. 뻔뻔스럽기 그지없는 연진의 말에 보영은 그저 지끈거리는 머리만 지그시 누를 뿐이었다.

"참, 비아그라 효과가 정말 좋을까?"

심각한 표정으로 중얼거리는 연진의 말을 들은 보영은 자신도 모르게 아득해지는 정신을 붙잡으며 왠지 뻣뻣하게 느껴지는 뒷목을 부여잡았다.

작작 좀 하거라, 이 변녀야.

"안녕하세요? 저희 왔어요."

봉사회 회원들에게 싹싹하게 웃으며 다가가는 연진의 모습을 지켜보던 보영은 자신도 모르게 얼굴이 일그러지는 것을 가까스로 참아냈다. 연진이 이렇게 싹싹하고 사교성 많은 성격이 아닌데 사랑이 사람 하나 완전히 변하게 만든다며 보영은 고개를 설레설레 흔들었다.

"아, 이 여사님, 안녕하세요?"

레이더망으로 변한 연진의 시야에 우경의 어머니인 현정이 포착되자 연진은 보영의 손목을 잡고 먹음직스런 사슴을 발견한 굶주린 하이에나처럼 눈을 빛내며 그쪽으로 다가갔다.

"연진 양 왔구나? 어머, 보영이 네가 어쩐 일이니?"

절대 우경에게 유전자를 주지 않은 것 같은 우아한 중년 여성이 그들을 보고 반색했다.

"이모, 안녕하셨어요?"

여전히 떨떠름한 기색을 감추지 못하고 인사하는 보영의 옆구리를 사정없이 찌르며 연진이 표정 관리 제대로 못하냐고 엄한 눈치를 주었다.

"그래, 그런데 네가 어쩐 일이야? 혹시 연진이가 데려왔어?"

보영을 데려왔단 이유만으로 연진을 바라보는 현정의 눈빛이 달라졌다. 다시 봤다는 따뜻한 눈빛에 연진은 뿌듯해져 몰래 툴툴거리는 보영의 발등을 지그시 밟으며 처신 잘하라고 경고를 서슴없이 던졌다.

"그나저나 연진이는 갈수록 예뻐지네? 비결이 뭐야?"

"호호, 여사님도."

현정의 말에 새침하게 웃으며 대답하고 있는 연진의 가증스러운 모습에 보영은 그야말로 새 된 기분을 절실하게 느끼고 있었다.

'이모, 속으시면 안 돼요. 그 녀석은 주연진이란 탈을 쓴 마녀라고요.'

"그럼 연진아, 오늘도 아이들과 놀아주겠니?"

이미 주연진이 빨래나 청소, 기타 잡일에 능하지 못하다는 것은 다방면에 걸친 실험 끝에 증명되었다. 어쩌다 보니 아이들 대장 노릇이 제일 적격이라 봉사활동 올 때마다 연진의 역할은 정해져 있었다.

"네, 그럴게요."

"보영아, 넌……."

오늘 할 일을 정해주던 현정은 연진에게서 보영에게 시선을 돌리고는 그녀의 옷차림을 보고 살짝 눈살을 찌푸렸다.

"너 그렇게 입고 온 거니?"

현정이 무엇을 말하는지 보영도 충분히 알고 있지만 어쩔 수가 없는 일이었다. 킹카들과의 미팅이 목전에 있었는데 연진처럼 청바지에 티 차림일 수는 없지 않는가?

"어디 약속 가니?"

아이보리 색 시폰 스커트에 하얀 블라우스와 연노랑 색 조끼를 입고 있는 보영의 차림은 누가 봐도 봉사하러 온 사람으로 보기엔 무리가 있었다. 그녀의 옷차림을 못마땅해하는 현정의 질문에 연진은 황급히 보영의 옆구리를 찌르며 대답 잘하라는 듯이 눈치를 주고 있었다.

"아뇨, 제가 미처 생각을 못했어요."

결국 울며 겨자 먹기로 철없는 부잣집 딸의 이미지를 받아들인 보영은 훗날을 기약하며 연진을 향해 복수의 칼날을 갈았다.

"쯧쯧, 그렇게 입고는 청소나 빨래는 좀 힘들겠구나. 그냥 연진이가 아이들과 놀아주는 것 도와주기나 하렴."

"네."

현정이 몸을 돌리자마자 보영은 반항 어린 표정으로 연진에게 항의의 시선을 마구 쏘아보냈다. 가벼운 코웃음으로 그녀의 항의를 무시해 버린 연진에게 울컥하고 분노의 옆구리 주먹 찌르기를 날렸지만 미꾸라지마냥 빠져나가는 연진의 재주엔 당할 수가 없었다.

"저, 저 밉살스러운 것……."

두 주먹 불끈 쥐고 언젠가 연진의 뒤통수를 기필코 때리고야 말겠다고 단단히 다짐해 보는 보영이었다.

8| 겨울 어느 일

이미 아래 경비실에서 손님이 오셨다는 말을 들었기에 문이 열리고 우경이 나타나도 주령은 담담하게 그를 맞이할 수 있었다.

"오셨습니까, 신 실장님?"

"오랜만입니다, 주령 씨. 잘 지내셨죠?"

그녀와 함께 일한 지 반년이 조금 넘은 신입 비서인 정환은 처음 보는 주령의 옅은 미소에 자신의 눈을 의심했다. 지금까지 같은 사무실에서 함께 일하면서 그녀의 웃음은커녕 작은 미소조차 본 적이 없었다. 게다가 조금의 호의로 다가가기만 해도 살기등등한 눈으로 바라보니 함부로 말 걸기가 무서운 비서실의 대장이어서 그 놀라움은 더욱 컸다. 우경 또한 평소와 다르게 주령이 살짝 미소 띤 얼굴로 자신을 맞이하자 당황스러웠지만 재빨리 감정을 감췄다. 당사자인 주령만 그런 자신의 상태를 모르는 눈치였다.

"이사님 뵈러 오셨습니까?"

"아, 외근 나왔다가 잠시 들른 거라서 미처 자리에 있는 확인을 못했습니다. 주령 씨가 자리에 계시는 걸 보니 이 친구도 안에 있나 보죠?"

"네, 안에 계십니다. 잠시만 기다려 주십시오."

양해를 구하고 주령이 인터폰을 통해 진혁에게 우경이 왔음을 전했다.

"들어가 보십시오."

"예, 고맙습니다."

누구에게나 상냥한 우경이 예의 바르게 고개를 숙이고 안쪽 대표이사실 문을 열고 들어서자 정환이 궁금한 듯 고개를 빼고 주령에게 물었다.

"누구십니까?"

"대한호텔 경영지원실 신우경 실장님이십니다. 덧붙여 이사님의 절친한 친구 분 중 한 분이십니다. 자주 오시는 분이 아니라서 잘 모를 테지만 얼굴을 기억해 두세요."

"네."

시선조차 주지 않고 멈췄던 작업을 이어나가는 주령의 손길이 분주했다. 그 이상의 설명은 더 이상 그녀에게서 들을 수가 없었다. 깍듯하지만 본론만 말하는 주령의 말투에 무시받는다는 기분이 들었지만 항상 그런 태도였기에 정환도 그러려니 하고 물러섰다.

[커피 두 잔만 부탁해요.]

주령의 책상 위에 놓인 인터폰이 울리고 그윽한 진혁의 목소리가 전해졌다.

"알겠습니다."

대답은 주령이 했지만 자리에서 일어서는 것은 정환이었다. 비서실에서 커피 타는 일은 이미 막내인 자신의 전담이었기 때문에 별 불만 없이 자리에서 일어섰다. 물론 처음엔 그런 사소한 일을 자신이 해야 한다는 사실에 반발했지만 주령의 눈빛에 기가 죽고, 그 위의 남자 선배도 아무렇지 않게 하는 일이기에 별수없이 따라야만 했다. 그러나 철저하게 수직적인 비서실에서 단지 여자이기에 커피를 타야 하는 일은 없었다. 그렇다면 유일한 여자인 수행비서 주령이 직접 커피를 타야 한다는 말인데 왠지 모르게 황송한 기분이 들어 지켜볼 수가 없을 것만 같았다. 반년이 지난 지금은 자신의 커피 타는 솜씨에 스스로 감탄하면 바리스타 공부도 해볼까 하는 진지한 생각마저 들 정도였다.

"웬일이냐?"

연락도 없이 찾아온 우경의 등장에 진혁은 반가워하면서도 의아함을 감추지 않았다.

"외근 나온 김에 잠깐 들렀어."

"무슨 일 있어?"

머뭇거리는 우경의 태도에서 진혁은 그가 자신에게 용건이 있어 왔음을 알아차렸다.

"앉자. 커피 마실래?"

"음, 한 잔 부탁할게."

잠시 생각하던 우경은 천천히 대답했다. 그의 대답을 들은 진혁은 인터폰을 눌러 커피를 부탁했다.

"그래, 어쩐 일이야?"

우경의 맞은편에 앉으면서 진혁이 용건을 묻자 우경의 얼굴 위로 홍조가 서서히 피어올랐다.

"흠흠, 그게 말이지. 너와 상의할 문제가 있어서 말이야."

쉽게 꺼내기 어려운 이야기인지 우경은 손수건을 꺼내 이마 위로 흐르는 땀을 닦아냈다.

"무슨 일이야?"

대충 짐작은 가는 내용인 것 같지만 진혁은 모른 척 질문을 던졌다.

"저기……."

깊게 심호흡을 하며 우경이 말을 꺼내려다 그와 눈이 마주치자 용기가 사그러지는지 금세 거북한 표정으로 말끝을 흐렸다. 다른 일엔 소심하다고 할 수 없는 친구가 누군가의 일에 관련만 되면 저렇게 자신없어하는 표정이 되어버리니 진혁은 못 말리겠다며 고개를 절레절레 흔들었다.

"연진이가 또 무슨 짓을 저질렀어?"

"어? 어떻게 알았냐?"

깜짝 놀란 얼굴로 고개를 빨딱 쳐드는 우경의 휘둥그레진 눈동자를 보고 진혁은 코웃음을 쳤다.

"네가 그렇게 자신없어하는 일이 연진이 일 외에 또 뭐가 있겠냐? 그래, 말해봐. 그 앙큼한 작은 악마가 이번에 또 무슨 사고를 쳐서 네가 그리도 쩔쩔매는 거냐?"

"그게……."

연신 곤란한 표정으로 이마의 땀을 닦으며 입술을 달싹이던 우경의 말을 인내심이 가득한 표정으로 기다리던 진혁은 노크 소리에 대화를 흐름이 끊긴 것이 아쉬웠다. 조금만 더 기다리면 나올 것 같은 감질한 느낌 때문이었다. 그러나 커피를 가져온 정환에게 그런 아쉬움을 드러내지 않았다.

정환이 가져온 커피를 마실 듯 말 듯 들었다 내려놓았다를 반복하며 불안한 마음을 고스란히 내보이는 우경을 천천히 살피며 진혁은 느긋하게 커피를 한 모금 삼켰다.

"나 연진이랑 키스했어."

쿨럭.

숨도 안 쉬고 단숨에 말을 꺼낸 우경의 폭탄 발언에 식도로 넘어가던 커피가 억류해 기도로 들어갈 뻔하자 진혁은 이미지가 무색하게 사레가 들려 심하게 콜록거렸다.

"큼큼! 뭐, 뭐라고?"

못 들어서 다시 묻는 것이 아니라 믿기 어려워서 다시 묻는 진혁의 의도에 우경은 깊게 심호흡을 하며 대답했다.

"키스했다고, 연진이랑."

"네가?"

불신의 빛이 가득한 친구의 표정에 우경은 조금 우울한 표정으로 고개를 끄덕거렸다.

"어쩌다가? 아니, 보나마나 연진이가 덮쳤겠지."

안 봐도 뻔하다는 듯 고개를 주억거리며 덧붙이던 진혁은 자신의 말실수를 깨닫고 재빨리 입을 다물었다. 아직 연진의 감정과 이 상황을 파악하지 못하는 우경에게 하마터면 도처에 흩뿌려져 있는 덫과 간자들의 존재를 밝힐 뻔했다는 사실에 간담이 서늘해졌다. 아마도 들켰다면 나중에 이 사실을 알게 된 연진의 불같은 보복이 심히 걱정되었기 때문이다. 다행히도 속으로 진땀을 쭉쭉 빼고 있는 진혁의 초조함을 알아차리지 못하고 자신만의 생각에 갇혀 있던 우경이 시무룩하게 중얼거렸다.

"아니, 내가······."

애써 태연한 태도를 유지하던 진혁은 그 말을 듣고는 튕기듯 앞으로 몸을 숙였다.

"네가?"

불신의 빛이 가득한 친구의 표정에 우경은 그의 눈치를 살피더니 작게 고개를 끄덕였다.

"하?"

기가 막힌 것인지 대단하다는 감탄사인지 알 길 없는 탄성이 진혁의 입에서 흘러나왔다.

"그래서 연진이 반응은?"

"그게······."

난처한 빛을 뚝뚝 흘리던 우경이 도리어 그에게 물었다.

"연진이가 토요일에 시간을 비우라는데 혹시 날 어디 야산에 묻을 계획은 아니겠지?"

불안한 듯 진지하게 묻는 우경의 얼빠진 표정이 한심해 진혁은 내심 혀를 쯧쯧 찼다.

"널 한 대 쳤냐?"

무슨 말인지 몰라 어리둥절하던 우경은 키스 후를 말하는 것임을 깨닫고 살짝 뺨을 붉히며 고개를 저었다.

"아, 아니."

"독설은?"

"그것도 아니."

"그럼, 호응했냐?"

새빨간 토마토마냥 달아오른 표정으로 고개를 들지 못하고 쑥스러워하는 우경의 반응에 진혁은 닭살이 돋아 견딜 수가 없었다. 눈앞의 우경을 당장이라도 사무실 밖으로 걷어차고 싶었지만 그래도 이런 이야기를 경현이나 효성에게 했다가는 동네방네 소문날 것이 분명해 그나마 그에게 온 것일 테니까 자신이 잠시 참아주기로 했다.

하지만 키스했다는 사실만으로도 얼굴을 붉히며—그래도 좋아하는 것이 분명해—부끄러워 얼굴을 붉히는 친구의 순진한 모습과 연진의 영악한 모습이 오버랩 되자 한숨이 흘러나왔다. 저렇게 순진하니 그 악마의 먹잇감이 되지.

"그럼 토요일에 잘 구슬려 봐."

"뭐, 뭘?"

"야산에 안 묻히려면 잘 달래줘야 하지 않아?"

"아!"

길게 깨달음의 탄식을 흘리며 맞장구를 치는 우경의 반 박자 늦은 반응에 진혁은 어쩌다 자신이 이런 이야기를 들어주게 되었는지 모르겠다며 탄식을 금할 수가 없었다.

"그런데 진혁아, 도대체 연진이가 왜 나랑 키스했을까? 그것도 첫키스라는데 왜 나랑 키스했을까? 덕분에 밤새 한숨도 못 잤어. 아무리 생각해도 연진이가 나랑 키스할 이유가 없는데……."

혼자 질문하고 혼자 결론 내며 자학하는 우경의, 곰도 울고 갈 만한 둔한 눈치에 진혁은 나름 감탄하는 중이다.

"왜 연진이가 나한테 키스했을까? 도대체 영문을 알 수가 없어 잠도 못 자겠다."

그야…….

이유를 알고 있는 진혁은 불쑥 튀어나오려는 진실을 억지로 삼켰다. 어차피 말해줘도 저 둔치는 절대 그럴 리 없다며 오히려 펄쩍 뛸 것이 눈에 선한데 굳이 그런 고생을 사서 할 필요는 없지 않은가?

"어떻게 하지? 진혁아, 판단 좀 해봐. 연진이가 혹시……."

그래, 그 혹시가 진실…….

시큰둥한 표정으로 친구의 말에 고개를 끄덕이던 진혁은 뒤에 들려오는 말에 뒤통수를 한 대 맞은 기분이 들었다.

"연진이가 나를 다른 사람으로 착각해서 그런 것은 아닐까? 아니면 그냥 분위기상? 아님……."

점점 안 좋은 쪽으로 상상의 나래를 펼쳐 가며 얼굴이 시꺼멓게 변하는 친구의 제 무덤 파는 짓을 더 이상 지켜볼 수 없던 진혁은 다른 화제를 꺼냈다.

"그나저나 너도 밸런타인데이 때 연진이한테서 초콜릿 받았냐?"

지난 2월 14일, 그 악마가 어쩐지 달콤한 미소로 초콜릿을 건네준다며 조금도 의심을 하지 않은 자신을 탓했다. 다행히 우경은 그가 내민 미끼를 물고 암흑의 상상 속에서 빠져나왔다.

"응, 받았어."

그때 받은 초콜릿을 먹고 얼굴이 일그러지던 것을 억지로 참았던 진혁은 태연한 우경의 표정에서 뭔가 미심쩍은 것을 느꼈다.

"넌…… 그거 맛있었냐?"

무슨 소리를 하는지 이해하지 못했지만 우경은 그때 받은 초콜릿을 떠올리면 입맛을 다셨다.

"음, 맛있던데? 직접 만든 것치곤 제법 괜찮았어."

"뭐? 직접 만든 거?"

"응."

무슨 문제라도 있냐는 우경의 표정에 진혁의 얼굴이 딱딱하게 굳어졌다.

"그럼 너한테 99% 카카오 초콜릿이 아니었단 말?"

영문을 몰라 하는 우경의 표정에 진혁은 속으로 이를 갈았다.

'이 조그만 악마 녀석을!'

그 보복을 기필코 해주겠다며 우경을 의미심장한 눈길로 바라보다 마음을 돌렸다. 고작 초콜릿에 느낀 잠시잠깐의 쓴맛으로 인해 주연진 일생의 로맨스를 망칠 순 없다. 그랬다간 후환이 그의 인생을 송두리째 말아먹을지도 모른다는 생각이 들었기 때문이다.

꼬맹이 시절부터 그와 경현에게 우경의 '사수'를 부탁하는 당돌한 요구에 얼마나 황당했던지 지금 생각해도 웃음이 나왔다. 하긴 제 삼촌이 군대에 가 있어도 편지는커녕 면회 한 번 안 간 그녀석이 매주 꼬박꼬박 편지 쓰고 한 달에 한 번 꼴로 우경을 면회한 것만 봐도 참 오랫동안 그를 '관리' 했지. 그런 녀석의 로맨스를 방해했다가 무슨 보복을 당할지도 모르니 입맛이 쓰긴 했지만 방해할 수는 없었다.

특히나 정성이 지극하던 연진의 초등학생 시절과 우경의 군 시절을 떠올리며 진혁은 혼자 고개를 끄덕거렸다. 우경이 연진에게 반한 것은 운명이나 다름없었다. 그렇게 연진에게 시달려 놓고선 몇 해 못 봤다고 성장한 그녀를 못 알아보고도 홀딱 반해 버렸으니 확실히 인연이란 말이 아깝지 않았다. 물론 눈치가 곰 저리 가라 하는 그의 친구는 여전히 자신이 연진의 마수에 걸려들었음을 눈치 못 채고 있음이 분명했다.

대신이라고 말하긴 뭐하지만 그 잘난 로맨스가 이루어지기만 한다면 소소한 복수쯤은 얼마든지 해주겠다며 진혁은 자신도 알지 못했던 자신의 속 좁음을 깨달았다.

"화이트데이 보답을 좀 앞당겨서 선물을 떠안겨 버리는 건 어때? 그 녀석도 여자니까 선물 같은 거 받으면 좋아하지 않을까?"

속으로는 내가 왜 이런 조언 따위를 해야 하냐며 구시렁거렸지만 겉으로는 나름 친절하게 대해주었다.

"선물? 그거 좋겠다. 그런데 어떤 게 좋을까?"

진혁의 충고가 먹혀들었는지 우경은 두 눈을 반짝이며 반색하고 나섰다.

"글쎄? 그러고 보니 은 실장이 연진과 종종 만나는 것 같던데, 물어볼까?"

"주령 씨가?"

진혁은 자신의 비서실장을 이름으로 부르는 우경에게 뜻밖의 표정을 지었다. 떨떠름한, 혹은 불쾌한 듯한?

"왜?"

그런 친구의 시선을 처음 받아본 우경이 머쓱한 표정으로 되묻자 재빨리 자신의 표정을 털어낸 진혁이 살짝 고개를 저었다.

"아무것도 아니야."

말은 그랬지만 표정은 방금 전과 달리 냉랭해져 있었다. 그러나 우경이 뭐라고 말을 꺼내기도 전에 진혁이 자리에서 일어나 인터폰을 누르고 주령을 호출했다.

"은 실장, 잠시 들어와요."

묘하게 날이 선 듯한 진혁의 분위기에 자타 공인하는 둔치 신우경은 왜 그렇게 친구의 기분이 가라앉아 있는지 알아차리지 못하고 무슨 선물이 좋을지 고심하느라 여념이 없었다.

"찾으셨습니까?"

안으로 들어서는 주령에게 잠시 뜻 모를 날카로운 시선을 던지고는 평소와 다름없는 말투로 뜬금없는 말을 꺼냈다.

"연진이가 좋아할 만한 선물이 뭐가 있는지 압니까?"

한쪽 눈썹을 거만하게 치켜뜬 주령이 마치 왜 그런 것을 자신에게 묻냐는 듯 도도한 표정을 지었다. 주령은 자신이 연진의 프락치 중 하나임을 그가 알 길이 없는데도 예상치 못한 질문에 심장이 덜컥 내려앉았다.

"왜 그런 것을 제게 물으십니까?"

오히려 뻔뻔스럽게 고개를 쳐들고 모른 척하는 그녀가 얄미웠지만 진혁은 속으로만 이를 갈고 겉으로는 태연하게 우경을 들먹거렸다.

"신 실장이 연진에게 선물로 환심을 사야 할 일이 생겼는데 은 실장이라면 도움을 줄 수 있을 것 같아서요."

"환심요?"

그게 무슨 소리냐는 표정으로 주령이 돌아보자 우경은 멋쩍은 웃음을 지어 보였다.

"좀 부탁할게요. 주령 씨도 같은 여자니까 여자가 받으면 좋아할 만한 선물 좀 알려줘요."

조금은 애처로운 표정으로 우경이 살짝 사정하자 주령은 흠 소리를 내며 생각에 잠기는 척했다.

"하긴 같은 동류니까 모를 건 또 뭐 있겠어?"

그러다 진혁이 아주 퉁명스러운 목소리로, 마치 들으라는 듯이 중얼거린 말에 날카롭게 쌍심지를 켰다.

"응? 진혁아, 뭐라고?"

제대로 못 들은 우경이 반문하자 진혁은 주령에게 의미심장한 눈빛을 던지며 아무것도 아니라고 얼버무렸다. 그러나 그 말을 분명히 들은 주령은 반발하듯 날카로운 시선을 그에게 던졌다.

"보석 같은 건 어떨까요? 그렇잖아도 대학생이 되었으니 예쁜 목걸이를 선물 받으면 기뻐할 텐데요."

"쳇, 입학선물로 자동차를 뜯어가는 놈한테 겨우 목걸이라니."

시비 걸기로 작정한 듯 진혁이 주령의 말에 불만스럽게 중얼거리자 날카롭던 주령의 눈빛이 더욱 서늘하게 가늘어지며 그를 노려보기 시작했다. 그쯤 되자 둔치인 우경도 뭔가 묘한 분위기를 감지할 텐데, 그는 전혀 눈치 채지 못하고 있었다.

"야아, 가만있어 봐."

도리어 진혁을 타박하며 주령을 열렬한 시선으로 올려다보았다.

"목걸이요? 그런 걸 연진이 좋아할까요?"

주령은 그만 입 닥치라는 듯 불손한 의도를 가득 담아 팍팍 광선을 내뿜듯 진혁을 노려보고 우경에게는 사뭇 봄바람처럼 부드러운 표정으로 대했다.

"화려한 것 말고 귀엽고 깜찍한 것으로 선물하면 좋아할 거예요."

"그래요?"

화색이 감돌던 우경은 문득 떠오른 다음 문제에 머뭇거리며 말을 꺼냈다.

"그런데 어디서 사야 되지?"

아까부터 묘하게 기분이 가라앉아 보이던 진혁은 그 질문에 거의 폭발할 것 같은 표정이 되어 빈정거렸다.

"이봐, 아예 호텔까지 잡아줘야 너희 사고 칠래?"

"이사님!"

그답지 않은 빈정거림에 놀란 주령이 만류하듯 소리쳤다. 그런 주령을 못마땅하게 노려보던 진혁은 속이 끓는 듯 벌떡 일어나 창가로 성큼 걸어갔다.

"가까운 성문 백화점에 보석 브랜드가 많이 입점되어 있을 겁니다. 연진 양 정도의 아가씨에게 선물하실 거라면 아마 티파니 제품이 괜찮지 않을까요?"

"아, 그래요? 고마워요, 주령 씨. 그럼 난 이만 가볼게요. 내가 방해가 된 모양이니까."

그제야 둔치인 우경도 진혁의 날이 선 기분을 느꼈는지 서둘러 자리에서 일어났다. 오히려 당황한 주령이 그를 만류하려 했지만 우경은 어색한 미소를 지으며 황급히 떠났다.

"잘 가라."

고집스럽게 창문 밖에 시선을 주고 있던 진혁이 그때서야 한마디 던졌다.

"이사님!"

우경이 사무실을 나가자 주령은 기다렸다는 듯이 진혁을 다그치기 시작했다.

"도대체 친구 분께 그 무슨 태도십니까?"

둘만 남기를 기다렸는지 주령이 입을 열자 진혁 역시 몸을 돌려 그녀를 마주 보았다.

"나 역시 하나 묻지. 은 실장에게 난 어떤 존재인가?"

예상치 못한 질문에 주령은 살짝 미간을 찡그리며 주춤거렸다.

"그야 제 상사시죠."

"그런데!"

느닷없는 고함 소리에 깜짝 놀란 주령에게 한걸음에 달려온 진혁이 그녀의 팔을 거칠게 붙잡고 으르렁거렸다.

"왜 자꾸 날 동생 취급하는 거지?"

"제가 언제 이사님을 동생 취급했다고 그러십니까?"

한 살 차이일 뿐이지만 은연중에 그를 동생 취급하고 있다는 것을 어렴풋이 느끼고 있던 터라 사실을 정통으로 지적당한 주령은 내심 당황했지만 아닌 척 반박했다.

"언제나! 언제나 당신은 날 동생 취급하고 있어."

"이사님."

답답해진 주령이 그를 달래듯 부르자 그녀의 팔을 붙잡은 그의 손아귀에 힘이 더욱 들어갔다.

"그런 식으로 날 달래려 하지 마. 지겨우니까."

충격받아 흔들리는 주령의 눈빛에 진혁의 마음이 약해졌지만 그녀의 팔을 잡은 손은 풀어주지 않았다. 진혁이 진정할 기미를 보이지 않자 주춤하던 주령도 마음을 새로 먹은 듯 냉정한 얼굴로 그를 나무랐다.

"이사님답지 않으십니다. 이런 식으로 제게 화풀이라도 하실 요량이십니까?"

"화풀이를 하고 있다고? 내가?"

"네."

화풀이가 아니란 말을 하려다가 문득 그는 화풀이가 아니면 뭐라고 표현해야 할지 몰라 머뭇거렸다. 왜 이렇게 그녀에게 화가 치밀어 오르는지 알 수가 없었다. 단지 우경이 친한 사이처럼 그도 부르기 머뭇거리는 그녀의 이름을 서슴없이 부른다는 사실을 알았을 때 그저 짜증이 솟구쳤다. 자신도 모르게 거친 감정을 드러낼 만큼 자제가 되지 않았다. 단둘이 남았을 때 그 짜증은 극에 달했고 자신도 모르게 그녀를 닦달했지만 오히려 한 방 먹은 것은 그 자신이었다. 그때였다.

"혹시 어디 아프신 거 아니신가요?"

걱정스런 얼굴로 열을 짚기 위해 그의 이마에 손을 대는 주령의 손길에 움찔했지만 기분 좋은 서늘함에 한숨 같은 항복을 선언하며 가만히 몸을 맡겼다.

"아무래도 근래 일을 너무 많이 하셨습니다. 오후 일정은 모두 취소할 테니 이만 들어가 쉬세요."

이마에 열은 없지만 피곤에 지친 그의 얼굴에 주령은 선심 쓰듯 제의했다. 말 그대로 선심이다. 일정을 취소하면 그보단 그녀와 아래 사람들이 수습한다고 더 피곤해지니까. 그런데 그녀를 바라보는 그의 시선이 이상야릇하다. 갈망하듯, 원망하듯, 복잡 미묘한 시선에 주령은 경계 어린 시선으로 그를 바라보았다. 이윽고 뭔가 깊은 고민이라도 있는 사람처럼 무거운 한숨을 내쉬며 진혁이 그녀를 밀어냈다.

"됐소. 조금 전의 일은 내가 미안해요. 잠시 이성을 잃은 것 같으니 신경 쓰지 말아요."

"이사님?"

슬그머니 그녀의 시선을 피하며 지친 어깨선을 고스란히 내보이며 뒤돌아서는 진혁에게 자신도 모르게 뭉클거리며 연민의 감정이 솟았지만 더 이상은 자신이 관섭할 문제가 아니라 생각해 말없이 자리를 떠났다.

조용히 문이 닫히는 소리가 들리자 진혁은 지친 듯 길게 한숨을 내쉬었다. 마치 아직도 그녀가 그 자리에 있는 양 닫힌 문을 향해 아련한 시선을 던졌다.

"둔한 건지, 아니면 다 알면서도 모른 척하는 건지……. 차가운 여자 같으니라고."

"꼬맹이, 주연진!"

퇴근하고 집에 들어오자마자 경현은 이층을 향해 소리를 질렀다. 그의 목소리를 들은 연진이 이층에서 고개를 빼꼼히 내밀자 경현이 신이 나서 소리쳤다.

"너 주말에 우경이 야산에 파묻는다며? 야, 나도 같이 가자. 내가 삽 들고 갈게."

"뭐?"

이 무슨 해괴망측한 소리란 말인가?

경현의 헛소리에 어이가 없어진 연진은 아래층으로 내려오면서 못 말리겠다는 듯이 혀를 쯧쯧 찼다.

"이봐, 막둥이 삼촌. 그 무슨 자다가 귀신 다리 긁는 소리야? 누가 누굴 묻어?"

"네가 주말에 우경이 놈 시체를 야산에 갖다 버릴 거란 소문이 파다하던데?"

한쪽 눈썹을 심상치 않게 치켜뜨는 것으로 연진이 불쾌감을 드러내자 경현은 웃는 얼굴 그대로 경직되고 말았다.

"우경 아저씨, 죽었대?"

"아, 아니."

심상치 않은 연진의 분위기를 파악했는지 처음의 기세완 달리 기가 팍 죽은 경현이 주춤거렸다.

"그런데 웬 야산? 시체 유기? 술 마셨어? 어디서 이상한 소리를 하고 그래?"

"왜 그래? 무슨 일인데 연진이 너, 삼촌한테 큰 소리야?"

연진의 고함 소리를 들었는지 부엌에서 나온 미연이 연진을 타박하자 눈꼬리를 새치름하게 뜬 연진이 경현을 지그시 노려보며 한마디 했다.

"막내삼촌이 날 살인자로 만들잖아."

"뭐?"

무슨 소리냐는 표정으로 미연이 해명을 요구하자 경현이 머리를 긁적이며 중얼거렸다.

"아니, 뭐…… . 연진이가 주말에 우경이를 야산에 파묻는다는 말이 돌아서 말이지."

"그러니까 누가 그래?"

발끈한 연진이 위협적으로 한 발짝 나서자 지레 겁먹은 경현은 금세 꼬리를 말고 도망쳤다.

"아, 나 보고서 작성할 게 있어서 말이지."

슬그머니 도망치는 경현의 뒷꽁지를 불태울 듯 노려보는 연진을 달래듯 거실에서 사위와 바둑을 두고 있던 할아버지가 느긋한 어조로 다독거렸다.

"연진아, 네 막내삼촌 실없는 게 하루 이틀이냐? 네가 봐줘라."

"그래, 연진아. 삼촌한테 너무 성질 부리지 말고."

묘수를 짜내느라 골몰하는 아빠마저 건성으로 한마디 거들었다.

"기집애, 그렇다고 삼촌 기를 죽이냐?"

명색이 삼촌인데 경현에게 바락바락 이기려 드는 연진이 못마땅한 미연이 흘겨보자 연진이 짜증스럽게 소리쳤다.

"이상한 소리 하잖아. 야산에 파묻긴, 누가 누굴? 데이트 좀 하자는 거지 누가 야산에 갖다 묻어버린대? 이 아저씨가 진짜……."

아무래도 우경에게서 들은 것이 분명하다고 판단한 연진은 이를 바득 갈며 이층으로 올라가려다 미연에게 팔을 잡혔다.

"뭐? 데이트? 누구랑?"

눈이 휘둥그레져 놀란 표정으로 다그치는 엄마를 보자 연진은 실수했다는 듯이 입술을 잘근 깨물었지만 이미 엎질러진 물이었다.

"우경 아저씨랑. 주말에 데이트할 거야."

의기양양해하는 연진의 태도에 미연은 기가 질린 듯 아무 말도 못했다.

"네 나이 또래랑 놀지, 그런 걸 데이트라고 하니? 우경이가 너한테 껌벅 죽는 거 알면서 자꾸 쓸데없이 괴롭힐래?"

"아파, 엄마."

미연이 못마땅한 얼굴로 연진의 등짝을 철썩 소리가 나도록 한 대 치며 나무라자 연진은 울상이 되어 몸을 비틀었다.

"괴롭히긴 누가 괴롭혀? 데이트라니까! 남자랑 여자랑 만나서 영화도 보고, 식사도 하고, 얘기도 하는 그런 데이트!"

극구 우겨대는 연진에게 미연이 한 대 더 때릴 기세를 보이자 연진이 재빠르게 몸을 피했다.

"흥, 두고 보라고. 머지않아 우경 아저씨가 나 달라고 우리 집에 인사 올걸?"

혀를 낼름이며 이층으로 쏜살같이 달아나는 연진의 뒤를 미연이 황급히 쫓아 올라갔다. 거실에 남은 민우는 허허 웃으며 크게 신경 쓰지 않는 눈치였다.

"연진이가 처남 친구를 많이 좋아라 하는 모양입니다."

대수롭지 않게 생각하는 민우의 발언에 성 회장 옆에서 책을 읽고 있던 장 여사가 독서용 안경 너머로 눈을 빛내며 의미심장한 말 한마디를 던졌다.

"사위, 그 처남 친구도 연진이를 아주 많이 좋아라 하지."

"네?"

그러나 민우는 장인이 둔 반격의 수에 정신이 팔려 그 중요한 말 한마디를 놓치고 말았다.

"주연진, 너 솔직히 말해."

방에까지 쫓아 올라온 미연이 심각한 표정으로 추궁하자 연진은 무슨 말이냐는 듯이 어리둥절한 표정이었다.

"너 혹시 우경이한테 진심으로……. 에이, 아니다. 그렇지?"

말을 꺼내고도 터무니없는 소리라고 생각했는지 손사래를 치는 미연의 행동에 연진이 피식 웃었다.

"뭐? 남자로서 우경 아저씨를 좋아하냐고? 그럼 어때? 아무튼 그 아저씨, 순 숙맥이야. 나 같으면 남들이 채갈까 봐 얼른 침 발라둘 텐데……."

"이 화상아."

부끄러움을 모르는 연진의 천연덕스러운 발언에 미연이 도리어 얼굴을 붉히며 부끄러운 듯 연진의 등짝을 후려갈겼다.

"아얏, 아파."

"아프라고 때렸지, 간지러우라고 때린 줄 알아?"

"왜 그래?"

"왜 그래? 이것아, 너랑 우경이랑 나이 차이가 얼마인데 그래? 넌 네 삼촌뻘이랑 어울리고 싶니?"

철없이 구는 딸이 답답한 듯 미연은 도끼눈을 뜨고 연진을 몰아세웠다. 그러나 연진은 맞아서 화끈거리는 등을 닿지도 않는 손으로 어루만지며 태연하게 대꾸했다.

"우경 아저씨가 뭐가 마음에 안 들어? 사람 좋지, 집안 괜찮지, 성격 좋지. 뭔가 마음에 안 드는데?"

"인석아, 나이가 문제잖아, 나이가. 누가 걔 별로래? 단지 너랑 몇 살이나 차이 나는 줄 아느냐구! 걘 결혼을 생각할 나이야. 너 걔 가지고 놀려고 그래?"

답답한 듯 가슴을 두드리며 미연이 소리치자 연진은 콧방귀만 뀔 뿐이다.

"가지고 놀긴 누가 가지고 놀아? 아씨, 그거 남자 쪽 대사 아니야?"

"남자 쪽 대사든 아니든 네 경우엔 너한테 해당하는 소리야."

"미치겠네. 그럼 결혼하면 되잖아."

"뭐야?"

자신도 모르게 언성을 높이고 만 미연은 철없이 구는 딸을 이해할 수가 없어 거친 숨을 몰아쉬었다.

"너…… 너……!"

"뭐가 불만인데? 엄마도 삼촌 친구라 봐서 알잖아. 그만하면 사윗감으로 나쁠 것 없잖아."

"너, 너 진심이니?"

거친 숨을 몰아쉬던 미연은 황망한 심정을 감추지 못하고 경악성을 내질렀다.

"응. 조만간 아저씨랑 결혼할 생각이야."

조금도 흔들림없는 표정으로 대답하는 연진에게 기가 막히는지 미연은 입만 벙긋벙긋 거리며 충격을 감추지 않았다.

"조금만 몰아세우면 넘어올 듯도 한데……."

흑심으로 가득한 얼굴로 중얼거리는, 자신의 배로 낳은 딸이지만 무슨 생각을 하는지 도통 알 수 없는 연진을 설득할 요량으로 미연은 연진의 옆 자리에 앉아 조금 누그러진 어조로 다독거렸다.

"연진아, 넌 이제까지 고등학교라는 작은 세계에서만 갇혀 있었어. 하지만 대학은 사회의 작은 축소판이야. 남자는 얼마든지 많아. 그리고 졸업해서 사회로 나가봐. 더 많은 남자들은 얼마든지 있어. 그러니까……."

"엄마, 중학교에 들어가서부터 나 말썽 한 번 안 부리고 얌전히 공부만 했어. 알지? 엄마나 할아버지, 할머니, 아빠한테 걱정 한 번 안 끼치고 얌전하게 잘 컸잖아."

뜬금없는 화제 전환에 미연은 어리둥절한 표정으로 연진의 말에 맞장구를 쳤다.

"그래, 그랬지."

"성적도, 교우 관계도, 진학도 남부럽지 않게 잘해냈다고 생각해."

"그래."

그녀의 부모님을 등에 업고 집안의 무법자로 활약하던 초등학생 때완 다르게 중학교에 올라서부터 다소곳한 여학생으로 잘 자라주자 다들 연진이 철이 든 것이라며 안심했다. 그러나 미연은 한순간에 바뀐 딸의 모습에 안심이 되기보다는 일촉즉발의 시기 같아 내심 조마조마했다. 그런 미연의 속내를 아는지 연진이 꿍꿍이가 있는 듯한 사악한 미소로 씨익 웃었다.

"질풍노도의 시기를 무사히 잘 보내주었잖아. 그러니까 성인의 시기에 도착했으니 내가 원하는 것을 얻어도 되지 않아?"

씨익 웃는 연진의 미소 속에 감춰진 지난날의 평화를 가장한 음모를 깨닫자 미연의 뇌리에 오래전의 기억 하나가 불현듯 떠올랐다.

"너! 너 설마 그때부터 우경이를 점찍어두고 있었던 거냐?"

오래전, 우경을 처음 본 연진이 탐을 내던 그날을 떠올리며 미연이 기겁을 하자 연진의 입가에 의기양양한 미소가 떠올랐다.

"후후후, 이젠 신우경을 공식적으로 내 것으로 삼을 때도 됐잖아."

자신의 배로 낳았기에 그동안 딸이 보여준 얌전한 여학생의 모습이 가식임을 어렴풋이 알아차린 미연은 결국 이렇게 뒤통수를 맞는구나 싶어 기가 찼다. 아니, 자신의 딸이지만 징하게 독한 년이라고 생각했다. 그 어린 나이에 만난 남자를 내내 마음에 두고 있었다니…….

"너 만약에 우경이가 너 자라기도 전에 결혼을 한다 그랬으면 어쩌려고 그랬니?"

돌아보는 딸의 미소가 묘하게 의미심장하게 느껴지자 미연은 설마 하는 생각이 들었다.

"여…… 연진아, 너 설마…….'

"훗, 달콤한 먹이에 파리가 꼬이는 건 당연하지."

의미심장한 딸의 발언에 미연은 지끈거리는 머리를 한 손으로 짚으며 자리에서 일어섰다. 더 이상 그녀가 감당할 수 없는 진실을 마주하고 싶지 않아서였다.

"지독한 것. 넌 내 딸이지만 누굴 닮은 건지 모르겠다."

후들거리는 몸을 추스르며 반쯤 체념 어린 미연의 말에 연진은 의기양양하게 소리쳤다.

"할머니는 내가 당신을 고스란히 빼닮았다고 그러시던데?"

그 말에 미연이 홱하니 고개를 돌려 아망스럽게 연진을 노려보았다. 어디 멀쩡한 부모 안 닮고 할머니 닮았냐는 소리를 하냐는 질투 어린 시선이었다.

"엄마! 자꾸 반대하면 신우경 자빠뜨려서 사고 쳐버릴 거니까 적당히 하세요."

"너 진짜!!"

"이건 할머니가 알려주신 방법인데? 이 방법이 싫으면 좋게좋게 살자고……."

"할머니도 이 사실을 알고 있는 거야?"

진영이 한통속이 되어 있다는 사실에 배신감에 사무쳤다.

"아무튼 엄마, 올해 안에 결혼식 올릴 테니까 그렇게 알아."

연진의 폭탄 선언에 미연은 놀란 듯 자리에서 튕기듯 몸을 돌려 그녀를 마주 보았다.

"결혼? 너 미쳤니?"

"아니, 정상인데?"

"너 미쳤구나."

호들갑 떠는 미연의 반응에 연진은 잠시 생각하더니 이내 고개를 끄덕였다.

"음, 그러고 보면 우경 아저씨한테 미쳐 있는 건 사실이지."

"주연진!"

"이달 안에 아저씨 자빠뜨려서 기필코 약혼식이라도 올려야지."

혼자만의 계획에 신이 난 듯 콧노래를 흥얼거리는 연진을 한껏 흘겨본 다음 미연은 섭섭한 속내가 고스란히 드러나는 음성으로 톡 쏘았다.

"못된 것 같으니라고. 너도 나중에 너 같은 딸 낳아."

"그럴 생각이야."

복장이 뒤집어질 것처럼 너무도 얄미운 연진의 대답에 미연은 그야말로 거품 물고 뒤로 넘어갈 태세였다.

"그러니까 엄마, 반대하면 당장 집 나가서 아저씨랑 사고 쳐서 배불러 집에 들어올 테니까 그 꼴 안 보려면 그냥 찬성해 줘."

"절대 못해!"

저절로 얼굴이 찌푸려질 만큼 난폭하게 문을 닫고 나가는 미연의 등 뒤로 연진은 짓궂게 속삭였다.

"어휴, 성질은. 자기도 결혼 전에 사고부터 쳤으면서 괜히 난리야. 할머니 되는 게 싫어서 내 결혼 반대하는 거 다 아는데……. 확 듣게 만들어 버려?"

토요일에 우경을 만나 사고를 쳐볼까 진지하게 고심하는 연진의 등 뒤로 사악한 악마 꼬리가 살랑거리고 있었다.

씩씩거리며 연진의 방에서 나온 미연은 끓는 속을 다스리지 못해 초조하게 발을 놀리다 방향을 틀어 경현의 방으로 들어갔다.

"성경현, 우경이 연락처 좀 알려줘."

"깜짝이야. 누나, 노크 좀……."

평상복으로 갈아입던 경현은 노크도 없이 문을 벌컥 열고 들어선 누나한테 신경질을 내려다 그 두 눈에 서린 독기를 발견하고 슬그머니 말끝을 흐리며 바지를 추슬렀다.

"우경이 연락처는 왜?"

대답 대신 두 눈을 부릅뜨고 위협하는 누님의 포스에 재빨리 휴대폰을 뒤져 우경의 연락처를 열어주었다. 당당하게 받아서 통화 버튼을 누르자 신호가 갔다. 초조하게 기다리던 미연은 수화기 너머에서 기다리던 사람의 목소리가 들리자 대뜸 용건부터 꺼냈다.

"나 연진이 엄마야. 내일 나 좀 봐."

[미연 누님?]

수화기 너머에서 떨떠름하게 들리는 우경의 목소리를 도둑질하다 들킨 사람의 것으로 오해한 미연은 입술을 불량스럽게 삐죽거렸다.

"그래, 내일 시간 좀 내."

용건만 말하고 전화를 끊어버리는 미연의 행동에 경현은 호기심이 가득한 표정이었다. 그런 그에게 휴대폰을 돌려주며 한마디 하는 것을 잊지 않았다.

"다른 식구들, 특히 연진이에게 이 일 말하면 가만 안 둬."

나름 위협적이라 생각한 으름을 경현에게 놓고 나가는 미연의 뒤에서 경현은 멋쩍은 듯 머리를 긁적였다. 그리고 망설임이 묻은 손길로 휴대폰을 만지작거렸다. 은근히 미연의 눈치를 살피는 듯 하지만 한편으로는 재밌어하는 눈치도 엿보였다.

"어쩔까나?"

말과 동시에 휴대폰의 폴더를 열었다. 그러나 이내 생각을 바꿔 폴더를 다시 닫아버렸다. 이 정도 심술은 우경이나 연진에게 부려도 괜찮다고 여기면서 말이다.

룸에서 홀을 비춘 모니터를 지켜보며 여자들을 가리키며 킬킬거리던 친구 녀석들은 내버려 두고 유진은 혼자만의 상념에 빠져 술만 들이켰다. 보다 못한 민재가 술잔을 다시 집어 드는 유진의 손을 막아서며 만류했다.

"야, 무슨 술을 그렇게 마시냐? 무슨 일 있냐?"

"치워."

날카롭게 서 있는 유진의 눈빛에 민재는 주춤하며 뒤로 물러섰다. 혼자 분위기 잡고 있는 유진이 못마땅한지 다른 친구들이 어울리던 여자애들에게 눈짓하며 그에게 가보라고 떠밀었다. 짧은 치마에 야한 화장을 하고 있지만 앳된 얼굴이 그대로 남아 있는 여자애들은 냉담한 유진이 어려운지 입을 삐죽거렸지만 그래도 애교 섞인 태도로 그의 곁에 앉아 아양을 떨었다.

"그래, 오빠. 같이 놀자, 응?"

"우리 춤출까?"

클럽에서 살다시피 하는 가벼운 여자애들을 경멸하는 유진은 자신의 곁에 앉아 아양을 떠는 그녀들이 같잖은지 헛웃음을 흘렸다. 그 웃음을 승낙의 의미로 오해한 여자애들이 한층 더 콧소리를 내며 그의 팔에 엉겨붙었다. 사실 평소에는 초희의 경계가 심해 그의 옆 자리에 앉아보지도 못했던 차였는데 잘됐다 싶은 마음도 없지 않았다.

"씨팔, 저리 꺼져."

그러나 굳이 초희의 경계가 아니더라도 접근하기가 쉽지 않은 이유가 싸가지없기로 소문난 유진의 성격 때문이기도 했다. 자신에게 들러붙는 여자를 극도로 싫어해 기분 나쁘면 손찌검도 서슴지 않는다는……

결국 양쪽에서 들러붙는 여자애들에게 짜증을 내며 거칠게 팔을 뿌리치자 지레 겁먹은 여자애들이 황급히 그의 곁에서 물러났다.

"어? 초희다!"

누군가가 소리치는 말에 유진의 시선이 반사적으로 모니터 쪽으로 향했다. 홀의 거침없는 사이키 조명 아래 음악에 몸을 흔들고 있는 초희의 육감적인 몸매가 고스란히 눈에 들어왔다. 평소와 다르게 짧은 치마에 반짝이는 탑으로 몸을 노출시켜 고스란히 드러난 하얀 속살이 지나치게 선정적으로 보여 유진은 자신도 모르게 불쾌한 기분이 들어 눈살을 찌푸리고 말았다. 입 안이 순식간에 말라 버려 손에 잡힌 술잔을 벌컥벌컥 들이키면서도 시선은 모니터에서 떨어지지 않았다.

"그러고 보니 초희랑 싸웠냐? 요샌 왜 같이 안 다녀?"

술기운이 퍼진 귓가에 누군가의 목소리가 멀찍이 들리는 것 같았다. 자신의 목소리인지 아님 다른 사람의 목소리인지 구별을 할 수 없던 유진은 자신도 모르게 짜증을 냈다.

"싸우긴 누가 싸웠다고 그래?"

그 순간 룸 안이 조용해졌다. 유진을 제외한 다른 사람들은 그가 왜 그렇게 소리를 지르는지 이해할 수 없는 표정이었다.

"야, 왜 그래?"

민재가 의심스러운 표정으로 말을 걸자 유진은 그제야 그 말이 자신의 머릿속에서 울려 퍼진 내면의 소리임을 깨닫고는 멋쩍어졌다.

"젠장."

더 이상 미친 척 술을 마시기도, 그냥 앉아서 초희를 지켜보기도, 혹은 아무렇지도 않은 척 친구들과 어울리기 힘들어진 유진이 자리를 박차고 일어설 때 누군가가 지나가는 말처럼 중얼거렸다.

"얼래? 저놈은 또 뭐야?"

얼떨결에 시선을 돌린 유진은 그 모니터 속의 상황을 보고 욕설을 퍼부었다. 웬 사내 하나가 초희를 붙잡고 치근덕대고 있는 것이었다. 도대체 자신이 왜 그녀에게 달려가야 하는지 이유조차 알지 못한 채 유진은 룸을 뛰쳐나갔다.

그날 이후 유진을 피한다는 핑계로 집 안에서만 머물렀지만 결국 답답함을 이기지 못하고 외출한 초희는 모처럼 홀가분한 기분으로 음악에 심취한 채 몸을 흔들었다. 머릿속을 텅 비워 버릴 만

큼 시끄럽고 말초신경을 쩌릿하게 만들 만큼 빠른 비트의 음악 소
리에 몸을 맡기다 보니 복잡하던 머릿속이 지워져 갔다. 그렇게
답답한 속을 풀어내던 초희는 아까부터 은근슬쩍 달라붙는 누군
가의 접근을 느끼고 혼미하던 정신을 수습하며 불쾌한 표정으로
주위를 살피자 한 남자가 은근한 미소로 바라보고 있었다.

"안녕?"

시끄러운 음악 소리에 그 목소리는 파묻혔지만 입술 모양으로
보아 그렇게 말하고 있는 것 같았다. 아직은 다른 남자는 눈에 들
어오지 않는 초희이기에 관심없는 태도로 그에게서 등을 돌렸다.
그러나 그런 그녀의 무시를 튕김으로 착각한 남자는 은근한 미소
로 그녀의 곁을 떠나지 않았다. 점차 노골적으로 몸을 부딪쳐 오
는 남자가 불쾌해진 초희는 아직 음악이 나오고 있음에도 불구하
고 흔들던 동작을 멈춰 버렸다. 그리고는 짜증이 가득한 표정으로
남자를 쏘아보고는 홱하니 몸을 돌렸다.

"이봐."

그러나 남자가 초희의 팔을 붙잡고 자신 쪽으로 끌어당기자 얼
떨결에 안겨 버린 초희는 당황하고 말았다.

"놔!"

몸부림을 치며 남자의 품에서 벗어나려 애를 쓰던 초희는 불현
듯 바람과 함께 자신이 자유로워졌음을 깨달았다. 누군가가 뒤에
서 달려오다시피 나와 그녀를 붙잡고 있던 남자의 얼굴을 가격한
것이었다. 주위에서 울려 퍼지는 날카로운 비명 소리에 귀가 따갑
다고 느끼며 고개를 들고 그 남자의 얼굴을 올려다본 초희는 자신

도 모르게 숨을 멎고 말았다.

"유, 유진아."

아직 그와 얼굴을 대면할 자신감이 생기지 않은 터라 초희는 어디선가에서 나타나 자신을 구해준 유진이 반갑지만은 않았다. 남자를 후려갈기고는 뻐근한지 손목을 휘두르며 유진이 못마땅한 얼굴로 그녀를 돌아보았다. 그 시선에 움찔하며 뒤로 한 발짝 물러서는 초희의 행동에 얼굴을 더욱 일그러뜨리던 유진은 그녀의 손목을 단단히 붙잡고 밖으로 이끌었다.

"유진아, 잠깐만……."

상황 파악이 제대로 되지 않아 당황스러운 초희는 유진이 이끄는 대로 클럽을 빠져나왔다.

입구를 나온 유진은 주위를 두리번거리더니 이내 찾고자 하는 것을 찾았는지 그쪽으로 성큼성큼 발걸음을 옮겼다. 폭이 넓은 그의 걸음을 하이힐을 신은 다리로 쫓아가는 것이 쉽지 않아 종종거리며 열심히 따라가던 초희는 그가 멈춰 선 곳을 바라보고는 미미하게 얼굴을 굳혔다. 날렵하게 옆 선이 잘빠진 은색의 오픈카는 바로 초희의 차였기 때문이었다.

"타."

명령조로 고개를 까닥하며 차에 오르라는 신호를 보내자 초희는 입술을 질근 깨물었다.

"어쩌라고?"

자신도 몰랐던 반항심이 불쑥 올라와 퉁명스럽게 대꾸하자 굳은 유진의 얼굴이 더욱 험상궂게 일그러졌다.

"그럼? 다시 저 안에 들어가 얼빠진 놈들 후리기라도 할 작정이야?"

일부러 초희의 짧은 치마 아래로 드러난 다리와 어깨가 없는 탑의 가슴선 아래로 드러난 골짜기를 노골적으로 훑어내리며 유진이 빈정거렸다. 마치 창부를 바라보는 듯한 시선에 초희는 수치스러운 기분이 들 정도였다.

"무슨 말을 그렇게 해?"

평소에도 그다지 상냥하게 말하는 그는 아니지만 술 냄새 풍기며 빈정대는 것은 더 이상 참아주기가 힘들었다.

"그럼 어떻게 할까? 아주 가관이더라? 사내놈들 후리는 건 타고났냐?"

짜악.

조용하던 밤공기를 가르고 살끼리 마찰하는 소리가 경악스럽게 울려 퍼졌다. 유진은 화끈거리는 뺨의 통증에, 자신을 노려보는 초희의 독기 어린 시선에 자신이 맞았다는 사실을 뒤늦게 깨달았다. 처음엔 어이없고 같잖아 초희를 노려만 보다가 자신도 모르게 손을 치켜들었다. 맞는 줄 알고 움찔하던 초희를 보자 문득 때리기엔 너무, 너무 안타깝다는 생각이 들어 저도 모르게 손이 멈추었다. 이상하게 안타깝고 애처로운 기분에 젖어 그만 그 외의 모든 것을 잊어버리고 말았다.

날아올 것이라 생각한 유진의 손이 한참이 지나도 때리지 않자 눈을 질끈 감았던 초희는 슬그머니 눈을 떴다.

"집에 가."

초희가 슬그머니 그의 눈치를 살피자 유진이 무뚝뚝하게 한마디 했다.

"험한 꼴 당하기 싫으면 이런 데 들락거리지 마. 꼴 보기 싫으니까."

"넌?"

왠지 모르게 억울한 마음이 들어 반발하자 유진의 눈초리가 바로 험악해졌다.

"장난하냐? 빨리 못 가!"

자동차의 앞바퀴를 거칠게 걷어차며 위협하자 초희는 그 압력에 눌려 허둥지둥 차에 올라탔다.

"앞으로 한 번만 더 이런 데 드나드는 거 내 눈에 뜨이면 너……죽는다."

"그건 너하고 상관없는 일이야."

윽박지르는 유진의 말에 초희는 문득 반항심이 들어 자신도 모르게 앙칼지게 대꾸했다. 그의 위협에 차에 오른 사람의 입에서 나온 말치곤 궁색했지만 말이다.

"뭐?"

위험스럽게 반문하는 유진의 낮은 음성에 초희는 긴장감으로 마른침을 삼켰다. 지금까진 그를 좋아하기에, 미움받고 싶지 않아서, 조금이나마 마음에 들기 위해 무슨 말이든 다 들었지만 더 이상 그렇게 질질 끌려가지 않기로 단단히 마음먹은 것이 떠올랐다. 자신이 그렇게 쉬운 여자가 아니라는 것을 보여주기 위한 결심이었지만 막상 실행하니 익숙지 않은 긴장감에 심장이 튀어나올 것처럼 두근박질 쳤다.

"그럼 그 도저히 봐줄 수 없는 차림으로 여전히 술주정뱅이들과 시시덕거리러 돌아다니겠다는 말이야? 너 그렇게까지 뇌가 없냐?"

사정없이 빈정거리는 유진의 말이 가슴을 난도질하는 것처럼 아파 초희는 입술을 깨물며 울음을 참았다.

"내 말 잘 들어. 지금까지는 그냥 봐줬지만 너 한 번만 더 이따위 꼴 하고 돌아다니는 거, 내 눈에 뜨이면…… 이 바닥에서 매장시켜 버릴 거야."

본인도 좀 심하게 말하고 있다는 것을 알고는 잇지만 이상하게 자제가 되지 않았다. 초희와 다른 사내놈이 붙어 있는 광경을 목격한 이후 이상하게 삐딱해진 심보를 다스리고 싶지도 않았다.

"그러니까 꺼져!"

귓가에 속삭이다시피 한 비정한 경고에 초희는 도저히 그를 바라보지 못하고 정면만 본 채 굳어버렸다. 마치 고열이라도 오르는 것처럼 온몸이 떨리고 얼굴이 화끈거렸다. 눈이 불타는 것처럼 뜨거운데, 시력을 잃은 것처럼 희뿌옇게 변하는데 차마 아무런 말도 할 수가 없었다. 힘겹게 거짓이라고 믿고 있는 미약한 방어막이 깨질까 봐 울 수도, 입을 열 수도 없었다.

"씨팔, 꺼지란 소리 안 들려?"

결국 유진이 고함을 지르며 앞문에 거칠게 발길질을 하자 자신을 감싸고 있던 어리석은 미망이 산산조각 나며 내려앉는 것을 느낀 초희는 후들거리는 손으로 힘겹게 시동을 걸었다. 자신에게는 더할 나위 없이 모질고 비정한 남자라도 얼굴을 보게 되면 자신을 외면하지 말아달라고 발이라도 붙잡고 매달릴 것만 같아 초희는 힘겹게 그를 외면한 채 그 자리를 떠났다.

초희를 태운 차의 뒷모습을 자신도 모르게 물끄러미 바라보고 있던 유진은 뒤늦게야 험악하게 대한 자신의 태도를 깨닫고 후회했다. 상처 입은 것처럼 파리하게 질린 초희의 옆얼굴이 자꾸만 양심이란 놈을 찔러대 견딜 수가 없었다. 그렇게 후회하는 자신의 모습이 낯설고 어색하기도 하고 못마땅해 유진은 일부러 미련없는 태도로 냉정하게 몸을 돌렸다.

"빌어먹을⋯⋯."

하지만 이상하게 어디라고 딱히 꼬집을 수 없는 가슴의 어딘가가 바늘에 찔리기라도 한 것처럼 따끔따끔 아프기 시작했다.

9 | 3월 9일

전날 전화 받은 순간부터 미연의 용건이 내내 마음에 걸렸던 우경은 약속 시간보다 일찍 나온 그녀를 발견하고 발걸음을 서둘렀다.

"일찍 오셨군요."

아침에 일어나자 어쩌면 자신이 실수하는 것일지도 모른다는 생각이 들었다. 정작 우경의 생각은 다른데 연진 혼자 헛꿈 꾸는 것일지도 모르는데 너무 나서는 것이 아닌가 싶기도 했다. 예정된 시간보다 일찍 약속 장소에 나와 기다리는 동안 미연은 내내 후회와 초조함으로 이 자리를 그냥 박차고 나올지, 아니면 예정대로 우경을 만날지 계속 고민 중이었다. 그러던 참에 우경이 제시간에 도착해 결국 달아날 길이 사라져 버렸다.

"어쩐 일로 절 다 보자고 하셨어요?"

서글서글한 눈웃음으로 말을 건네며 맞은편 자리에 앉는 우경을 문득 객관적인 시선으로 꼼꼼히 살펴보았다. 지금까지 보아온 남동생의 친구가 아닌 딸의 남편감으로 어떠한지 말이었다. 새삼 눈에 들어온 우경은 모든 게 다 마음에 들지 않았다. 순박하고 자상하게 여긴 성격은 어수룩하게만 느껴졌고, 듬직하게 느껴진 덩치는 우둔하게만 보였다. 착실하고 성실한 성격은 고지식하고 답답하게 느껴졌고, 아이들을 좋아하는 천진함이 이젠 속이 시커먼 음흉함으로 보였다. 딱 하나 반대로 좋게 느껴지는 것은 과거 인물이 조금 떨어져 안쓰럽게 느껴졌던 것이 지금은 인물값은 하지 않는다는 것이었다. 그것 하나만 유일하게 흡족한 부분이었다.

"누님?"

용건이 있다 부른 미연이 말은 하지 않고 뚫어져라 자신을 노려만 보자 잘못한 것도 없으면서 마음이 불편해진 우경이 먼저 입을 열었다.

"너, 솔직히 말해. 우리 연진이 어떻게 생각해?"

예고도 없이 불시에 당한 공격에 우경은 순간 당황하여 속마음을 제대로 감추지 못했다. 저도 모르게 벌겋게 물든 얼굴로 목이 타는 듯 벌컥벌컥 냉수를 주욱 들이켰다.

"그, 그야 당연히 제 치, 친조카처럼 아끼죠."

말과 얼굴표정이 전혀 다른 이야기를 하고 있는데도 불구하고 우경은 꿋꿋하게 버텼다.

"너…… 우리 연진이 여자로서 좋아하지?"

상체를 우경 쪽으로 기울이던 미연이 은근한 목소리로 속삭이자 우경은 펄쩍 뛸 것처럼 소스라치게 놀라며 양손을 마구 휘저었다.

"아, 아니에요. 절대 그렇지 않아요."

목 아래 부분까지 시뻘겋게 달아오른 얼굴로 심하게 부정해 봤자 믿어줄 사람 아무도 없었다. 그 모습을 보며 오래된 이 격언을 안 떠올릴 수가 없었다.

「강한 부정이 곧 긍정이다.」

그 격언을 신빙하는 미연은 그런 우경의 반응에 코웃음을 치며 무시해 버렸다.

"너 말이야, 내가 널 얼마나 아끼는데 너 이럴 수는 없다."

"누님, 그게요……."

자신의 말을 믿어주지 않는 미연의 반응에 답답해진 우경이 우는 소리를 해도 끄떡도 하지 않았다.

"이 자식아, 너랑 걔랑 나이 차이가 얼마나 나는 줄 알아? 양심도 없지. 너 앞길이 구만 리 같은 우리 연진이 날름 잡아먹고 싶니? 너 정말 그러고 싶니?"

"누님, 오해시라니까요."

"마! 내가 오해하는 거라면 네가 처신을 잘해. 네가 그 녀석한테 오냐오냐하니까 멋대로 구는 거잖아. 애당초 오해의 여지를 없애야지, 그게 뭐냐? 그 녀석한텐 술에 물 탄 것마냥 맹해가지고……."

한심하다는 표정으로 살짝 눈을 흘기는 미연의 말에 차마 반박

할 수 없던 우경은 참담함에 고개를 떨어뜨릴 수밖에 없었다.

"내가 널 동생처럼 아끼고 좋아는 하지만 이건 좀 아니다. 알지? 내가 너한테 나쁜 감정 있어서 이런 말 하는 거 아니라는 거."

"네, 저도 누님 심정 이해합니다."

한층 누그러진 어투로 절대로 나쁜 감정이 있어 이런 말 하는 게 아니라고 강조하는 미연의 심정을 십분 이해할 수 있기에 우경은 어색하게나마 웃으며 대답했다. 그러나 자신이 이성이 늘 강조하고 있던 점을 다른 사람의 입에서 직접 듣게 되니 쉽사리 인정하고 싶지 않았다. 하지만 이미 체념하고, 해야만 하는 감정이기에 우경은 묵묵히 고개를 끄덕였다.

"솔직히 연진이 나이가 얼마니? 너도 걔 자라는 거 다 지켜봤잖아. 얼마나 욕심이 많아? 하고 싶은 것도 많고, 되고 싶은 것도 많은 나이잖니. 이제 막 대학교에 들어가니 뭔들 안 신기하겠어? 내내 학업에 갇혀 있던 아이가 어느 순간 해방이 되어버렸는데 뭐가 일탈이고 뭐가 자유인지 알기나 하겠니? 그러니까 연진이가 뭐라고 해도 너무 오냐오냐 받아주지 마. 그러다가 너만 힘들어져."

딴에는 우경이 안쓰러워 이런저런 충고를 늘어놓고 있지만은 실상은 아직 천지분간 못하는 어린아이 건드리지 말라는 엄포가 숨어 있었다. 그 의미를 확실하게 알아차린 우경은 쓰디쓴 미소를 지으며 묵묵히 듣고 있었다.

"네, 누님 말씀 새겨듣겠습니다."

아닌 척하고 있지만 눈동자가 침울하게 가라앉은 우경의 모습에 미연은 마음이 좋지 않았다. 별 흠 잡을래야 잡을 데는 없는 우경이지만—사실 얼굴까지는 미연의 입장에선 외모가 조금 거슬리긴 하지만 이미 눈에 익어버려 크게 흠잡을 수도 없는 노릇이었다—이제 막 성인이 된 연진의 짝으로 보기엔 무리가 있었다. 일단 나이 차이가 너무 나지 않은가? 한 일곱 살 정도만 됐었어도…….

생각만 해도 안타까운지 입맛을 다셨지만 소용없는 짓이라 미연은 냉정하게 마음을 접고 다시 한 번 우경에게 쐐기를 박았다.

"그러니까 부탁할게. 이제 연진이도 성인이야. 너랑 친하게 어울리고 다니면 사람들이 오해할 나이란 말이야. 무슨 말인지 이해하지? 가급적 둘이 너무 친하게 다니는 일은 좀 삼가도록 해줘."

씁쓸하게 웃고 있는 우경을 보자 미연은 자리에서 일어서려다 결국 다시 주저앉으며 한마디 덧붙였다.

"게다가 솔직히 그 녀석 성질머리 생각해 봐. 네가 잡히면 너 그날로 인생 종치는 거야. 내 딸이지만 고게 얼마나 영악한데. 어릴 때부터 지 할머니 비호 아래 집안 권력자로 군림한 게 그 녀석이야. 멋모르는 사람들은 애가 너무나 야무지고 똘똘하다고 칭찬들을 하는데, 말 마라, 키운 나는 진절머리가 난다. 내 속으로 낳은 딸이지만 얼마나 영악한지, 지 엄마 머리 위에 앉는다니까. 지금도 한 번씩 내 속 뒤집어놓을 때면 이가 갈려. 그러니까 가능하면 멀리하는 게 상책이다. 아님 그날로, 아니지, 지금도 거의 머슴 노릇 하고 있잖아. 인생 그렇게 끝내고 싶지 않으면, 내 딸이긴 하지만, 가능하면 가까이 안 하는 게 좋아."

아무런 대답도 없는 우경을 미안한 듯 안타까운 듯 바라보던 미연은 미련을 두지 않고 먼저 자리에서 일어섰다. 그러나 미연이 자리를 뜨는 것조차 알아차리지 못할 만큼 우경은 자신만의 상념에 빠져 있었다.

언젠간 누군가가 자신의 속마음을 듣고 이런 소리를 하지 않을까 조바심 내던 우경의 예상이 결국 들어맞고야 말았다. 그런 소리 들으면 마음이 굉장히 아플 것이라 생각했지만 그 고통은 단순히 생각했던 것 이상이었다.

누군가가 심장을 잔인하게 부여잡고 있는 것처럼 아파와 우경은 숨을 헐떡이며 왼쪽 가슴을 움켜잡았다. 그러자 단단한 상자가 심장 대신 손에 잡혔다. 안쪽 주머니에 넣어둔 상자가 떠오른 우경은 주섬주섬 손을 집어넣어 상자를 꺼냈다. 손바닥만한 상자에 새겨진 언밸런스한 티파니의 로고가 마치 사랑을 표현할 수도, 감출 수도 없는 그의 심장처럼 반짝이고 있었다.

짓궂은 미소로 자신이 온 것을 알리지 말라기에 희정은 조금 난감한 듯 웃으며 고개를 끄덕였다. 바로 사무실 안으로 들어갈 줄 알았던 연진이 문만 살짝 열고 쪼그려 앉아 고개를 빼꼼히 내밀며 안을 염탐하자 무슨 속셈인지 호기심이 일었다. 고개를 빼고 연진이 하는 짓을 살피는 희정의 시선이 느껴져서인지 연진은 신경 쓰지 말라는 듯이 생긋 웃으며 다시 안을 들여다보기 시작했다.

'어머나, 저 열정적인 시선 좀 봐. 흐음, 저렇게 진지한 표정도 지을 줄 아는가 보다. 아휴, 넥타이가 너무 조이나 봐. 어휴, 저 팔뚝 하며……'

오늘은 대망의 금요일. 내일이면 우경과 약속한 날이지만 어차피 오후 수업이 하나도 없는 금요일. 놀아달라는 보영을 뿌리치고 온 곳이 우경의 사무실이었다. 맛있는 점심 사달래려고 오긴 했지만 문득 그가 일하는 모습이 보고 싶다는 생각에 살짝 사무실 문을 열고 안을 훔쳐보는 중이었다.

살짝 미간을 찌푸린 채 간간이 모니터를 확인하고 서류를 뒤적이고 있는 우경의 진지한 모습에 연진은 히죽거리며 입맛을 다시고 있는 것이다. 하얀 와이셔츠에 자줏빛 넥타이를 매고 있지만 조금 답답한지 살짝 풀려 있었다. 그리고 소맷자락을 걷어붙이자 튼실한 팔뚝 근육이 여과없이 드러나 있어 연진의 입 안이 바짝 말라갔다.

'쓰읍, 저 솥뚜껑 같은 손이 머리가 아니라 이 터질 것 같은 가슴을 어루만져 줬음 좋겠네, 진짜.'

예전에는 우경이 연진이 귀엽다는 듯이 머리를 쓰다듬곤 했다. 그것도 연진이 아이 취급당하는 것을 꺼려해 몇 번 되지는 않았다. 그 크고 따스한 손이 머리를 덮듯이 쓰다듬던 기억이 떠오르자 가슴 어느 구석에선가 훈훈한 감정이 솟구치는 동시에 어린애 취급당했다는 불쾌감이 뭉실 피어올랐다. 하지만 이젠 절대 그가 자신의 머리를 쓰다듬는 짓 따윈 하게 내버려 두지 않을 것이다. 머리에 손을 얹게 하는 대신 절대로 여인이라고 확실히 알 만한 곳으로 손을 이끌 작정이니 두고 보라며 연진은 두 주먹을 불끈 쥐며 결심했다.

한창 우경 관찰기를 쓰고 있는 연진의 뒤로 그림자가 드리워졌다.

업장을 한 바퀴 둘러보고는 생각난 김에 아들놈 일하는 모습이나 보자 싶어 찾은 사무실에서 덕규는 희한한 광경을 보고 말았다. 아들놈 사무실 문 앞에 쪼그려 앉아 안을 훔쳐보는 저 처자는 누구?

눈을 끔벅끔벅거리며 지금 자신이 보고 있는 광경이 거짓이 아님을 확인하자 덕규는 호기심 어린 표정으로 슬쩍 아래를 삐죽 살폈다. 열려진 문틈 사이를 들여다보며 히죽 웃고 있는 여자의 얼굴을 확인하자 깜짝 놀라 자신도 모르게 소리치고 말았다.

"연진아, 너 뭐 하는 거냐?"

"헉!"

자신이 온 것을 알리지 말라면서 문틈 사이로 실장을 관찰하는 연진과 불시에 찾아온 회장님 때문에 희정의 가슴이 콩알만해지고 말았다. 뭔가 약간은 현실성없는 광경에 이젠 될 대로 돼라 싶은 심정도 없진 않아 희정은 묵묵히 입을 다문 채 얼른 사태가 진정되기를 기다렸다.

"어머, 아저씨."

꼴사나운 장면을 보이고 말았지만 연진은 뻔뻔신공을 발휘해 아무렇지 않게 배시시 웃으며 자리에서 일어섰다.

"거기 앉아서 뭐 하냐? 안에 뭐 볼 게 있다고 그래?"

"헤헤헤."

배시시 웃기만 하는 연진의 뒤로 사무실의 문이 열리고 우경이 의아한 표정으로 서 있었다. 왠지 사무실 바깥이 소란스러워 나와 본 그다.

"무슨 일입니까? 연진이, 넌 이 시간에 웬일이야?"

"점심 사달라고 왔지요."

새치름하게 입술을 오물거리며 연진이 대꾸하자 우경은 난감한 듯 살짝 얼굴을 흐렸다. 반가워할 줄 알았는데 의외로 담백한 태도에 연진은 의구심이 들었다. 이 아저씨가 뭘 잘못 먹었나?

"나 맛있는 거 사줘."

연진이 우경의 팔을 붙잡고 어리광을 부리자 둘을 가만히 지켜보던 덕규가 허허 웃으며 거들었다.

"그래, 우경아. 이렇게 귀여운 아가씨가 맛있는 거 사달라는데 거절해서야 되겠냐? 연진아, 우경이보고 맛있는 거 많이 사달라고 해라."

"네."

싹싹하게 대답하는 연진이 귀여운지 그녀를 바라보는 덕규의 시선에 흐뭇함이 가득이다.

"잠시만, 상의 좀 들고 나올게."

덕규가 얼른 가지 않고 뭐 하느냐라는 시선을 마구마구 보내자 부담스러워진 우경이 할 수 없이 자신의 팔을 잡고 늘어지는 연진의 손을 떼어놓고 안으로 들어갔다.

"학교 생활은 재밌니?"

"그럼요."

"연진이가 무슨 학과지?"

"아직은 학부지만 호텔경영학을 전공할 생각이에요."

"그래?"

뜻밖의 대답에 덕규는 놀란 표정이었다.

"그럼 졸업하면 우리 호텔에 입사지원서 넣을 거지?"

"헤헤헤, 이 호텔 우경이 아저씨 대신 저 주신다면 생각해 볼게요."

쿨럭.

당돌한 연진의 대답에 덕규는 사레가 들려 잠시 콜록거렸다. 그러나 연진은 천진한 미소로 생글거리기만 할 뿐이었다.

"뭐라고?"

황망한 심정으로 반문하는 덕규의 말을 자르고 상황을 모르는 우경이 나타났다.

"왜 그러세요?"

이상한 표정을 짓고 있는 아버지와 생글거리고 있는 연진을 번갈아보며 우경이 의아한 듯 묻자 연진이 냉큼 그의 팔짱을 꼈다.

"아저씨, 나 배고파."

"그래, 알았어. 아버지도 같이 가실래요?"

"아, 아니다."

연진을 바라보던 그 이상한 표정 그대로 그를 바라보며 덕규는 한 손을 들어 휘저었다.

"그냥 너희들끼리 가서 먹어라."

연진이 무슨 이상한 소리를 한 것인가 싶어 우경이 연진을 돌아보아도 생글거리는 웃음만 되돌아올 뿐이었다.

"그럼 희정 씨, 나 먼저 점심 먹으러 가요."

"다녀오십시오."

생긋거리는 연진과 그녀가 낀 팔짱을 풀려고 버둥거리면서 나가는 두 사람을 지켜보던 덕규가 한참 만에야 희정을 돌아보며 물었다.

"혹시 저 두 사람……?"

"글쎄요, 저도 잘……."

말끝을 흘리며 애매하게 웃는 희정의 대답에 덕규는 어이가 없어졌다. 그렇잖아도 연진이 자주 들락거린다는 소리는 들었지만 설마하니 자신의 아들놈과 묘한 관계가 되어 있으리라고는 상상도 하지 못했다. 나이 차이가 얼마인데, 게다가 삼촌의 친구와 친구의 조카가 아닌가? 그런데 둘이 남녀 관계가 되었다? 덕규는 의미심장하게 눈동자를 데굴데굴 굴렸다. 뜻밖이지만 새삼스레 아들이 새롭게 보여 눈빛을 빛냈다.

'굼벵이도 기는 재주가 있다더니 더 나무늘보처럼 멍한 놈이 용케 연진이 같은 애랑 만나는구먼. 흠, 그런데 연진이가 올해 몇 살이더라?'

멍하니 우경의 사무실을 나가면서 덕규는 생각에 빠져 있다가 연진의 정확한 나이가 번뜩 머릿속을 스치자 자신의 등에 칼을 꽂은 배신자라도 되는 양 우경을 향해 이를 갈았다.

'이, 이 처죽일 놈 같으니라고. 연진이 나이가 몇인데 저런 어린 걸 잡아? 아이구, 배야.'

한눈에 반해 열렬히 사랑하고 결혼한 아내지만 덕규도 사내인지라 두 살 연상인 아내를 얻은 자신과 달리 열세 살이나 어린 여자를 만나는 아들이 부러워 견딜 수가 없었다. 아버지의 입장으로

서는 잘했다는 마음이 강하면서도 같은 남자의 입장에선 우경이 부럽고 샘이 나 펄펄 끓어올랐다.

"연진아, 그런데 말이지. 팔은 좀 놔주면 안 될까?"

"왜?"

식당으로 가면서 우경은 연진이 잡은 자신의 팔이 불타 녹아내리는 것 같았다. 뭉클한 가슴의 느낌까지 곁다리 치니 이 얼마나 당황스러운 일인지……

"누가 보면……"

당황한 기색을 감추지 않고 주위를 둘러보며 조바심치는 우경의 행동이 못마땅한지 연진이 그의 정강이를 뾰족한 구두 앞굽으로 쿡 쳤다.

"보면 어떻다고 그래?"

"그래도 누가 오해하면……"

"오해는 무슨. 할 거면 하라고 그래."

대수롭지 않게 말하는 연진의 대답에 우경은 답답한 심정이 되어 처음으로 단호하게 그녀의 팔을 뿌리쳤다.

"안 돼!"

내쳐진 팔을 멍하니 바라보던 연진이 황망한 표정으로 그를 바라보자 우경은 그녀와 눈을 마주칠 자신이 없어 모른 척 앞서 걸었다.

"아저씨 뭐 잘못 먹었어?"

연진은 황급히 달려가 우경의 팔을 붙잡으며 따졌다.

"잘못 먹은 거 없어. 그리고 더 이상 버릇없이 굴지 마. 난 네 삼촌 친구지, 네 친구가 아냐."

"하아?"

영문을 모르겠다는 얼굴의 연진을 무시한 채 우경은 처음으로 그녀에게 매정하게 등을 돌렸다.

연진을 냉정하게 대하기에 성공했다. 그러나 씁쓸한 마음으로 퇴근하던 우경은 호텔 로비에서 나이 지긋한 사람들과 어울리고 있는 한 청년을 발견하곤 걸음을 멈추었다. 단연 돋보이는 큰 키와 날카롭게 생긴 눈매가 오히려 이지적으로 보이는 그는 무척이나 낯이 익었다. 불현듯 서로 눈을 마주치자 그쪽에서 적대감 비슷한 시선을 보냈지만 먼저 고개를 까딱하자 그가 누군지 떠올랐다.

"이유진 군."

우경은 자신도 모르게 시선을 돌리는 그를 불러 세우고 말았다.

지난번에 연진이 때문에 놓친 킹카들을 새로 수소문하여 다시 약속을 잡은 보영은 오늘만큼은 방해를 받지 않겠다 다짐하며 주차된 차가 있는 쪽으로 가볍게 발걸음을 옮겼다.

"응?"

단대 앞 주차장에 은색 스포츠카를 발견하고 눈을 가늘게 뜨고 확인했다. 두 번, 세 번 봐도 역시 초희였다. 뭔가 이상하다는 생각에 보영은 발걸음을 멈추었다. 대학 교정이 넓긴 해도 인문대와 경상대가 근처에 있기에 동선이 비슷해서 싫어도 유진이랑 초희의 얼굴을 종종 보곤 했다. 게다가 초희는 자신과 같은 영문학부라 싫어도 보게 되지만 필수과목만 아니면 유진과 같은 수업을 듣느라 바쁜 녀석이라 내내 얼굴을 부딪치는 것은 아니었다. 그런데 분명 유진을 학생회관 쪽에서 본 것 같았는데 왜 초희는 아직 여기 있는 거지?

잠시 고개를 갸웃거리며 의아해하던 보영은 이내 자신이 상관할 일은 아니겠지, 라며 어깨를 으쓱이며 다시 발걸음을 옮겼다. 그때 가만 앉아 있던 초희가 핸들 위로 얼굴을 묻는 것이 눈에 들어왔다. 불현듯 요새 초희와 유진의 사이가 예전만 못하다는 소리가 얼핏 떠올랐다. 드디어 이유진이 강초희를 완전히 걷어차 버렸다는 은밀하지만 유쾌하지 못한 소문들이…… 모른 척 발길을 돌리려다 그래도 미운 정이 있는데 싶어 보영은 내키지는 않았지만 꺼림칙한 감정을 이기지 못하고 초희 쪽으로 발길을 돌렸다.

"야, 뭐 하냐?"

핸들 위에 고개를 숙이고 있던 초희는 낯익지만 반갑지 않은 목소리에 얼굴을 찡그렸다. 그러나 조금 전까지 짓고 있던 수심에 가득한 표정을 얼른 지운 채 도도하게 턱을 치켜들고 새침한 표정으로 눈을 치켜떴다.

"너 시간 있냐?"

"왜?"

서로 대화라는 것을 나눠본 적 없는 사이인지라 보영은 자신이 왜 초희에게 이런 말을 하고 있는지 이해할 수 없었고, 초희 또한 주연진에 관련된 모든 것을 싫어하고 있기에 보영과 대화라는 것을 하고 있다는 것이 생소했다. 같은 초등학교, 중학교, 고등학교를 나왔음에도 보영은 연진의 단짝이었고, 초희는 유진을 열렬히 사랑하고 있었기에 서로 말 섞을 부류가 아니었다.

"미팅 있는데 사람이 모자란다. 같이 가자."

갈래도 아니고 가자라니……. 거기다 미팅? 초희는 어처구니없다는 듯 코웃음을 치며 보영을 쳐다보았지만 뜻밖에 보영은 진심인 것 같았다.

"미쳤니, 내가 그런 델 가게?"

"기분전환 겸이지. 왜? 너 그런 데 간다고 이유진이 질투라도 해?"

더 이상 들을 가치가 없다는 듯 옆 자리의 핸드백과 책을 집어 들던 초희는 빈정거리는 보영이 유진을 들먹이자 움찔하며 이를 악물고 매섭게 눈을 흘겼다.

"아니잖아. 가자."

그러나 보영은 그런 초희의 눈초리는 상관없다는 듯 그녀의 손목을 잡고 이끌었다.

"왜 이래!"

손을 뿌리친 초희가 짜증스럽게 소리쳤다.

"너 심심해 보여서."

돌아오는 보영의 대답에 기가 찬지 초희는 할 말을 잃은 표정이었다.

"재미를 떠나서 솔직히 대학생 되었는데 미팅 한 번 못하면 억울하지 않니?"

"그럴 시간 있음 한 자라도 더 공부하지, 그래?"

새침하게 대꾸하곤 몸을 돌리려는데 그 뒤로 보영이 한마디 던졌다.

"혹시 아냐? 네가 다른 남자 만나고 다니면 이유진이 새삼 너의 매력을 깨달을지. 왜, 그런 말도 있잖아. 든 자리는 몰라도 난 자리는 안다고. 이럴 때 쓰는 말이 맞겠지?"

마지막 말은 스스로에게 하는 중얼거림이었다.

못 들은 척하고 그냥 갔어야 했겠지만 이상하게 마음이 쏠렸다. 머뭇거리며 초희가 몸을 돌려 떠보듯 보영에게 한마디 던졌다.

"네 친구는 어쩌고 나한테 같이 가자고 그래? 걔가 섭섭해하겠다?"

"야아, 섭섭은 무슨. 그 기집애는 일편단심 민들레야. 딴 남자는 눈에도 안 들어와."

어림없다는 듯 손사래를 치는 보영의 말에 초희는 호기심이 이는지 눈을 동그랗게 뜨고 반문했다.

"주연진이 좋아하는 남자가 있어?"

연진에게 좋아하는 남자가 있다는 소문을 들은 적이 없던 지라 초희의 호기심이 불쑥 솟아올랐다. 그 순간 보영은 연진을 닮은 영악한 미소를 생긋 지으며 초희의 팔을 잡아 자신의 팔에 끼웠다.

"궁금해? 그럼 나랑 같이 미팅 가자."

싫다 할 틈도 없이 보영은 초희의 팔을 잡아끌며 자신의 차 쪽으로 끌고 가는 보영의 뒷모습에는 악마 꼬리가 살랑거리고 있었다.

"쳇, 뭐야? 의대라고 으스대기만 하고 머리엔 든 것도 별로 없는 것들이 잘난 척은 더럽게도 많이 해요."

미팅에 나온 의대생들이 처음부터 마음에 들지 않았는지 자리를 일찍 파하고 초희를 차가 있는 곳으로 다시 데려다 주면서 보영은 연신 투덜거렸다.

"아까 가운데 안경 쓴 놈이 뭐라고 했는지 기억해?"

" '난 앞으로 유명한 성형외과의가 될 테니까 몇 년만 기다려' 였지?"

마찬가지로 기가 막히다는 표정으로 대꾸한 초희의 말에 보영이 입술을 일그러뜨렸다.

"웃기시네. 유명은커녕 의대 졸업하기도 어려울 것 같은 놈이."

"그러게 말이야."

열심히 미팅남들을 씹어대는 보영의 분위기에 휩쓸려서인지 어느새 초희도 킥킥거리며 남자들을 씹어대고 있었다.

"다 왔다. 야, 오늘은 물이 별로긴 했다. 하지만 너도 보다시피 세상에 남자는 반보다 더 많아. 남아선호사상 때문에 남자가 얼마나 많냐? 우린 그냥 널린 남자 중에 괜찮다 싶은 놈 간택만 하면 되는 거야. 찾아보면 이유진보다 괜찮은 남자 쌔고 쌨어."

위로 같지 않은 위로지만 보영 덕분에 우울하던 기분이 훨씬 나아졌던 터라 초희는 굳이 비꼬아 듣지 않았다.

"그 말 주연진한테도 해보시지?"

"윽."

보영에게 억지로 끌려 나가면서 듣게 된 연진의 오래된 짝사랑에 기가 막히면서도 적잖은 안도감이 돌았다. 언제나 연진만 바라보는 유진 때문에 가슴이 아팠으면서도 혹시나 연진이 어느 순간 유진에게 마음이 끌리지 않을까 늘 노심초사였다. 그러나 고집스럽게 유진을 외면하는 그 시간 동안 연진은 다른 사람을 꿈꾸고 있었단다. 그 얼마나 안심이 되는 말인지, 늘 도도하고 세속적인 것과는 거리가 먼 듯한 서늘한 표정으로 유진을 마음 아프게 만들던 연진이 마찬가지로 짝사랑에 마음고생 중이라는 소리에 늘 유진만 바라보는 자신의 자괴감이 엷어져 갔다.

훨씬 편해진 얼굴로 미소 짓고 있는 초희를 물끄러미 바라보던 보영이 한마디 툭 던졌다.

"그렇게 웃어, 바보야. 조바심치지 말고 독기 빼고 좀 더 편안하게 웃어. 유진이 아닌 널 위해서라도 그렇게 웃어."

덕분에 내내 우울한 기분에 빠질 뻔했던 하루를 구해주긴 했지만, 같이 미팅 나간 사이이긴 하지만 아직은 친구라고 부르기 애매한 사이인 보영에게 새침하게 눈을 내리깔았다.

"간다."

평소의 강초희로 돌아온 새침한 태도에 보영은 못 말리겠다는 듯 어깨를 으쓱였다.

"참, 이유진 잊는 방법 하나 알려줄까?"

순간 초희의 고개가 확하니 돌아 보영을 매섭게 노려보았다.

"그렇게 노려보지 마. 너랑 유진이, 둘 사이가 심상치 않다는 소문을 들었으니까. 내가 너라면 그런 매정한 남자는 그만 잊어버릴 거야. 아님……."

말끝을 흐리는 보영의 뒷말에 숨어 있는 음산한 느낌에 초희는
살짝 눈살을 찌푸렸다.

"도움이 될진 모르겠지만 한번 해봐."

"뭘 말이야? 설마하니 다른 남자를 만나보라는 유치한 소리?"

"설마. 야, 나라면 유진이 때문이라도 남자는 한동안 학을 떼겠
다. 생각있냐?"

마치 마약상이 순진한 소년들을 회유할 때처럼 은밀하게 속삭
이는 보영의 행동에 초희는 입술을 잘근잘근 깨물었다. 그러나 결
국 유혹에 넘어가 결국 물어보고 말았다.

"뭔데?"

심각한 표정으로 초희 쪽으로 몸을 기울이던 보영이 꺼낸 방법
은 이것이었다.

"저주의 인형을 만들어."

스스로도 연진의 기발한 발상과 행동력을 흡수하여 자신만의
것으로 변질시킨 보영이다.

"뭐?"

진지하게 들은 자신이 바보 같다며 기가 막혀하는 초희에게 보
영이 정색하며 덧붙였다.

"야, 솔직히 열 받잖아. 남의 마음 죽어도 못 받아주는 놈이 그
래도 잘 먹고 잘살면 억울하지 않냐? 그러니까……."

"됐어!"

상대한 자신이 바보라며 툴툴거리며 차에서 내린 초희는 퉁명

스러운 태도로 차 문을 닫았다. 그렇게 자기 차로 걸어가던 초희가 불현듯 몸을 돌려 보영에게 들릴락 말락 작게 소리쳤다.

"그래도 덕분에…… 재밌었다."

새침한 면이 없진 않지만 이야기를 나누다 보니 의외로 대화가 통하는 상대기도 해 보영은 빙긋 웃었다.

"야, 다음에 또 같이 미팅하자. 인생은 즐기면서 사는 거야."

"그건 사양하겠어."

킬킬거리며 간다고 손짓하는 보영에게 자신도 모르게 반사적으로 손을 들어 흔들었다. 그러다 그런 행동에 멋쩍었는지 얼른 손을 내렸지만 이미 보영이 본 뒤였다.

"꽤 의외의 상대와 어울린다?"

보영의 차가 멀어지는 것을 확인하고 자신의 차 쪽으로 몸을 돌린 초희는 등 뒤에서 들리는 목소리에 어깨가 움찔거렸다. 천천히 심호흡을 하며 마른 입술을 축이며 몸을 돌렸다.

"안녕?"

"어쩐 일이냐, 네가 저 계집애랑 어울리고?"

굳이 연진이 아니더라도 보영은 초희가 평소 어울리던 부류와는 다른 아이였다. 워낙 성격 자체가 소탈하고 엉뚱한 면이 있어서 재벌 2, 3세들과는 동떨어진 구석이 있었다. 그 털털한 면이 싫어서 보영과 어울릴 생각도 하지 않았지만 의외로 재밌는 아이였다.

"그건 네가 상관할 바가 아니야."

냉랭한 대꾸에 의외라는 듯 유진의 단정한 이마가 일그러졌다.

"강초희!"

"할 말 없으면 그만 가줘."

미련없이 몸을 돌리는 초희를 보면서 유진은 알 수 없는 갑갑증을 느꼈다.

"야, 잠깐만."

자신도 모르게 몸을 돌리는 초희를 붙잡았다. 왜 불렀냐는 듯한 시선에 짜증이 솟구쳤다. 전에는 자신이 불러주는 것만도 감지덕지하던 애가 왜 이렇게 변했는지, 아니면 역시 그날 밤 때문에 변한 게 아닌가 싶었다. 그날 이후 차라리 책임이라도 지라고 들러붙었다면 오히려 진절머리 치며 떼어내려고 버둥거렸을 텐데……. 혹시 그럴까 봐 고단수의 수법을 쓰는 것은 아닌지 오히려 의심스러운 시선으로 초희를 노려보았다.

"할 말 있으면 해."

의심스러운 눈빛으로 자신을 바라만 보는 유진이 불편해져 초희가 눈을 피하며 한숨처럼 말했다.

"너 그날 일……."

"됐어. 내 기억에서 지웠으니까 너도 신경 쓰지 마. 이젠 나도 너 쫓아다니는 짓, 그만둘 거야. 그래, 보영이 말대로 세상에 남자가 반이 넘는다는데 너한테만 목매는 내가 바보 같아. 그만둘래."

마치 대본 읽듯이 초희는 그동안 마음속에 쌓아두었던 이야기를 단번에 풀어냈다.

"뭐?"

잘못 들은 것이 아닌가 싶어 유진은 미간을 찡그리며 되물었다.

"널 좋아하는 것, 그만둘래. 너무 아파서, 너무 힘들어서, 너무 지쳐서 더는 못하겠어."

담담한 표정으로, 벌써 붉은 물이 감돌고 있는 눈동자로, 지친 어조로 그렇게 초희는 유진에게 그에게서 등을 돌리겠다고 말했다.

"누구 마음대로."

왜 그런 말이 그렇게 화가 나고 불쾌한지 유진은 자신도 모르게 고함을 쳤다. 깜짝 놀랐지만 지난밤, 그가 자신에게 했던 험악한 말투와 태도를 떠올리며 서러운 마음에 빈정거렸다.

"왜? 꺼지라며? 내가 네 눈앞에서 사라지는 일, 네가 반기는 일 아니야? 아니면 네가 갖기는 싫고 남 주기도 싫은 심보니?"

무언가 말하려던 유진이 입이 그 순간 다물어졌다. 머뭇거리는 그 시선에 자신의 말이 맞다는 것을 깨닫는 순간 초희는 더할 나위 없이 허탈해졌다.

"너 진짜 나쁘다."

이 이상 감출 수 없는 실망과 불신을 가득 담아 한마디 던지고는 더는 마주 볼 수 없는지 가차없이 몸을 돌렸다.

"기다려!"

자신을 붙잡는 유진의 목소리에 초희는 떨리는 숨결로 혹시나 하는 작은 희망을 놓지 않았다. 그래도 혹시 하는 마음 말이다.

"만약에 너라면 할 수 있겠어? 날 붙잡기 위해 무릎 꿇고 사정이라도 할 수 있어?"

연진에게 들었던 소리에 내내 그의 귓가에 맴돌아 결국 초희에게 묻고 말았다.

"아니, 안 해."

그럴 수 있을 거란 대답을 기대했던 유진은 기대 밖의 대답에 눈썹을 꿈틀거리며 불만을 드러냈다. 천천히 몸을 돌린 초희는 두 뺨이 젖은 얼굴로 그를 원망스럽게 바라보고 있었다.

"이젠 안 해. 절대 무너지지 않는 벽에 대고 무너져 달라고 내 마지막 남은 자존심까지 던졌어. 그래도 소용없는데 얼마나 더 내 자신을 내던져야 돼? 네가, 그렇게 해서라도 내 사람이 되어준다면, 그래, 그럼 못할 것도 없지. 그런데 이젠 안 해. 난 이미 바닥까지 내려가서 네 발밑에 기었어. 비참한 내 사랑, 산산조각 난 내 사랑 끌어안으며 그 조각에 상처 입어 피를 철철 흘리면서도 놓지 못했어. 그 사랑이, 부서진 조각이 내 인생을 갉아먹는 것을 알면서도 놓지 못했어. 하지만 이젠 안 해. 이젠 나도 날 사랑해 주는 사람을 사랑할 거야."

피를 토하는 심정으로 그동안의 서러움을 한껏 토해내던 초희는 마지막 말을 하기 전에 심호흡을 길게 했다.

"이젠 너한테서 벗어날 거야."

그 말을 끝으로 초희는 미련없이 차에 올라 망연자실해 있는 유진을 내버려 두고 떠나 버렸다.

처음으로 어색해진 분위기로 식사를 마치고 일하러 간다고 도망가 버린 우경의 행동에 집으로 돌아온 연진은 연신 의심스러운 기미를 지우지 못했다.

"꼬맹아, 너 혹시 내 사전 가져갔냐?"

문을 벌컥 열고 들어온 경현 때문에 상념에서 벗어난 연진은 놀란 심장을 부여잡으며 놀래킨 그를 향해 살짝 눈을 흘겼다.

"깜짝이야. 노크 좀 해."

"쏘리~ 그런데 내 사전은?"

"난 몰라. 연후가 가져갔나? 근데 내가 꼬맹이면 연후는 뭐야?"

"걘 애기지."

어린아이 취급당해 통통 불은 연진에게 한쪽 눈을 찡긋이며 장난스럽게 덧붙였다.

"아, 삼촌. 혹시 우경 아저씨한테 무슨 일 있어?"

연진의 방을 나가려던 경현의 어깨가 움찔하는 것을 연진은 놓치지 않았다. 그러나 돌아보는 경현의 얼굴은 천연덕스럽게 그지없었다.

"아니, 모르겠는데?"

불안하게 눈동자를 굴리는 모습에서 그가 거짓말을 하고 있음을 간파해 낸 연진이 눈을 갸름하게 뜨고 낮은 목소리로 종용했다.

"좋게 말할 때 불어!"

자신의 조카지만 이럴 때 풍기는 음산한 분위기는 압도당한다며 경현은 어쩔 수 없이 털어놓았다. 굳이 자신이 아니어도 언젠가 연진의 귀에 들어가는 일임을 잘 알고 있기 때문이었다. 여럿 희생자를 내기 전에 알아서 자진납세 하자가 성경현의 주모토가 아니겠는가?

"그게, 아마 어제 누나 만났을걸?"

"엄마를? 왜?"

"글쎄? 그건 잘 모르겠는데, 누나 분위기가 심상치 않았다. 그제 네가 우경이랑 데이트한다고 한 것 때문인가? 아무튼 누나가 열이 잔뜩 받아서 우경에게 만나자고 했거든."

그제야 왜 우경이 자신에게 거리를 두려고 했는지 감을 잡은 연진은 누군 향해서인지 이를 바득 갈았다.

"이 아줌마가 진짜!"

자리에서 벌떡 일어나 당장이라도 미연에게 달려갈 것을 만류한 것은 경현이었다.

"진정해. 누나 오늘 매형이랑 부부동반 모임 갔잖아. 매형이 내일 출근하는 날 아니니까 아마도 둘이 오붓한 시간을 보낸다고 내일 온다고 아침에 그랬잖아. 잊었어?"

"아……."

그제야 아침에 그런 이야기를 들은 기억이 떠오르자 연진은 자리에 힘없이 주저앉았다. 아무튼 연후가 중학교에 들어간 이후에 제2의 신혼기가 발동했는지 툭하면 외박이 잦아진 부모님을 향해 못마땅한 듯 입술을 삐죽거렸다.

"오기만 해봐라, 이 아줌마를 내가 가만두나……."

자신을 향해 이를 갈고 있는 연진의 저주를 느꼈는지 한참 즐거운 시간을 보내고 있던 미연은 뒷골이 시린 느낌에 몸을 부르르 떨고 말았다.

초조한 마음으로 방 안을 왔다 갔다 하던 연진은 이내 결심했는지 휴대폰을 열어 어디론가 전화를 걸었다.

"아저씨, 내일 나한테 시간 내주는 거, 잊지 않았지?"

[그래.]

조금은 열의가 없어진 목소리에 연진은 입술을 깨물어야만 했다.

"그럼 점심때 만나. 내가 호텔로 갈게."

[……아니, 낮은 곤란하고 저녁때 보자. 우리 호텔 스카이라운지에서 여섯 시쯤…….]

"낮에 바빠? 내가 그냥 사무실로 가면 안 돼?"

[안 돼!]

도대체 미연이 우경을 만나 무슨 소리를 했는데 우경이 이렇게 냉정해졌단 말인지……. 연진은 초조함에 숨이 가빠졌지만 내색하지 않고 명랑하게 응수했다.

"치이, 알았어. 그럼 내일 오후 여섯 시에 스카이라운지, 오케이?"

[그래.]

그러고는 전화가 끊어졌다.

"허?"

먼저 끊어진 전화를 내려다보며 연진은 어이가 없어져 헛웃음을 쳐야만 했다. 그러고 보니 우경의 대답이 단답형으로 짧았다는 것 또한 기억해 냈다.

"이 아저씨가……. 결혼하기만 해봐. 내 오늘의 수모는 반드시

갚아준다."

툴툴거렸지만 우선은 그의 관심을 다시 붙잡아 오는 것이 급하기 때문에 연진은 휴대폰을 아무렇게 내던지고 옷장을 활짝 열어 내일 입을 고른다며 수선을 피웠다.

결국 울리지 않는 휴대폰을 멍하니 바라보던 초희는 그런 자신이 지긋지긋한지 휴대폰을 침대 위로 집어 던지고 컴퓨터 앞에 앉았다. 초조한 손놀림으로 부팅이 되기만을 기다리다가 검색 화면이 뜨자 다시 마음을 잡지 못하고 머뭇거렸다. 어찌할까 몇 번을 헛손질하다가 이내 마음을 잡은 듯 단호한 손동작으로 검색창을 뒤졌다.

"그래서 저주인형 만드는 방법이……."

한심하다고 비웃었지만 주변을 떠도는 유진의 흔적을 지우기 위해서라면 무슨 방법이든 못 쓰겠냐는 심정으로 보영의 충고를 받아들였다. 그런데 의외로 저주인형을 만드는 과정이라든지 그 역사에 그만 빠져들기 시작한 초희였다.

10 | 겨울 10일

호텔 정문으로 들어서기 전에 연진은 모처럼 긴장을 떨치기 위해 깊게 심호흡을 했다. 오늘은 평소와 달리 전신에 긴장감이 돌았다. 자칫하면 기껏 잡은 물고기가 그물을 뚫고 빠져나갈지 모르는 상황이니 더욱 조심해야만 했다.

숨을 깊게 들이쉰 연진은 당당한 발걸음으로 정문을 향해 걸어 들어갔다. 그녀는 간간이 마주치는, 이젠 안면이 있는 호텔리어들과 눈인사도 해가며 긴장한 티를 조금도 내지 않은 채 엘리베이터에 올랐다. 그러나 문이 닫힘과 동시에 자신도 모르게 숨을 내쉬었다. 거울처럼 비치는 엘리베이터 문을 통해 자신의 매무새를 다시금 확인했다.

오늘은 비공식적인 첫 데이트 날이기 때문에 연진은 평소의 말

괄량이 이미지를 벗고 조신한 여대생으로 변신했다. 칼라가 목 위까지 올라오고 단추 선 부분에 검은색 선이 들어간 깔끔한 하얀 시폰 블라우스와 무릎까지 오는 길이에 밑단에 프릴이 달린 검정 쟈가드 주름치마를 입고 뉴욕에 출장 갔던 진혁 아저씨를 다그쳐서 사 오게 한, 아끼는 은색 마놀로 블라닉 구두에 엄마가 애지중지하는 무슨 비단뱀 가죽으로 만들었다는 디올의 잔느 가방을 스리슬쩍하고……. 크흑, 완벽하다.

이상하게 오늘따라 화장도 잘 먹었단 말이지. 그 누가 그랬던가? 미인의 눈썹은 초승달과 같이 요염하다고. 마주 보면 빠질 것처럼 깊은 마력을 품어대는 두 눈동자와 너무 높지도 낮지도 않은 도도한 콧대며, 체리색 립글로스로 인해 반들거리는 도톰한 입술까지…….

엘리베이터 문에 비치는 자신의 모습을 연신 만족스럽게 바라보며 감탄사를 흘리던 연진은 엘리베이터가 원하는 층이 아닌 다른 층에서 멈추고 다른 이들이 타자 재빨리 안 그런 척 새침하게 고개를 치켜들었다.

콧노래를 흥얼거리며 스카이라운지로 향하는 연진은 자신을 알아보고 자리를 안내하는 지배인에게 가볍게 미소를 건넸다. 안쪽 창가 자리로 안내받은 연진은 앞으로의 시간에 대한 기대감으로 부푼 표정이었다.

한 가지, 점심시간이 아닌 저녁시간인 것이 아쉬웠다. 낮에 만났더라면 점심도 먹고, 영화도 보고, 드라이브도 가자고 그랬을 텐데 바쁘다니 별수없었다. 대신…….

"저녁 먹고 칵테일 바에 가자고 해야지."

둘이 분위기 있는 바에서—절대로 효성의 바여서는 안 된다. 십중팔구 분위기는커녕 훼방만 놓는 인간들이 죽치고 있는 곳이니까—달콤한 눈빛을 서로 주고받으며…….

"주연진?"

아씨, 누구야? 행복한 상상을 깨는 놈이.

속으로 뭐라고 험악한 소리를 내며 구시렁거렸지만 겉으로는 예의 바른 표정으로 돌아보았다.

"내가 먼저 오려고 했는데……. 숙녀를 기다리게 했군, 미안."

황급히 다가와 사과를 하며 맞은편에 앉는 유진을 연진은 의아한 눈빛으로 바라보았다.

"무슨 소리야?"

왠지 모를 불길한 예감에 심장이 덜컥 내려앉는 것 같은 기분이 들었다.

"음? 아, 그래. 그 사람이 이렇게 덧붙이라고 하더군. 입학선물이라고. 그래서 이렇게 예쁘게 차려입은 건가? 영광인데! 마침 괜찮은 뮤지컬 티켓이 있는데……."

차갑게 식어버린 손끝을 타고 피가 끊임없이 흘러나가는 기분이었다. 머리가 어지러웠다. 온몸에서 온기가 사라지고 있었다.

"연진아?"

"그래서, 네가 대신 온 거라고?"

감정이 느껴지지 않은 낮은 목소리에 유진은 살짝 얼굴을 찡그렸다. 연진의 안색이 파리한 것이 어디 아픈 사람처럼 보였다.

"아니, 처음부터 내가 오는 자리였어."

그제야 고집스럽게 그를 바라보던 연진의 시선이 불안하게, 서글프게 흔들리는 것을 알아차릴 수 있었다. 그 순간 무언가가 머리를 치고 지나가는 것 같은 깨달음이 들어 유진은 자신도 모르게 욕설을 입 안에서 중얼거렸다.

"그…… 사람이냐? 네가 마음에 둔 사람이?"

일그러진 얼굴로 차가운 냉수를 한 모금 마신 뒤에 유진이 쓰디쓴 어조로 내뱉었다.

"그런가 봐, 그렇게 바보같이 우직한 사람이라서……. 한심하니?"

"뭐가?"

한심하냐는 말에 유진은 짜증을 낼 수밖에 없었다. 이런 이상한 제안 따윈 받아들이는 게 아니었다. 집안 어른들과 약속이 있어 갔던 곳에서 우경이 대뜸 다가와 연진에게 여전히 마음이 있냐며, 괜찮다면 자리를 주선해 주겠다는 그런 말을 순진하게 믿은 자신이 어리석었다. 애당초 왜 그런 말을 꺼낸 것인지 의심부터 해봤어야 했는데 머릿속이 복잡하다 보니 그럴 여유가 없던 것이 실수였다. 그가 아는 주연진이라면 저렇게 자조적인 미소를 지으며 어색하게 입가를 끌어올리는 짓 따위는 하지 않을 텐데……. 그 남자한테 자신도 같이 놀아났단 생각이 들어 기분이 바닥까지 가라앉았다.

"유진아, 나……."

떨리는 시선으로 그를 바라보는 연진의 목소리는 그만큼이나 떨고 있었다.

"너무 아픈 것 같아."

이런, 젠장……

새삼 새로운 눈으로 연진을 살피니 평소보다 화장도 곱고 옷차림도 어여뻤다. 그러나 자신이 아닌 다른 사람을 만나는 것이라 생각하고 그리 단장하고 나온 연진이다. 기대한 사람에게서 무참히 기만당해 서글프게 입술을 깨무는 연진의 모습이 마치 초희를 연상케 했다.

"가라."

맥이 빠지는지 느슨하게 의자에 등을 기댄 유진이 툭하니 말을 내뱉었다.

"그 남자한테 가. 가서 두들겨 패든지, 아니면 네가 말한 대로 무릎을 꿇어서라도 네 사람으로 만들어. 그렇게 한심하고 멍청한 표정을 짓는 너를 보느니 차라리 보내줄게."

학교에서 초희를 만났을 때 그녀가 자신을 놓는다는 말을 듣는 순간부터 이상하게 심장이 시큰거리고 기분이 초조해졌다. 그러던 참에 다가온 우경의 제안은 달갑다기보다는 그저 도피처로서 느껴졌다. 연진을 만나면 이런 혼란스러움이 사라지지 않을까 하는 얄팍한 심사에 깊이 생각해 보지도 않고 덥석 제안을 받아들였다. 도대체 어디서부터 잘못된 것일까 고민해 봤지만 이상하게 꼬인 매듭을 푸는 게 먼저란 생각이 들었다. 연진을 먼저 놓는다. 그 생각을 하자 마음이 한결 가벼워졌다. 마치 오래 앓아왔던 치통을 치료한 것처럼 시원하면서도 허전한 기분이 들었다.

유진을 유심히 바라보며 진심인지 아닌지 간파하려던 연진은 한참 만에 흔들리던 시선을 바로잡았다. 그리고 언제 허망한 마음을 내보였냐는 듯 당당하게 자리에서 일어섰다.

"나중에 청첩장 보내줄게."

"야!"

벌써부터 청첩장 운운하는 연진이 어이없는지 유진이 헛웃음을 내뱉었다.

"그래도 한때는 나를 좋아한다고 생각했던 남자에 대한 예의라고 봐."

끝까지 생각이라고 한다. 저 못된 계집애는…….

싱긋 웃고는 미련없이 자리를 떠나는 도도한 공주님을 지켜보며 유진은 못마땅한 생각은 들었지만 크게 아쉽지는 않았다. 그녀의 말을 듣고 한동안은 내내 생각해 봤다. 과연 주연진 발밑에 무릎 꿇고 앉아 사랑을 구걸할 수 있을까……. 하지만 결론은 아니었다.

예뻐서 첫눈에 반했고, 그 다음에는 나를 봐주지 않는 오만함에 오기가 생겨서 매달렸는데……. 다시 생각해 보면 사랑이라는 감정보다는 거의 오기였지 싶다.

인물도, 재력도, 권력도 있는 나를 주구장창 무시하기만 하는 계집애를 꺾어보겠다는 오만한 오기. 내가 무슨 짓을 해도 눈썹 하나 까딱하지 않던 녀석이 그 남자의 무언의 거절에 그토록 무너져 버리다니……. 웃음도 나오지 않았다. 쳇, 나는 그보다 수도 없이 거절당해도 무너지지는 않았는데……. 문득 자신은 그저 자존심이 상했던 것뿐이었다는 생각이 떠올랐다. 연진이나 초희처럼 거절당해 아팠던 적이 없다는 사실을 깨닫자 늘 자신 때문에 아파한 초희의 얼굴이 떠올랐다. 그 녀석도 매번 나한테 거절당하고 연진처럼 그렇게 처절하게 무너졌던 것인가? 새삼 조금은 미안해졌다.

그래서 다시 생각해 보았다. 만약에 연진과 초희가 물에 빠졌다면 과연 자신은 누굴 구하려 할까? 답이 바로 나오지 않는 자신을 보며 유진은 심란한 한숨을 내쉬어야만 했다. 십 년이 넘는 짝사랑이 종을 쳤는데 왜 이렇게 서글프다는 생각보단 속이 후련하다는 기분이 드는 건지 이해할 수가 없었다.

해도 안 진 초저녁부터 티파니에 불러낸 뒤 말없이 술만 들이키는 우경의 행동에 진혁과 경현이 눈짓을 주고받았다.

'도대체 무슨 일이야?'

'내가 알겠냐?'

'연진이 일인가?'

'글쎄…….'

그렇게 우경의 눈치만 살피며 입을 열 타이밍을 노리고 있던 그들에게 효성이 다가와 눈치없이 먼저 말을 꺼냈다.

"여어, 우리 신 실장, 오늘 기분 꿀꿀하구나? 연진이한테 채이기라도 했냐?"

킬킬거리며 내뱉은 효성의 그 한마디에 우경의 동작이 그대로 얼어붙고 말았다. 심상치 않은 반응에 효성은 자신이 입을 잘못

놀렸구나 싶어 데구루루 눈알을 굴리며 눈치를 살폈다.

"오늘 연진이한테 남자를 소개시켜 주고 왔다."

한숨보단 심장 조각조각이 배어나올 것 같은 무거운 어조에 잔을 들던 진혁도, 눈싸움을 벌이던 효성과 경현도 멈칫하고 말았다.

"연진이한테 뭘 소개시켜 줘?"

뒤늦게야 그 말의 의미를 받아들인 경현이 비명처럼 소리 지르자 주변의 시선들이 그들의 테이블을 힐끔거렸다.

"왜, 그, 입학선물."

우경이 체념한 어조로 중얼거리자 그 말을 들은 경현은 과장된 몸짓으로 실망감을 표현했고, 진혁은 어이없다는 눈빛을 지었다.

"누굴 소개시켜 준 거야?"

어이없고 황망해하는 진혁과 경현 대신 효성이 눈치없이 나섰다.

"이유진. 이번 신당 총재를 맡은 이석주 의원 아들."

"그 이유진? 연진이랑 동창인 그 이유진?"

경현이 기억을 떠올리며 묻자 우경이 씁쓸한 표정으로 고개를 끄덕거렸다.

"연진이는 그 애를 싫어하지 않았나?"

가끔 연진이의 주변 이야기를 듣곤 하던 진혁이 사실을 짚어내었으나 우경은 애써 대수롭지 않은 표정으로 어깨를 으쓱였다.

"그래도 꽤 괜찮은 사내가 되어 있던데 뭘. 연진이도 새로운 시선으로 그 애를 볼 때도 됐어."

"하지만……."

무슨 말인가 불만스럽게 덧붙이는 효성의 말을 저지하며 우경은 잔을 들었다.

"그만 하자. 어쨌든 이젠 내 손에서 떠난 문제니까. 자, 술이나 마시자."

"술은 무슨……. 야, 너 뇌를 어디다 두고 다니냐? 그렇게 눈치가 없어?"

"뭘?"

길길이 날뛰는 경현의 반응이 이해가 가지 않는 듯 우경이 퉁명스럽게 대꾸했다.

"이 멍청아, 연진이는 널……."

그때였다. 누군가가 문을 걷어차는 과격한 행동을 보이며 티파니 안으로 들어온 것이다. 그리고 들어서는 사람을 발견한 경현은 입을 다물고 말았다.

씩씩거리며 티파니 문을 걷어차다시피 들어선 연진의 눈빛은 사냥감을 노리는 맹수의 그것과도 같았다. 명백한 살기로 번득이는 눈빛으로 홀 안을 샅샅이 훑어보는 그녀의 시야 끝에 목표물이 걸려들었다. 무장한 군인처럼 절제된 동작으로, 살기등등한 표정으로 다가가는 그녀를 먼저 발견한 경현과 진혁은 경계를 단단히 한 채 조심스럽게 자리를 뜰 준비를 하고 있었다. 효성은 이미 멀찍이 달아난 뒤였다. 등을 돌리고 있어 연진의 등장을 알아차리지 못했던 우경이 그들의 경계에 의아함을 느끼곤 고개를 돌리려는 순간 연진의 핸드백이 커다란 포물선을 그리며 4번 타자가 홈런을 칠 때의 시원한 포즈로, 우경의 뒤통수를 정확히 가격했다.

"이 썩을 놈아!"

동시에 터져 나온 연진의 욕설에 경현과 진혁은 재빠르게 자리에서 일어나 뒤로 물러섰다. 연진의 고함 소리와 난무하는 폭행에 한순간 바(Bar) 안에 침묵이 내려앉았다. 다들 숨죽인 시선으로 그녀의 동태에만 시선을 고정시켰다. 순식간에 뒤통수를 후려 맞은 우경은 반쯤 얼이 빠진 듯 보였지만 자신을 공격한 사람이 연진임을 알고는 별다른 제재를 가하지 않았다.

"이 나쁜 놈."

도대체 그 작은 핸드백에 무엇이 들어가 있는지 우경은 돌덩이라도 들은 것 같은 묵직한 공격에 움찔하면서도 그녀를 막아서지는 않았다. 화를 낼 것이라 이미 예상하고 있었기 때문이다. 연진이 싫어한다는 것은 알지만 아무리 생각해도 유진만한 남자가 없었기 때문에 우경으로서는 어쩔 수 없는 선택이었다. 그렇지만 이렇게까지 길길이 날뛸 줄은 예상하지 못해 조금 당황스럽긴 했다.

"연진아."

아무리 화를 내는 것이 당연하다고 생각하고 맞아주려고 해도 같은 자리를 때리고 또 때리면 아파서 참을 수가 없다. 결국 우경이 달래는 어투로 그녀를 부르자 눈에서 불을 내뿜듯 연진이 더욱 길길이 날뛰는 결과를 초래하고 말았다.

"내 이름 부르지도 마, 이 나쁜 놈아! 네가 그러고도 사내야? 어떻게 나한테 그럴 수가 있어!"

결국 보다 못한 진혁이—경현은 휘말리기 싫다고 멀찍이 떨어져서 구경하고 있기에—연진의 양팔을 붙잡으며 만류했다.

"꼬맹아, 그만 해라. 뭣 때문에 그렇게 화가 났는지 알지만······
으윽!"

눈앞에 별이 튄다는 말을 실감하게 된 진혁이 그만 연진의 팔을
놓치고 말았다. 화가 머리끝까지 치밀어 오른 연진이 자신을 방해
한 진혁의 발등을 뾰족한 구두 굽으로 힘껏 밟았기 때문이다.

"알면 방해하지 마. 이 망할 인간은 좀 맞아야 정신을 차릴 테니
까."

진혁의 손에서 자유로워진 연진이 다시 막무가내로 우경에게
핸드백을 휘두르자 이번엔 우경이 그녀의 양팔을 붙잡았다.

"그만 해라. 이쯤하면 많이 봐줬어. 너, 너무 버릇없이 구는 거
내가 네 삼촌 친구인 거 잊은 거니?"

평소와 달린 잔뜩 경직된 얼굴로 화를 내는 우경의 표정이 낯설
었다. 연진에게 발등이 찍혀 고통스러운 표정을 짓고 있던 진혁
도, 멀찍이 떨어진 곳에서 효성과 긴장한 표정으로 사태를 지켜보
고 있던 경현도 그런 우경에게 놀라고 있었다. 연진에게 화를 내
는 우경이라니, 상상도 해본 적 없는 일이 실제로 일어나고 있었
다.

생전 처음으로 자신에게 언성을 높이는 우경을 바라보는 연진
의 눈동자가 불안하게 움직였다. 그러더니 더더욱 놀랄 만한 일이
벌어지고 있었다.

"아, 아저씨가······. 흑, 아저씨가 나쁜 거야."

커다란 연진의 눈동자에 눈물이 그렁그렁 맺히더니 결국 서럽

게 울어댔다. 그런 연진의 행동에 우경도, 진혁도, 경현도 깜짝 놀라고 말았다.

"아저씨가, 흑, 아저씨가 나쁜 거야."

굵은 눈물을 뚝뚝 흘리며 너무도 서럽게 울음을 터뜨리자 우경은 어찌할 바를 몰라 쩔쩔매며 도움을 바라는 눈길로 진혁과 경현을 돌아보았다. 정말 놀랐다는 듯 반쯤 넋이 나가 보이는 진혁과 눈을 휘둥그레 뜨며 오히려 우경을 돌아보며 어떻게 해보라는 경현의 비협조적인 태도에 우경은 한숨을 내쉬었다.

"연진아."

결국 연진을 부드럽게 달래며 쉼없이 떨어지는 눈물을 두 손으로 닦아주자 기다렸다는 듯 연진이 우경의 품으로 쏘옥 들어왔다. 그러더니 더욱 큰 소리로 펑펑 울기 시작했다.

"엉엉, 아, 아저씨, 미워!"

우경의 가슴에 얼굴을 묻은 연진은 마스카라가 번지는 것도 아랑곳하지 않고 펑펑 울어댔다. 거의 숨넘어갈 만큼 울어대면서도 우경이 밉다고만 반복하는 연진의 행동에 진혁은 어이가 없는지 헛웃음을 지었다.

우경은 그의 옷자락을 생명줄마냥 붙잡으며 서럽게 울어대는 연진을 어찌해야 할지 몰라 황망한 표정을 지었다.

우는 애를 안아서 다독거려 줄 수도, 그렇다고 매정하게 떼어낼 수도 없어 우왕좌왕하는 우경의 마음을 훤히 들여다보고 있던 진혁이 눈짓으로 나가라는 신호를 보냈다. 그 신호를 접수한 우경이 연진을 데리고 나가려고 했으나 가슴 한가운데에 아교를 붙인 것처럼 딱 달라붙어 울고 있는 그녀를 어떻게 데리고 나가야 할지 몰라 머뭇거렸다. 어깨에 손을 얹고 데리고 나가자니 끌어안은 형상이 되어버리고, 그렇다고 우는 애를 억지로 떨어뜨려 놓고 데리고 나가자니 마음이 좋지 않았다.

연진의 어깨 부근에서 머뭇거리는 우경의 손짓이 그의 고뇌를 알려주는 듯해 진혁은 못 말리겠다는 듯이 고개를 살래살래 흔들며 양손으로 들어 올리는 제스처를 취하며 눈치를 줬다. 한참을 머뭇거리던 우경은 두 눈을 한번 질끈 감고 재빨리 연진을 안아 들었다. 순식간에 공주님 안기로 안겨 버린 연진은 재빠르게 우경의 목에 넝쿨처럼 팔을 단단히 감고 그의 어깨에 얼굴을 묻고 계속 훌쩍거렸다.

우경이 연진을 안고 티파니를 빠져나가자 진혁과 경현의 입에서 안도의 한숨이 흘러나왔다. 그러나 그것도 잠시, 우경의 어깨 너머로 눈만 빼꼼히 내밀던 연진이 두 주먹을 위협적으로 휘두르며 두 사람의 입단속을 강요하면서 사라졌다.

우경과 연진이 사라진 지 한참 시간이 흐른 뒤에야 진혁과 경현은 긴장을 풀 수가 있었다.

"아무튼 주연진, 못 말리는 건 알아줘야 해."

질렸다는 듯 경현이 진절머리를 치며 자리로 다가오자 진혁은 말없이 가만히 그를 바라보다 예고도 없이 그의 옆구리를 주먹으로 찌르고 말았다.

"컥! 야, 이게 무슨 짓이야?"

예상치 못한 공격을 받고 경현이 펄쩍 뛰자 진혁은 예의 그 담담한 표정으로 대꾸했다.

"너도 피해 하나쯤은 받아야지."

아까 전에 연진에게 발등을 찍힌 것이 한스러운지 경현에게 화풀이를 서슴지 않는 진혁이었다. 그런 친구의 행동에 경현은 어이없다는 표정으로 아픈 옆구리를 움켜잡았다.

"흑흑……."

좀처럼 울음을 그치지 않는 연진 때문에 우경은 마음이 편치 않았다. 그나마 차에 태우려고 해도 감았던 팔을 풀지 않고 오히려더 바짝 조이며 매달리는 통에 내려놓지도 못하고 있었다.

"그래, 그래. 아저씨가 잘못했어."

결국은 연진의 울음을 그치려는 노력을 포기하고 그저 알아서멈춰주기만 간곡히 바랄 뿐이었다. 그러나 한 번 안긴 연진이 떨어질 생각을 하지 않자 혹시나 아는 사람들 눈에 띄지 않을까 슬슬 걱정스러웠다.

"연진아, 우리 우선 차에 타서 얘기하자. 응?"

"싫어! 엉엉엉~"

혹시나 누가 볼세라 우경이 조바심을 치며 연진을 달래보지만그때마다 울음소리만 더 요란해질 뿐이었다.

"그, 그래. 그래. 자아, 착하지."

늘 대차고 영악한 행동만 하던 그녀인지라 이렇게 분별력을 잃고 울어 젖히는 모습에 그녀를 냉정하게 대하겠다는 우경의 의지는 온데간데없이 사라져 버렸다.

"아, 아저씨, 아저씨, 미워."

하도 울어대느라 숨을 헐떡이면서도 그가 밉다는 소리를 여전히 해대는 연진을 보면서 우경은 쓰게 미소 지을 수밖에 없었다.

"그래, 내가 잘못했어."

아직도 흘릴 눈물이 남았는지 연신 울어대는 연진의 등을 힘껏 끌어안으며 미안한 마음을 솔직히 털어놓았다. 말로는 친구의 조카다, 아끼는 아이다, 라고 하면서도 그녀를 여자로 보고 있는, 볼 수밖에 없는, 포기할 수 없는 자신의 나약한 마음을 나무라면서 잠시나마 그녀의 온기를 한껏 끌어안았다.

연진의 탐스러운 머릿결에 얼굴을 묻으며 마찬가지로 그녀의 체취를 숨죽여 들이키고 있는 그의 시야에 한 사내가 들어왔다. 우경에게 정중히 인사한 그는 뒷좌석의 문을 열어주었다.

"민 이사님께서 보내셨습니다."

보지 않고도 그의 상황을 훤히 꿰뚫고 있는 친구의 영민함에 우경은 고마움과 민망함을 동시에 느꼈다. 사랑스럽기는 하지만 도통 떨어지지 않으려 하는 연진을 내내 안고 있자니 서서히 땀이 나기 시작하고 다리가 후들거리던 참이었다. 기사가 열어준 뒷좌석에 연진을 안은 채 올라타 기사에게 열쇠를 건넸다. 물론 연진의 머리가 부딪치지 않도록 조심하는 배려를 잊지 않았다. 조심스레 뒷좌석 문을 닫아준 기사는 차체를 돌아 운전석으로 들어왔다.

"그럼 어디로 모실까요?"

룸미러를 통해 행선지를 묻는 기사의 말에 우경은 잠시 머뭇거렸다. 이 상태로 집으로 보내자니 다들 걱정할 것이 분명했기 때문이다.

"나 이대로, 집에 못 가. 씨, 씻고 들어갈래."

기사의 말을 들었는지 연진이 우경의 어깨에서 살짝 고개를 들고 아직 코맹맹이 목소리로 말했다. 그의 목에 감은 팔에 힘을 주며 고집을 부리자 우경은 할 수 없다는 듯이 행선지를 말했다.

"대한호텔로 가주세요."

시트에 몸을 기댄 우경은 자신의 가슴에 얼굴을 묻고 있는 연진의 정수리를 내려다보며 한숨을 삼켰다.

"연진아."

"싫어, 싫어. 아저씨하고 말 안 할 거야."

그의 가슴에 얼굴을 묻은 연진이 아이처럼 도리질을 치며 고집스레 대화를 거부하자 우경의 입에서 힘겨운 한숨이 새어나왔다.

"내가 잘못했어. 하지만 먼저 남자를 소개시켜 달라고 한 건 너였잖아."

"아저씨 미워."

고집스럽게 밉다는 말만 되풀이하는 연진 때문에 가슴이 답답해졌다. 아니, 사실은 딱히 그 이유 때문만은 아니었다. 외부와 단절된 차의 뒷좌석에 연진을 끌어안은 채 앉아 있는 그 순간부터 고문이 시작되고 있었다. 부드럽고 말랑거리는 여체가 그의 가슴과 허벅지에 몸을 기대고 있는데, 그것도 사랑스러운 여자가 달콤한 여자의 향기를 내뿜으며 안겨 있는데, 피가 역류하는 남자가 아닌 이상 흥분되지 않을 수가 없지 않은가?

울음도 이젠 잦아들었는지 훌쩍거리는 소리가 작아지자 우경은 더 이상의 충동을 참을 수가 없는지 연진을 떼어놓으려고 했다.

"연진아, 이제 그만……."

곤란해하며 그녀를 떼어놓으려는 그의 속내를 눈치 챘는지 우경의 목에 감긴 연진의 팔에 힘이 들어갔다. 덕분에 난감한 것은 우경이다. 점점 더 진해지는 연진의 향기에 아랫도리는 후끈 달아오르기 시작하는데, 눈치가 없는지 고집쟁이 주연진은 도통 그의 무릎에서 내려올 생각을 하지 않았다. 이러다가 흥분한 상태를 들킬지도 몰라 우경은 더욱 안절부절못했다.

"연진아, 그만……."

"아저씨, 미워."

마치 주문처럼 그 말이 연진을 떼어놓으려는 우경의 행동을 가로막았다. 원망이 그득한 그 한마디에 속절없이 나약해져 버린 우경은 될 대로 돼라, 라는 심정으로 한숨만 가득 가득 삼키며 연진의 등을 토닥거렸다.

대한호텔 정문에 차를 댄 기사가 뒷문을 열어주자 우경은 한숨을 삼키며 연진을 안은 채 차에서 내렸다. 이내 그를 발견한 호텔보이가 눈을 동그랗게 뜨고 몸에 배인 직업정신으로 그들에게 문을 열어주었다. 로비로 들어설수록 그가 아는 얼굴들이 속속들이 눈에 들어오고 그들의 황망한 표정까지 보너스로 따라붙었다. 호기심과 흥미가 뒤섞인 시선들을 모두 무시한 채 우경은 프런트로 다가갔다. 의아해하는 지배인의 표정에 속으로 더욱 한숨을 깊게 내쉬며 어렵사리 말을 꺼냈다.

"키 하나만 주세요."

얼굴을 붉힌 채 힘겹게 말하는 우경이 안쓰러운지 지배인은 가타부타 말없이 재빨리 스위트룸의 키를 그에게 건네주었다. 연진을 안고 있느라 새끼손가락에 겨우 열쇠를 받아 든 우경은 가까스로 감사의 미소를 지으며 엘리베이터를 향해 발을 옮겼다.

엘리베이터를 탈 때까지 로비 안에 있는 모든 사람들의 시선을 견뎌야만 했던 우경과 달리 연진은 그의 가슴에 고개를 푹 숙인 채 사람들의 시선을 무시했다. 도대체 무슨 생각을 하고 있는지 우경은 슬쩍 연진의 정수리를 내려다보았다. 이젠 어느 정도 울음을 그쳐 작게 훌쩍거리는 소리만 났다.

엘리베이터에서 내린 우경은 방 앞에서 문을 여느라 진땀을 뺐다. 연진이 떨어질 생각을 하지 않아서 그녀를 안은 채로 문을 열어야 했기 때문이다.

"연진아, 이제 그만 내려오지 않을래?"

방 안으로 들어선 우경이 희망 어린 표정으로 간청했다. 그러자 그의 어깨에 여전히 얼굴을 묻고 있던 연진이 조그맣게 웅얼거렸다.

"욕실 앞까지 데려다 줘."

고개를 들지 못하는 연진의 주문에 운 것이 부끄러워서 그런 것이라 생각한 우경이 다시 욕실까지 그녀를 안은 채 걸어갔다.

"자, 다 왔어."

욕실 앞에 다다르자 그제야 연진이 우경의 품에서 내려올 기미를 보였다. 그러나 얼굴은 여전히 그의 가슴에 묻은 채 느릿느릿하게 바닥에 발을 디디더니 깜짝 놀랄 만큼 빠른 속도로 욕실 안으로 사라져 버렸다. 홀로 남은 우경은 황망한 표정을 지었지만 이내 이해한다는 듯 피식 웃고 말았다. 그리고 가슴 아래를 보고는 어쩔 수 없다며 허탈한 표정으로 웃고 말았다. 티파니에서만 해도 깔끔하던 그의 군청색 양복 재킷이 파우더와 눈물, 그 외 정체를 알 수 없는 끈적끈적한 반짝이로 얼룩져 있었기 때문이다. 허탈한 미소와 함께 상의를 벗은 우경은 여태까지 연진을 안고 있느라 뻐근해진 팔을 주무르며 그녀가 욕실에서 나오기만을 기다렸다.

그러나 생각보다 시간이 오래 걸리자 기다리다 지친 우경이 잠시 쉴까 싶어 침대에 살짝 누웠다가 깜박 잠이 들고 말았다. 잠결에 멀리서 문이 달칵 하고 열리는 소리가 들리면서 선잠이 깨기 시작했다. 일어나야지 하고 생각만 하고 있는데 다가온 상큼한 물 내음에 정신이 화들짝 깨고 말았다.

"깼어?"

뜨헉.

눈앞이 그늘지는 느낌에 연진이 가까이 왔구나 싶어 눈을 뜬 우경은 상상도 못한 광경에 머리칼이 삐쭉 솟을 만큼 펄쩍 뛰고 말았다.

"너, 너, 너! 오, 옷차림이 왜 그래!"

"뭐가?"

연진이 우경을 향해 몸을 숙이자 입고 있는 가운이 벌어져 가슴 굴곡이 고스란히 보였다. 그 사실을 지적하며 펄쩍 뛰는 우경에게 연진은 대수롭지 않은 듯 오히려 반문했다.

"이 바보가……."

"누가 누굴 보고 바보라고 부르는지 모르겠네. 자아, 그럼 아저씨? 나랑 진지하게 이야기나 한번 나눠볼까?"

"내가 너랑 무슨 이야기를 나눠?"

화끈거리는 얼굴을 다른 쪽으로 돌리며 퉁명스럽게 소리치는 바람에 연진의 눈빛이 심상치 않게 변하는 것을 보지 못했다.

"그런가? 하긴 굳이 이야기를 할 필요는 없지."

연진의 대답을 들은 우경은 이제 그녀가 화가 풀렸구나 싶었다. 그런데 그의 허벅지 위로 다리를 요염하게 벌리고 앉는 것이 아닌가? 더 기절하겠는 건, 그야말로 혼비백산하여 소스라치게 놀라는 우경의 반응은 아랑곳하지 않고 그의 넥타이를 푸는 그녀의 행동이었다.

"여, 연진아?"

"가만히 좀 있어봐."

당황하는 우경의 만류를 뿌리친 연진은 그의 넥타이를 풀더니 이번엔 셔츠 단추를 풀었다.

"자, 잠깐만. 너 지금 뭐 하는 거야?"

그야말로 눈이 획획 돌아갈 정도로 당황해하는 우경에게 연진은 담백한 표정으로 설명했다.

"옷 벗기기."

"왜, 왜?"

"왜긴 왜야? 섹스하려고."

누군가가 텔레포트로 그를 북극으로 데려다 놓은 것마냥 우경은 순식간에 얼어버리고 말았다. 그러거나 말거나 연진은 신경 쓰지 않고 그의 셔츠를 벗기는 일에 주력하고 있었다.

"잠시만!"

가까스로 정신을 차린 우경이 연진의 두 손을 잡아채며 황급히 소리쳤다.

"뭐라고? 섹스?"

"응."

더할 나위 없이 담백한 대답에 우경은 잠시 자신이 외계인에게 납치된 것이 아닌가 착각이 들 정도로 정신이 나가 버렸다.

"왜에?"

한참 만에야 다시 지구로 돌아온 우경이 기겁한 표정으로 묻자 연진은 천천히 고개를 갸웃거렸다.

"나랑 하기 싫어?"

"싫지 않…… 아, 아니, 그게 아니라……."

성급하게 속마음을 드러낼 뻔했지만 이내 수습하고 이성적으로 대처하려 한 우경의 노력은 연진의 행동에 의해 가로막혀졌다. 연진은 우경의 손을 뿌리치곤 다시 그의 셔츠 단추를 풀어헤쳤다.

"안 돼, 안 돼! 절대 안 돼!"

필사적으로 방어하며 결사반대를 외치는 우경을 물끄러미 바라보던 연진은 아예 그의 셔츠를 양쪽으로 잡아뜯어 버렸다. 후드득하는 거친 소리와 함께 단추 몇 개가 여기저기로 튕겨 나갔다.

"허억!"

숨넘어가는 소리와 함께 양손으로 가슴을 가리는 우경에게 팔을 뻗어 그의 목을 안은 연진은 살짝 내리깐 눈동자로 그를 그윽하게 바라보았다. 농염하게 빛나는 촉촉한 눈빛에 홀린 우경은 서서히 다가오는 분홍색의 입술이 자신의 입술에 닿자 온몸이 노곤하게 녹아내리는 기분이 들었다.

"연진아."

"쉬이."

입술이 맞닿은 상태에서 우경은 몽롱하게 그녀의 이름을 불렀다. 마치 언젠가부터 꾸던 꿈인 것 같은 기분에 정신이 혼미해졌다. 부드러운 감촉은 먹어도, 먹어도 사라지지 않는 솜사탕처럼 만족을 주는 동시에 허기지게 만들었다.

조그마한 혀가 톡톡 건드리는 장난에 넘어가 버린 우경은 자신이 울면서 묶어놓은 이성의 끈을 연진이 아예 불 질러 태워 버리고 있다는 사실을 모른 채 다급하게 연진의 입술을 탐하기 시작했다. 마치 갓난아이가 엄마 젖을 갈구하는 것처럼 연진의 입술을 탐욕스럽게 헤집었다. 한 번 불타기 시작한 이성의 끈이 점점 사라지면서 우경의 손길은 거침없이 연진의 가운 안으로 들어가 탐스러운 가슴을 움켜잡았다. 얼마나 세게 잡았는지 만족스러운 얼굴로 키스를 하고 있던 연진이 움찔할 정도였다. 그 순간 우경은 자신이 불태우고 있는 이성의 끈에 황급히 물을 부어 소화(消火)했다. 정신을 차리고 보니 자신과의 키스로 연진의 입술은 타액 범벅이 돼 있었고, 자신의 손은 염치도 모르고 연진의 가슴을 주물거리고 있었다.

"뜨헉!"

놀란 우경이 황급히 손을 빼며 당황해하는데도 연진은 도리어 왜 그러냐는 듯한 시선만 보내고 있었다.

"우, 우린 이러면 안 돼!"

"왜?"

태평스러운 연진의 반문에 우경은 마땅히 대답할 말을 찾지 못했다.

"넌…… 그래, 넌 내 친구의 조카야."

"그게 어때서? 그래서 아저씨랑 나랑 피가 섞이기라도 했어?"

"그건 아니지만……."

"내가 미성년자야?"

"아니지만……."

"나 몰래 결혼했어?"

"아니지만……."

"혹시 남자 취향이야?"

"그건 아니다!"

"그럼 뭐가 문제야?"

구구절절 맞는 말이긴 하지만 문제가 아예 없다고도 할 수가 없었다. 미연이 자신에게 와서 뭐라고 했던가? 나이 차이가 너무 난다고 하지 않았던가? 솔직히 삼촌과 조카 사이로 보기에 딱이지, 누가 연인 사이로 보겠는가?

"연진아, 그래도 다른 사람들은……."

"다른 사람들이 무슨 상관이야? 아저씨, 나 사랑하잖아."

어떻게든 연진을 설득하려던 우경은 덤덤하게 사실을 지적하는 연진의 말에 잠시 머리가 멍해졌다. 1초가 지나고, 10초가 지나면서 우경의 얼굴이 서서히 달아오르기 시작했다.

"네가 그걸 어떻게 알았어!"

거의 울먹거리는 수준으로 소리치자 연진은 대수롭지 않은 듯 어깨를 으쓱였다.

"내가 모를 거라고 생각한 이유는 또 뭐야?"

그쯤 되자 우경은 완전히 약자의 입장에 처해지고 말았다.

"자아, 그러니까 얌전히 옷을 벗으라고."

시무룩해져 있는 우경에게 연진은 앙큼한 눈빛으로 그의 셔츠를 마저 벗기려 했다.

"그래도 안 돼!"

"아씨, 또 왜?"

필사적으로 안 된다고 소리치는 우경의 행동에 슬슬 짜증이 나는지 연진이 험악하게 소리쳤다.

"나, 난 널 여자로 보면 안 돼."

"그 무슨 귀신 다리 긁는 소리야? 헛소리 그만 하고 얌전히 옷이나 벗어."

이젠 더 이상 참아줄 수가 없는지 연진이 우악스러운 손길로 우경의 옷자락을 벗기려고 애를 썼다.

"안 돼! 절대 안 돼! 너하고 난 이런 사이가 되면 안 된단 말이야."

필사적으로 옷자락을 붙잡으며 '안 돼!'만을 외치는 우경에게

지쳤는지 연진은 붙잡고 있던 그의 셔츠를 확 놓으며 고함을 빽
질렀다.

"뭐가 안 돼!"

이렇게 육탄 공격을 하는데도 안 돼 라는 소리만 입에 달고 있
는 우경을 보니 복장이 뒤집어졌다. 고집스럽게 방어하는 그가 너
무 원망스러워 연진은 홧김에 그를 떠밀더니 자리에서 일어나 버
렸다.

"왜 안 되는 건데? 아저씨, 나 사랑하잖아. 나 좋아하잖아."

"연진아."

길길이 날뛰는 연진을 달래려 우경은 흐트러진 옷자락을 한 손
으로 쥔 채 쩔쩔매며 애원했다.

"내가! 이 주연진이 신우경이란 남자한테 매달리는데!"

악을 지르듯 속내를 드러내 보일 뻔한 연진은 답답하고 야속한
마음에 원망스럽게 그를 향해 쏘아붙였다.

"됐어. 이젠 나도 싫어. 죽어도 나랑은 안 된다는 남자, 이젠 나
도 싫어."

연진이 자신을 놓아주니 안도의 숨을 쉬어야 정상이겠지만 우
경은 싫다고 소리치며 침실로 들어가 버리는 그녀의 눈가에 비친
눈물을 분명히 보고야 말았다. 원망스럽게 바라보는 그 눈빛은 우
경의 이성을 흔들어놓기에 충분했다.

여기저기 뜯긴 단추로 인해 원래의 모습을 찾기에 무리인 셔츠
를 대충 정리한 우경은 침실 밖에서 머뭇거렸다. 혼자 있게 내버
려 두고 자신은 떠나야 하는 게 옳은 일이겠지만 왠지 그러기가

쉽지 않았다.

"연진아."

닫힌 침실문 밖에서 우경은 조심스럽게 그녀의 이름을 불렀다. 어찌할까 머뭇거리는 그의 귀에 아주 작게 훌쩍거리는 소리가 들렸다. 그 소리를 듣는 순간 우경은 도저히 그냥 떠날 수가 없어 조심스럽게 문을 열고 안으로 들어갔다.

"연진아."

"나가!"

침대 위에 시트를 둘러쓴 채 웅크리고 있는 연진의 모습이 보였다. 숨죽여 울고 있는 연진의 모습에서 우경은 이루 말할 수 없는 죄책감을 느끼곤 그녀 곁으로 다가갔다.

"당장 나가!"

"연진아."

도저히 연진의 생각을 알 수가 없어 답답한 우경이다. 자신은 연진을 사랑해도 너무 많이 차이 나는 나이 때문에, 친구의 조카라는 현실 때문에라도 손을 내밀 수가 없지만 연진은 도대체 무슨 생각으로 이러는지 이해할 수가 없었다.

"이러지 말자. 넌 아직 어리고……."

"집어치워. 아저씨가 미우니까 그딴 위로 따윈 집어치우라고!"

우경이 조심스럽게 말을 건네자 돌돌 말고 있던 시트 밖으로 고개를 내민 연진이 베개를 집어 들더니 그를 향해 휘두르기 시작했다.

"나 사랑한다며? 나 사랑하는데 뭐가 문제가 되는데? 다른 사람들 시선이 왜 중요한데?"

"여, 연진아."

"미워, 미워 죽겠단 말이야."

눈물범벅이 된 연진이 사정없이 휘두르는 베개에 얻어맞으면서 우경은 어렴풋이 느끼는 것이 있었다.

"미워, 아저씨가 미워. 정말 미워 죽겠어."

어디서 그런 용기가 났는지 알 수는 없지만 우경은 베개를 휘두르는 연진의 손을 잡아채고 초조한 표정으로 물었다.

"너, 설마 날 조, 좋아하니?"

씩씩거리던 연진이 서서히 입을 다물고 원망이 가득한 시선으로 그를 노려보았다. 좋아하는데, 사랑하는데, 이 남자 외엔 다른 남자는 눈에도 안 들어오는데, 이 작은 가슴이 터져 나갈 만큼 가득한 감정들로 숨이 막힐 것 같은데 알아주지 않는 이 남자가 너무 원망스럽다.

"미워, 정말 미워."

한참 만에야 꺼낸 그 말에 우경은 실망하지 않았다. 말과 달리 그를 바라보는 눈빛은 전혀 그렇지 않기 때문이었다. 온전히 자신을 바라보는 연진의 시선에 우경은 그동안 알아보지 못했던 감정들을 속속들이 읽을 수 있었다. 밉다고 말하는 연진의 말은 좋아한다는 반어법. 왜 몰랐을까? 그렇게 유혹하며 다가오는데도 왜 몰랐을까?

"연진아."

이제야 그녀의 감정을 알아주는 둔탱이에게 안기면서 연진은 입술을 삐죽거렸다.

"정말이지 아저씨 같은 둔탱이는 처음이야."

"미안……."

"정말 미워 죽겠어."

밉다고 말하면서도 우경에게 안겨드는 연진은 그와 떨어지기 싫은 듯 그의 옷자락을 단단히 잡고 놓아주지 않았다.

"그랬구나. 이제야 알아차려서 미안해."

"그런 둔치에게 반한 내가 잘못이지."

툴툴거리면서도 그의 가슴에 얼굴을 파묻는 연진의 입가는 만족스럽게 올라가고 있었다. 만약 우경이 그녀의 말대로 진짜 떠났다면……. 그 뒤엔 연진의 잔혹한 상상이 이어졌다. 다행히 그가 떠나지 않고 남아 있어줘서 고맙고 다행이었다. 하지만 이상하게도 속마음은 사랑으로 가득, 붕붕 뜨는데 막상 본인 앞에서 그 말을 하기가 왜 그렇게 쑥스러운지 알 수가 없었다. 그래도 조만간 분명하게 말해줘야지. 사랑한다고.

11 | 겨울 11일

"이게, 이게 무슨······."

나이를 먹을 대로 먹은 아들 녀석이 외박했다는 사실에 크게 신경 쓰지는 않았지만—사실 드디어 여자가 생긴 것인가 하고 기뻤다는 점이 더 컸지만—전날 호텔에서 생긴 일을 듣고 누군가가 보고해 준 말을 듣고 부랴부랴 호텔로 달려온 덕규였다. 지배인을 다그쳐 알아본 바 정말로 우경이 연진을 안고 호텔방으로 들어갔다는 것이었다. 그것도 아침이 되어도 나오지 않고 있다는 말에 기가 막힌 덕규는 지배인을 앞장세워 룸으로 달려온 것이다.

닫힌 침실을 열어젖힌 덕규는 자신 앞에 펼쳐진 현실에 망연자실해 자신도 모르게 벼락같이 고함을 내지르고 말았다.

"이게 무슨 짓이야?"

한참 단잠에 빠져 있던 우경과 연진은 천둥 같은 고함 소리에 화들짝 놀라 잠에서 깨어나고 말았다.

"아, 아버지?"

"엄마야!"

반쯤 얼이 빠진 얼굴을 한 우경이 침실문 쪽에서 부들부들 떨고 있는 자신의 아버지를 발견하곤 허둥지둥 몸을 일으켰다. 그러다 가운이 끌려가 벗겨져 버려 연진이 발가벗고 있는 것이나 다름없어지자 황급히 시트를 들어 그녀를 먼저 가렸다.

"너, 너희들⋯⋯."

손가락으로 그들을 가리키며 충격에서 헤어나지 못하고 있는 덕규에게 연진이 시트 사이로 고개를 빼꼼이 내밀로 한마디 했다.

"저희 옷부터 입을게요. 나가 계시면 안 돼요?"

옷을 입고 있기는 하지만 앞섶이 훤히 드러나 있는 아들과 시트에 감겨 있다지만 조금 전에 알몸에 가까운 가운 차림이었던 연진을 떠올리자 덕규는 붉어진 낯으로 헛기침만 하며 시선을 돌렸다. 덕규가 침실을 나가자마자 우경은 곤란한 표정으로 양손으로 머리를 감싸 쥐었다.

"아악, 우리가 여기 있는 것을 아버지가 어떻게 아신 거지?"

"우선은 그게 문제가 아니잖아, 아저씨. 일이 이렇게 됐는데 또 발뺌할 거야?"

"발뺌이라니?"

영문을 모르겠다는 표정으로 고개를 치켜든 우경의 입술에 가볍게 입 맞춘 연진은 시트로 몸을 가린 채 욕실로 사라졌다.

"이제 아저씨는 나한테서 도망 못 간다고."

사라지기 전 연진이 지은 의미심장한 미소에 영문을 모르던 우경은 한참 뒤에 그 말의 의미를 깨닫고는 불타는 것처럼 새빨갛게 타오르는 자신의 얼굴을 두 손으로 감추었다.

"맙소사."

골치 아프게 됐지만 나쁘지만은 않았다. 그런데 어쩌다가 잠이 든 거지?

등 뒤로 욕실 문을 닫고 만족스럽게 미소 짓고는 있지만 연진의 얼굴은 분명 새빨갛게 달아올라 있었다. 세면대로 가 자신의 얼굴을 확인해도 분명했다. 간밤의 일을 떠올리는 연진의 입가에 미소가 새록새록 피어나기 시작했다.

그러니까…….

"이제 그만 울고 집에 가야지."

한참을 품에 기대어 울던 연진을 달래며 우경이 입을 열자 가슴에 얼굴을 묻고 있던 연진이 고개를 치켜들고 불만스럽게 입을 내밀었다.

"말도 안 돼! 그냥 간다고?"

"그, 그럼?"

연진은 떨떠름해하는 우경을 살짝 흘겨보고는 침대에 앉아 그더러 앉으라는 듯 옆 자리를 툭툭 쳤다. 우경이 엉거주춤 옆 자리에 앉아 경계 어린 표정으로 바라보고 있자 연진은 그의 팔에 폴짝 매달려 칭얼거렸다.

"정말 그냥 가는 거야?"

일부러 우경의 팔에 가슴을 밀착시켜 문지르자 그의 얼굴이 보란 듯이 새빨갛게 달아올랐다.

"그, 그건……."

당황해서 아무 말도 못하는 그를 보며 연진은 엉큼한 속내를 숨긴 채 겉으로는 아쉬운 얼굴로 칭얼거렸다.

"정말로?"

망설이는 기색이 역력해 연진은 조금만 더 재촉하면 우경이 넘어올지도 모른다고 생각했다.

"그래, 그냥 가야 돼."

그러나 돌아오는 대답은 의외로 단호했다.

"왜?"

이해할 수 없다, 연진이 미간을 찡그리며 반문하자 우경은 머뭇거리면서도 분명하게 대답했다.

"내가 널 좋아하는 것은 사실이지만, 그렇다고 이런 일은 좀 이르잖니."

"뭐가?"

여전히 융통성없는 성격이라며 연진이 툴툴거려도 우경은 뜻을 굽히지 않았다.

"넌 스스로 성인이 되었다 생각하지만 성인이 된다는 것이 단순히 나이만 먹었다는 걸 말하는 게 아니야. 남들이 널 보고 어른이 되었다고 말해서 네가 어른이 됐다는 것도 아니야. 아, 그렇다고 아직 어린애라는 건 아니고……."

연진이 오해할까 봐 마지막 말은 황급히 덧붙였다.

"단지 너무 조바심치는 것이 아닌가 나는 걱정이 돼서 그래. 사실 나도 널 안고 싶어. 네게 키스하고 싶고, 내 품에 가두고 숨 막힐 만큼 힘껏 안고 싶어. 하지만 넌……."

우경은 손을 들어 아직 보드라운 연진의 뺨을 천천히 쓸어내렸다.

"이제 막 알에서 깨어난 병아리가, 난 병아리가 아니고 닭이야 라고 말하는 것 같아서 걱정이 돼. 게다가 너무 소중해서, 아직도 내 어린 공주님 같아서 함부로 건드릴 수도 없다."

"아저씨."

금세라도 깨어지지 않을까 조심스러운 눈길로 바라보는 우경의 표정이 사랑스러워 연진은 더 이상 그를 재촉할 수가 없었다. 그 온전한 숭배의 시선에 연진은 재촉하던 자신이 오히려 부끄러워져 손가락을 꼼지락거렸다.

"알았어. 그럼 더 이상 같이 자자고 안 할게. 대신에 조금만 더 있다가 가. 응? 얘기도 더 하고……."

조금이라도 더 같이 있고 싶어하는 마음은 우경도 똑같았기 때문에 잠시 망설이다 결국 그러자고 할 수밖에 없었다. 그래서 둘은 침대 위에서 도란도란 이야기를 나누다가 그만 잠이 들고 만 것이었다.

거실에서 초조하게 둘이 나오기만을 기다리던 덕규는 어색한 모습으로 침실 밖을 나오는 두 사람을 발견하고는 당장 앉으라고 재촉했다. 쭈뼛거리며 자리에 앉는 우경과 달리 연진은 새치름하니 고개를 치켜들고 덕규를 똑바로 바라보고 있었다.

"흠, 너희들 어떤 사이인 거냐? 설마 경솔한 관계는 아니겠지?"

번뜩이는 시선은 우경에게 향했지만 연진에게 건네는 목소리는 사뭇 부드러웠다. 무언가 꿍꿍이가 가득한 덕규의 눈빛을 낚아챈 우경은 자리가 불안해져 재빨리 나서려 했지만 연진이 한발 빨랐다.

"저희 사귀는 사이예요."

연진의 대답에 우경의 얼굴이 새빨갛게 달아올랐고, 연진은 생글거리며 덕규에게 보란 듯이 우경의 팔을 붙잡아 끌어안았다. 그녀의 대답에 덕규는 속으로 '좋았어'를 외쳤다. 지난번 사무실에서 연진을 봤을 때부터 둘의 관계를 의심하던 참이라 더욱 반가웠다. 반갑게 눈을 반짝이는 덕규의 표정을 본 연진은 더욱 의기양양해서 재잘거렸다.

"우경 아저씨가 절 너무 좋아해서 제가 클 때까지 기다렸대요. 아저…… 아니지, 이젠 아버님이라고 불러도 되죠?"

악의라고는 전혀 느낄 수 없는 순진한 얼굴로 방긋 웃으며 묻는 연진이 귀여운지 덕규는 자신도 모르게 따라 싱글벙글 웃다가 이게 아니지라는 생각에 표정을 가다듬었다.

"그래, 아버님이라……. 험험, 그게 아니라 그럼 둘이 결혼까지 할 생각이 있다는 것이냐?"

일부러 엄한 표정을 짓고는 있지만 덕규의 눈빛이 짓궂게 빛나고 있음을 알아차린 우경은 등 뒤로 굵은 땀방울이 송골송골 맺혀

굴러 떨어지는 것을 느꼈다. 어째서인지 세 사람 중 초조해하는 사람은 자신뿐인 것만 같아 답답했다. 평소 그렇게 영악스럽게 굴던 연진이 왜 이렇게 철없는 아이처럼 구는지 속이 새까맣게 타들어갈 지경이다. 결혼이라니? 이제 연애도 시작할까 말까 한데 벌써 결혼 이야기라니……. 연진이가 너무 놀라 싫다고 하지 않을까 걱정된 우경과 달리 그녀는 살포시 얼굴을 붉히며 쑥스러워하고 있었다.

"그런데 연진아, 우리 우경이가 나이가 쬐끔 많은데 괜찮니?"

엄지와 검지를 들어 보이며 아주 쬐끔이라고 표현하는 덕규의 말에 우경은 허탈한 표정이었다.

'아버지, 열세 살 차이가 쬐끔입니까?'

"에이, 그래도 정신연령은 제가 더 높아서 괜찮아요."

연진이 피식 웃으며 손사래를 치자 덕규는 그런 그녀가 귀여운지 너털웃음을 터뜨렸다.

"허허, 그래? 하긴 우리 우경이도 슬슬 자식 볼 나이가 됐지."

덕규가 슬그머니 우경의 눈치를 살피며 얄밉게 이죽거리자 우경은 뒤로 넘어가고 싶은 심정이 되어버렸다.

'아버지, 연진이는 이제 스무 살도…….'

소리없는 우경의 항의를 순식간에 잠재운 것은 연진의 당돌한 말 한마디였다.

"그래서 조만간 약혼식부터 할까 해요."

그러나 폭탄을 투하한 장본인은 눈이 휘둥그레지는 두 남자의 반응 따윈 모른다는 듯이 생글거리기만 했다.

"……힘, 여, 연진아? 방금 뭐라고?"

"약혼식?"

멍하니 연진을 바라보는 두 남자의 얼빠진 표정이 우스운지 연진이 소리 죽여 웃음을 터뜨렸다.

"네. 우경 아저씨 나이도 있고 해서 서둘렀으면 좋겠지만 어른들 생각은 어떠신지 몰라서……. 그죠, 아저씨?"

자신이 한 말에 동의를 구하듯 연진은 우경에게 고개를 돌려 싱긋 웃으며 슬며시 그의 옆구리를 사정없이 비틀어 버렸다. 이미 반쯤 넋이 나가 있던 우경은 살이 비틀리는 아픔에 자신도 모르게 신음을 터뜨렸다.

"아앗, 그…… 그래."

엉겁결에 동의하고 만 우경의 반응에 연진은 그제야 만족스럽다는 듯이 가만히 웃었고 둘을 지켜보던 덕규는 흐음 하고 묘한 신음만 흘렸다.

나이 차이가 많이 나기도 하고, 그가 기억하기로는 연진의 삼촌이 우경과 친구라 했다. 게다가 얼마 전까지만 해도 수험생이었던 연진의 신분을 떠올리면 둘이 본격적으로 사귄 지는 얼마 되지 않았다는 말이 된다. 아직 얼떨떨해 보이는 어수룩한 자신의 아들이 저기 여우 꼬리 살랑이며 웃고 있는 연진에게 홀라당 넘어간 것이 분명했다. 그렇지만 불쾌하다거나 기분이 나쁘다기보다는 꽤나 흥미진진하다고 그는 슬그머니 턱을 어루만지며 생각했다. 같이 밤을 보낸 것도 우경이 아닌 연진의 생각이 분명해 보였다. 서른이 넘어도 데려오는 여자 하나 없던 아들이 이제 막 어린티를 벗은 여자애한테 휘둘려 약혼식이란 말이 나오자 세상사 오래 살고 봐야 한다는 생각이 들었다.

"흠, 그런데 벌써부터 우경이 놈에게 매여 살기엔 네 나이가 너무 젊지 않니?"

덕규가 에둘러 네 나이가 너무 어리다고 말하자 연진은 천연덕스러운 얼굴로 대답했다.

"옛날 같았으면 애 서넛은 낳았을 나이인데요 뭘. 게다가 우경 아저씨가 제가 다른 남.자.한테 가는 것을 지켜보겠어요?"

"커험."

어제 유진과의 자리를 주선한 일을 아직도 마음에 두고 있는지 약간 가시 돋친 어투로 말한 연진이 우경을 살짝 흘겨보았다. 그러자 난감해진 우경이 딴 곳을 보는 척 시선을 돌렸다. 삶은 문어보다 더 붉어진 얼굴로 연진에게 속내를 들킨 민망함을 고스란히 드러내 보이자 지켜보던 덕규가 오히려 민망함을 느낄 지경이었다.

'저 의뭉스러운 놈 같으니라고. 저렇게 어린애를 호시탐탐 노리고 있었단 말이냐? 아무리 내 아들이라지만, 사내란 동물은 역시 믿을 게 못 돼.'

덕규의 나지막이 혀를 차는 행동과 네 속내를 다 알아차렸다며 보내오는 은근한 눈빛에 우경은 자신의 속내가 낱낱이 까발려졌다는 생각에 더욱 얼굴을 붉히고 한없이 추락하고 있었다.

"그럼 연진아, 진짜 저놈이랑 결혼이라도 할 생각이냐?"

부러움 반, 대견함 반으로 우경에게 눈을 흘기던 덕규가 재차 확인을 하자 연진은 대답에 앞서 오히려 그를 빤히 쳐다보았다.

"말해봐, 나 아닌 다른 여자랑 결혼해서 행복할 수 있다고 생각해?"

그의 감정에 너무 자신하는 연진의 말투가 뻔뻔스러웠지만 우경은 아무것도 느낄 수가 없었다. 언제나 그저 지켜만 봐야 하는 공주님이라고 생각했던 연진이다. 자신이 감히 손대기엔 너무 어리고 소중해서 차마 쳐다보는 것만으로도 죄책감이 느껴질 정도였다.

어차피 연진이 안 되기에 적당히 어울리는 다른 여자와 결혼을 해야겠다 반쯤 체념하던 그에게 닥친 이 행운은 행복하다기보다는 무섭게 느껴질 정도였다. 누군가가 어디선가 갑자기 튀어나와 '네, 여기까지입니다. 이 모든 것은 거짓말입니다' 라고 말할 것만 같아 머리가 어지러웠다. 그러나 자신의 눈을 똑바로 쳐다보며 진지하게 대답을 기다리는 연진을 보자 완전히는 아니지만 어느 정도 두려움이 사라졌다. 이미 그녀의 마음도 확인했다. 어차피 안 된다고 생각했지만 마음속에서 넘쳐 나는 이 감정들을 숨기기에는 버거웠다. 거짓이어도 좋다. 감추고, 억눌렀던 그의 감정을 한 번이라도 제대로 드러내고 싶었다.

"널 사랑해. 너랑 결혼하고 싶어."

내심 우경의 대답이 걱정되었던 모양이다. 솔직히 그녀를 사랑한다고 결혼하고 싶다고 말하자 아닌 척했지만 연진의 마음이 한결 가벼워졌다. 솔직해서 귀엽고 순진해서 사랑스러운 우경의 발언에 연진은 벌어지는 입가를 단속하지 못하고 그의 가슴에 살짝 머리를 기대며 만족스럽게 한껏 미소를 지었다. 속에 품고만 있던 감정을 완전히 드러내 보이자 우경은 벅차오르는 감격에 덕규가 한자리에 있다는 사실도 잊은 채 연진에게 키스하려 고개를 숙였다.

"커험, 그럼 난 이만 가보마."

스스로의 만족감에 도취되었던 연진마저 덕규의 존재를 잠시 망각하고 말았다. 새빨갛게 얼굴을 물들이며 당황스러워하는 우경과 달리 연진은 뻔뻔신공을 익힌 덕분에 태연한 얼굴로 덕규를 보낼 수 있었다.

"네, 아버님. 살펴 가세요."

"흠흠, 조만간 부모님께 편한 날에 만나자고 전하거라."

"그럴게요."

얼굴이 터질 것처럼 붉게 물든 아들과 달리 조금의 쑥스러움도 내비치지 않는 연진의 대조적인 모습에 덕규는 어울리지 않는 것 같으면서도 잘 어울리는 한 쌍이라는 생각이 들었다. 아직 고개도 못 든 채 땀만 삐질삐질 흘리는 아들과 얼른 나가주시라는 압박을 강력히 내보이는 연진의 눈빛에 덕규는 떠밀리다시피 룸에서 나올 수밖에 없었다.

"거참, 내 아들놈이 기가 약한 것이 아니라 며느릿감이 드센 것이구면."

덩치와는 달리 소심하고 섬세한 아들이 늘 못마땅하던 덕규였다. 호텔을 맡기려고 단단히 교육을 시켰지만 늘상 그릇이 작은 것이 마음에 들지 않았다. 그래서 며느릿감은 조금 당차고 주관이

뚜렷했으면 싶었지만 너무 기가 세면 아들이 기를 못 펼까 그것도 걱정스러웠다. 연진은 어떻게 보면 너무 기가 세고 오만해 보일 수 있겠지만 아직 나이도 어리니까 차츰 융통성을 배우면 되겠다 싶었다. 우경이 연진에게 폭 빠져 있긴 하지만 은근히 고집은 센 놈이니 느긋한 심성으로 연진을 잘 다독여 줄 것이라 믿었다.

"가만, 우경이 놈 말고 연진이를 후계자로 내세워?"

당돌하면서도 똘망똘망한 눈동자를 떠올리자 그것도 괜찮겠다 싶었다. 게다가 호텔경영학을 전공한다지?

연락도 없이 외박한 연진을 집에 데려다 주면서 간 김에 인사를 드릴 계획을 세웠다. 엉망이 된 셔츠는 프런트에 부탁해서 새것으로 갈아입은 후 옷매무새를 바로 하고 단단히 마음을 먹은 다음 연진의 손을 잡았다.

"갈까?"

"응."

자신을 올려다보는 연진의 두 눈동자에 가득 담긴 애정이 오롯이 보여 우경의 마음을 든든하게 만들었다. 로비로 내려온 그들에게 쏠리는 시선이 부담스러웠지만 연진은 아랑곳하지 않고 우경의 팔짱을 다정히 낀 채 걸어갔다.

단단히 닫힌 연진네 현관 앞에서 연신 넥타이를 만지작거리며 긴장을 늦추지 못하는 우경이 안쓰러운지 연진이 그를 돌려 세웠다. 그리고 자꾸만 만져 대는 넥타이를 가다듬어 주고 양복의 주름을 손으로 탁탁 펴주며 흐뭇함을 감추지 않았다.

"뉘 집 자식인지 진짜 훤칠하네."

우경을 위아래로 훑어내리며 연진이 탄성을 터뜨리자 쑥스러움
에 우경의 얼굴이 붉게 달아올랐다.

"무, 무슨……."

"왜 그렇게 긴장한 거야?"

숨도 제대로 못 쉴 만큼 얼어붙은 우경의 팔에 자신의 팔을 끼
워 넣고 연진이 짐짓 순진하게 물었다. 1m도 채 남지 않은 연진이
네 집 대문을 앞에 두고 우경의 초조한 마음이 손에 잡힐 듯 훤히
들여다보였다.

"나, 나 정말 괜찮을까? 저기, 연진아, 우리 다시 생각하면 안
될까?"

"뭐야?"

혼란스러움과 긴장감으로 정신이 혼미해져 있는 우경의 말에
연진이 잔뜩 가라앉은 목소리로 분위기를 얼어붙게 만들었다. 그
러나 긴장으로 인해 정신이 팽팽 돌고 있는 우경의 눈엔 그런 연
진의 상태가 보일 리 없었다.

"저기, 아무리 생각해도 나 들어가면 안 될 것 같아. 나, 나 같은
놈한테 너 못 준다고 그러시면 어쩌지? 저기 연진아, 우, 우리 말
이야."

"헛소리 그만 하고 얼른 안 들어가?"

두려움에 잔뜩 질려 버린 우경이 한심한지 연진은 가차없이 그
의 팔을 잡아끌었다.

"여, 연진아, 나 무…… 무서운데……."

눈꼬리를 한껏 내리며 낑낑거리는 우경의 모습에 한숨이 나오면서도 귀여워서 연진은 저도 모르게 데리고 도망가고 싶었다.

'쓰읍, 어디 으슥한 곳으로 끌고 가?'

저렇게 순진한 눈망울로 바들바들 떠는 모습이 연진의 가학적 성품을 한껏 자극하고 있었다.

"그럼 들어가지 말고 우리 다시 호텔로 돌아가서 오붓하게 밤을 지새워 볼까?"

은근한 연진의 손길이 우경의 양복 상의에 들어가서 유혹적으로 그의 가슴을 어루만지자 반쯤 외출했던 그의 혼백이 돌아왔다. 노골적인 유혹이자 협박에 우경은 황급히 정신을 차렸다.

"아, 아, 아니야. 드, 드, 들어가자."

잠시간의 그녀의 손길에 그만 달아올라 버린 우경은 당혹스러운 마음을 감추려고 호기롭게 안으로 발을 들이밀었다. 그러나 마음과는 달리 뻣뻣하게 얼어붙은 다리는 부들부들 떨며 조금도 움직이지 못했다. 그 모습에 쯧 하고 혀를 찬 연진이 의미심장한 눈빛으로 그를 벽으로 와락 밀어버렸다.

"긴장 좀 풀어."

등 뒤에 닿은 차가운 벽과 따끔한 감촉에 우경이 살짝 눈살을 찌푸리는데 놀람을 표하기도 전에 연진의 입술이 그의 입술로 찾아들었다. 기운 내라는 의미로 가볍게 입술만 가볍게 부딪칠 생각이었지만 겁먹은 듯 주춤거리는 우경의 반응에 장난기가 발동하고 말았다. 살짝 아랫입술을 깨물며 흠칫 하고 도망가 버린 우경의 혀를 찾아내 짓궂게 건드렸다.

"크흠."

서로만을 느끼며 움직이던 시간은 누군가의 불편한 헛기침에 산산조각 깨어졌다. 제정신으로 돌아와 놀란 마음에 황급히 떨어지던 우경과 달리 연진은 아쉬움이 가득한 표정으로 방해꾼을 노려보았다.

"대문 앞에서 잘하는 짓이다."

끈끈이주걱처럼 달라붙지 못해 안달난 커플을 노려보던 경현이 대문을 열면서 삐죽하니 한마디 던졌다.

"어디 나가?"

"나가긴 어딜 나가? 너 기다린다고 나와 있던 거지. 쪼끄만 게 연락도 없이 외박이야. 내가 잘 얼버무려 놔서 다행인 줄 알아."

"뭐라고 그랬는데?"

"리포트 자료 때문에 도서관에서 밤샌다고 말해놨어."

"오, 우리 막내삼촌 착하네. 잘했어."

아이를 어르는 것처럼 연진이 경현의 머리 위로 손을 뻗자 경현이 짐짓 짜증스럽게 소리쳤다.

"에잇, 이게 어디서 어른을 어린애 취급이야! 그런데 우경인 왜 같이 왔어? 같이 밤샌 거 고백이라도 하게?"

"어떻게 알았어?"

놀리듯 연진이 반문하자 경현이 얄밉다는 눈초리로 흘겨보았다.

"우리 결혼할 거야."

당당하게 선언하는 연진의 말에 경현의 눈이 서서히 커지더니 이윽고 잔뜩 일그러진 얼굴로 우경과 연진을 번갈아가며 손가락질을 했다.

"뭐? 뭘 해? 둘이 뭘 한다고?"

"들어가자."

충격에 휩싸여 말까지 더듬는 경현을 내버려 둔 채 연진은 우경의 팔을 잡아 이끌었다.

"어? 어, 어."

결국 연진에게 끌려가다시피 집 안으로 들어선 우경은 거실에 자리하고 있는 어른들을 보고 바짝 긴장하기 시작했다.

"아, 안녕하십니까?"

연진과 함께 집 안으로 들어오는 우경을 발견한 성 회장과 민우는 의아한 표정을 지었지만 이내 반갑게 맞이했다.

"오, 신 군 아닌가? 어쩐 일로 이 시간에…… 연진이와 함께 온 건가?"

성 회장이 우경의 옆에서 함께 들어오는 연진을 발견하고 묻자 부엌에서 점심을 준비하던 미연이 나왔다.

"연진이 너, 이리 못 와? 아무리 학교 리포트가 중요하다지만 외박이 뭐니?"

괘씸하단 얼굴로 연진을 나무라던 미연은 우경과 나란히 서 있는 그녀의 모습에 흠칫하고 긴장했다.

"뭐니, 너희들?"

이미 우경을 몰래 만났던 미연으로서는 이상하게 불길한 느낌이 들어 초조한 시선으로 그들을 바라보았다.

연진은 생글생글 웃는 얼굴로 주위를 둘러보며 천천히 폭탄을 거실에 투하했다.

"저희 결혼할래요."

시간이 멈춘 것 같은 장면이었다. 초조한 표정을 짓고 있던 미연의 표정이 그대로 굳었고, 성 회장과 주 사장 역시 벌린 입을 다물지 못했다. 이미 먼저 들은 경현은 현관에 쪼그려 앉아 앞으로 닥칠 음울한 집안 분위기를 예상하며 숨을 죽였다. 그나마 연진의 할머니인 진영은 어느 정도 짐작하고 있었는지 다른 이들보단 태연함을 유지했다.

"누구랑 말이냐?"

그래서 아무렇지 않게 말을 꺼낼 수 있었다.

"우경 아저씨랑요."

"우경……?"

그제야 다들 정신이 드는지 그녀 옆에 서 있는 우경을 매섭게 노려보기 시작했다.

"너 설마 어젯밤 리포트 때문에 도서관에 있던 게 아니라……?"

미연은 끔찍하다는 얼굴로 숨을 죽였으나 연진은 경쾌한 목소리로 사실이라고 소리쳤다.

"맞아요, 어젯밤 내내 같이 있었어요!"

"오, 마이 갓!"

"말도 안 돼! 절대 안 돼!"

"경현이! 이 망할 놈은 어디 갔어?"

경현은 이미 현관 밖으로 빠져나간 뒤라 그를 불러도 대답이 없었다. 태연한 진영과 연진을 제외하고 우경은 머리를 쥐어뜯으며 사실을 부정하는 미연과 새파랗게 질린 얼굴로 절대 안 돼를 반복하는 민우, 노기 가득한 목소리로 막내아들을 불러대면서도 그를 향해 뿜어대는 성 회장의 분노의 시선을 감당해야만 했다.

"연진아, 너 이놈이 몇 살인지 알기나 하는 거니?"

지극히 딸을 사랑하는 아빠, 주민우가 거의 공포에 질린 표정으로 소리치자 연진은 어깨를 으쓱였다.

"경현 삼촌이랑 동갑이잖아요."

"너…… 너…… 연진이, 너…….."

성 회장은 뒷목을 잡고 말을 더듬자 진영이 가만히 손을 뻗어 그의 손등을 토닥거렸다. 진정하라는 의미지만 뭔가 의미심장한 손길이라 성 회장은 눈을 가늘게 뜨고 진영을 노려보았다.

"당신, 알고 있었어?!"

"흠."

진영이 짐짓 딴청을 부리자 민우도 다급하게 소리쳤다.

"장모님, 알고 계셨습니까? 그런데 왜 아무런 언질도 주지 않으셨어요?"

"주연진, 너…… 솔직히 말해. 정말 사고…… 친 거냐? 그런 거야?"

한편으로 미연은 두 손을 단단히 부둥켜 잡고 두려움이 가득한 표정으로 연진을 바라보았다. 그런 미연의 말에 다른 식구들도 얼어붙은 표정으로 연진의 입만 응시했다.

저런 표정들을 지으시면 왠지 기대에 부응하고 싶은데…….

불쑥 치솟는 사악한 심보가 꼬리를 살랑살랑 흔들었지만 연진은 고혈압이신 할아버지를 생각해서, 그리고 소심한 우경이 거기까진 아니란 얼굴로 고개를 절레절레 흔드는 바람에 어쩔 수 없이 다소곳하게 눈을 내리깔았다.

"설마요, 그렇지는 않아요. 다만! 저희 오랫동안 서로를 바라왔어요. 이미 우경 아저씨 아버님한테도 허락을 받았으니까 할아버지, 상견례 날짜 좀 잡아주세요. 우선 약혼식이라도 치러야 하지 않겠어요?"

"사…… 상견례?"

"상견례를 하자는 거니?"

눈이 휘둥그레지는 성 회장과 주 사장과는 달리 미연은 냉정을 되찾았는지 침착한 표정이다.

"네, 상견례요. 우경 오빠 아버님인 신 회장님께서도 좋은 날짜에 뵙자고 그러셨어요."

동의를 바라는 듯 연진이 우경을 올려다보자 우경은 심호흡을 하더니 넙죽 절을 올렸다.

"제가 많이 부족한 놈이라는 것은 압니다만, 누구보다 연진이 가장 소중하게 아껴주겠습니다. 제발 허락해 주십시오."

갑자기 거실 한복판에 불어닥친 북풍한설에 분위기가 매우 냉랭해져 버렸다.

우선 점심때가 다 되어가니 식사부터 하자는 진영의 중재에 분위기가 나아졌지만 소식을 들은 큰이모부 내외와 작은이모부 내

외가 허둥지둥 들이닥치면서 집안엔 다시 긴장감이 몰아치기 시작했다.

"그래, 우리 연진이랑 결혼을 하겠다고?"

먼저 말문을 연 것은 연진의 큰이모부 강하진이었다. 성문백화점 및 유통을 담당하고 있는 사람이다. 그리고 아들만 둘인 하진이라 조카딸인 연진을 자신의 아들보다 더 아끼기도 했다.

"아, 네. 그, 그렇습니다."

추궁하는 듯한 어조에 우경은 긴장을 늦출 수가 없었다.

'힘내시게, 친구. 난 아무 도움도 줄 수 없으니……'

한쪽 구석으로 밀려나 조용히 식사에 열중하는 경현은 속으로 우경에게 격려를 보냈다. 그는 정원에 숨어 있다가 사태가 가라앉을 때쯤 되니 슬그머니 나타나 아무렇지 않게 식사하는 자리에 끼어들었다. 성 회장과 주민우, 그리고 두 명의 이모부 앞에 놓인 우경은 상어 떼 앞에 놓인 길 잃은 아기 물개 같아 보였다. 안타까움에 눈물이 앞을 가려왔지만 구경하는 재미에, 그리고 그 상어 떼를 자신이 상대하게 될지도 모른다는 두려움에 과감하게 고개를 돌리는 결단을 내린 것이다.

"자네……."

"손녀사위, 이것 좀 먹어보게."

가시 박힌 말을 퍼부어주려던 하진의 입을 막고 진영이 우경의 밥 위에 소고기 산적을 한 점 올려놓았다.

"덩치가 산만하니, 많이 먹어야 되지 않나? 어서 먹게."

"아, 감사합니다. 할머님."

"그래그래, 많이 먹어. 사위 사랑은 장모라잖니."

우경에게 다정하게 웃어 보이던 진영이 미연을 흘낏 노려보며 중얼거렸다. 네 사위, 네가 안 챙길래? 진영의 말없는 협박에 미연은 입으로 들어가는 밥이 자갈같이 까실하게 느껴져 얹힐 것만 같았다. 도대체 뭐가 예쁘다고 챙겨주냔 말이다.

"흠흠, 많이 먹어요."

몰래 우경을 만났는데도 결국 일이 이렇게 되니 미연은 연진의 성질에 가만 안 있을 거란 생각에 떨떠름하지만 드러내 놓고 싫다고 하지 못했다.

"네, 장모님."

"쿨럭!"

결국 진영의 눈초리에 이기지 못하고 못마땅하지만 한마디 던지자 우경이 싹싹하게 웃으며 대꾸했다. 막내동생과 동갑에게 장모님 소리를 듣게 되니 미연은 정신이 혼미해질 지경이었다. 게다가 연진이 잘했다는 듯 응원의 표정을 보여주는 걸 보니 더 기가 막혔다. 잠시 '허, 참……' 하는 탄식이 식탁 위를 오르내렸다.

"누가 자네 장모……."

"참, 아빠. 이번에는 돈을 별로 많이 모으지 못했어요. 아빠가 지난번에 너무 많이 잃으셔서 승률이 좀처럼 오르지 않네요. 그래도 아빠가 적당히 즐기실 수 있을 만큼 게임머니는 모아놨으니까 마음껏 사용하세요."

어이가 없는지 말문이 쉽게 열리지 않던 민우는 거칠게 숨을 몰아쉬며 다그치려 했지만 연진의 공격에 되레 침몰당하고 말았다.

"여, 연진아."

"돈? 아이디? 설마 당신, 또 고스톱에 빠진 건 아니겠죠?"

능청스럽게 민우의 말을 자른 연진은 아무것도 모른다는 듯이 천진한 얼굴로 미연에게 비밀인 고스톱 이야기를 꺼냈다. 재미로 하는 인터넷 고스톱 게임이긴 하지만 밤까지 새가며 너무 열중하는 바람에 미연과 한바탕 난리가 난 전적이 있었다. 사업엔 재능이 있지만 묘하게 도박 운은 지지리도 없는 그인지라 사이버상에서도 도통 돈을 모으는 일이 드물었다. 그러다 보니 다른 식구들은 그가 실제로 도박에 손대지나 않을까 전전긍긍하는 중이라서 아직도 인터넷의 고스톱을 끊지 못한다는 사실이 알려지면 아주 곤란한 상황에 빠지게 되는 것이었다.

연진은 자신의 아버지를 믿었기에 자신의 아이디를 빌려주었지만 다른 식구들은 전혀 모르는 일이었다. 그 비밀을 연진은 교묘하게 주 사장의 입을 막는 데 써먹은 것이다. 덕분에 우경을 타박하려던 주 사장의 말은 쏙 들어가고 도리어 미연의 공격에 쩔쩔매는 일이 발생한 것이다.

사위의 공격이 무위에 돌아가자 이번엔 묵직하게 분위기를 잡고 있던 성 회장이 움직였다.

"그래, 자네가 우리 연진이랑 결혼을 하겠다고? 우리 경현이 친구인⋯⋯."

"할아버지, 그러고 보니 요새 할아버지한테서 담배 냄새가 나요. 설마 다시 담배 피우시는 건 아니시죠? 금연에 들어가신 지 얼마나 됐다고요."

"헉! 여, 연진아. 다, 담배 냄새라니? 이, 이 할애비 금연 중인 거 알잖니?"

마침 떠올랐다는 듯이 지나가는 말로 담배 이야기를 꺼내자 성 회장은 크게 당황했다.

"그래요? 제가 며칠 전에 서재에서 담배를 발견했었는데 할아버지 것이 아닌 모양이네요. 그럼 누구 거지? 아무리 봐도 할아버지가 애지중지하시던 쿠바산 시가 같던데……."

"아, 아니다. 난 절대 담배 안 피웠어!"

"그래요?"

성 회장은 두 손을 휘저으며 열심히 부정했지만 얌전한 연진의 미소가 의뭉스러웠다. 이윽고 옆 자리에서 고요히 피어오르는 진영의 살기에 성 회장은 금세 고양이 앞의 쥐 신세처럼 주눅이 들고 말았다.

"식사가 끝나고 봅시다."

나지막한 진영의 한마디에 우경을 구박하려던 성 회장의 기세도 한풀 꺾이고 말았다. 부인들의 눈치를 살피느라 기가 죽어버려 우경을 달달 볶으려던 계획이 어긋나자 이번에는 작은이모부, 선환이 칼을 들었다.

"그러고 보니 자네 나이도 만만치 않은데 우리 연진이 같은……."

"참, 이모부. 전에 아저씨네 호텔 놀러갔을 때 이모부 봤었는데, 팔짱 끼고 있던 그 여잔 누구예요?"

"허걱!"

"뭐얏?"

잦은 바람으로 작은이모의 속을 썩이는 작은이모부를 확실하게 격침시키자 더 이상의 공격은 없었다. 덕분에 연진은 우경과 희희낙락하며 평화롭게 점심 식사를 마칠 수가 있었다. 그리고 지그시 집안 남자들을 하나씩 노려보았다. 한 번만 더 우경에게 함부로 굴면 확 뒤집어엎는 수 있다는 그녀의 완강한 경고 어린 시선에 결국 다들 하늘을 바라보며 한숨을 내쉴 수밖에 없었다.

연진의 파상공격에 집안 사내들이 철저하게 패배당한 덕분에 평화롭게 식사를 마치고 차까지 얻어 마신 우경은 예상처럼 유혈 사태가 벌어지지 않자 안도의 숨을 돌렸다. 진영의 따뜻한 환대에 감사하며 연진의 배웅을 받으며 대문을 벗어난 우경은 초조한 마음을 감추지 못하고 속마음을 드러내 보았다.

"어른들의 반대가 역시나 심하네. 미안하다."

"아저씨가 미안할 게 뭐 있어? 다 저 속 좁은 노친네들 때문이지. 걱정하지 마. 무사히 결혼식 올릴 수 있을 테니까."

"……벌써부터 결혼 얘기는 너무 이르지 않을까?"

망설임이 묻어나는 우경의 말에 연진의 눈초리가 날카로워졌다.

"그래서 싫어?"

"그게 아니라 너한테 많은 기회를 빼앗는 게 아닌가 걱정이 돼서……."

식은땀을 흘리며 변명하는 우경의 넥타이를 잡아 자신의 얼굴 쪽으로 바짝 끌어당긴 연진은 생긋 웃으며 한마디 했다.

"달라지는 것은 아무것도 없어. 단지 남편이 생기는 것뿐이니까. 난 여전히 주연진이고, 아저씨는 여전히 신우경일 뿐이야. 함께 살아간다는 것 외에 달라지는 것은 아무것도 없어. 내가 하고 싶은 일 못하게 반대하거나 날 가둬두고 살 거야?"

황망히 도리질 치는 우경에 연진은 달콤한 미소를 보냈다.

"난 오히려 아저씨라는 둘도 없는 조력자를 얻었다고 생각하는데? 앞으로 내가 하는 일, 내가 하고 싶은 일에 조언도 해주고 기꺼이 부담도 나눠줄 것이라 생각하는데 아니었어?"

귀엽게 고개를 갸웃거리며 동의를 바라는 연진의 말에 우경은 조금씩 긴장을 풀며 그녀를 끌어안았다.

"맞아, 그렇게 할 거야."

"나도 아저씨 짐 나눠 들어줄 테니까 조금만 기다려."

"그래."

당차게 선언하는 연진의 말에 우경은 킥킥 웃으며 가슴 가득 그녀를 끌어안았다.

"아 참, 이걸 준다는 것을 깜박했다."

"뭔데?"

연진을 안을 때 가슴 부근에 딱딱한 상자의 감촉을 느낀 우경이 생각났다는 듯이 안쪽 주머니에 손을 집어넣었다. 우경이 꺼낸 파란색 상자를 받은 연진은 뜻밖이라는 듯 깜짝 놀란 표정으로 그를 바라보았다.

"열어봐."

조심스럽게 상자를 열자 하트 모양에 보석이 박힌 티파니 목걸이가 모습을 드러냈다.

"마음에 드니?"

"이거…… 나 주는 거야?"

감격해하는 연진의 표정에 우경은 쑥스러워 멋쩍게 뒤통수를 긁적거렸다.

"응, 좀 이르긴 하지만 화이트데이 선물이야."

줄을 조심스럽게 들어 올리자 황금색 하트가 영롱한 빛을 발하며 매달려 올라왔다.

"걸어줘."

환한 얼굴로 우경에게 도로 목걸이를 내민 뒤 연진이 등을 돌려 목덜미를 드러냈다. 걸쇠가 잘 안 잡혀 꼼지락거리던 우경은 가까스로 목걸이를 연진의 목에 걸어줄 수가 있었다.

"너무 예뻐. 고마워."

목에 걸린 목걸이를 내려다보며 행복한 표정을 짓던 연진이 순간 그의 입술을 훔쳤다.

"네가 좋아하니 다행이다."

이렇게 열렬한 반응을 얻어낼 것이라고는 생각 못했던 우경은 연진의 느닷없는 뽀뽀에 더욱 얼굴을 붉혔다.

"오늘은 이만 갈게."

쑥스러워진 우경이 그만 간다고 하자 연진은 아쉬운 표정으로 고개를 끄덕였다. 잠시 우경은 연진이 먼저 들어가는 것을 보겠다, 연진은 우경이 가는 것을 보고 들어가겠다 옥신각신하다 결국 연진이 대문 안에서 우경이 가는 것을 지켜보는 것으로 낙찰됐다.

우경의 차 소리가 점차 멀어지자 연인에 대한 애틋함으로 부드러웠던 연진의 얼굴이 뒤도는 순간 급속도록 굳어버렸다.

성큼성큼 발걸음을 놀려 힘껏 현관을 열어젖히고 안으로 들어선 연진이 분노한 얼굴로 거실에 모여 있던 집안 어른들을 노려보였다.

"내.가. 신우경이랑 결혼한댔지? 그런데 감히 우리 귀여운 자기를 괴롭히려고 들어?"

도끼눈 뜨고 거실로 들이닥친 연진의 무시무시한 분위기에 딸에게 약한 민우가 애처로운 목소리로 투덜거렸다.

"괴롭히다니. 연진아, 그놈이 잘못한 거다. 어디 산도적 같은 놈이 감히 우리……."

"아부지!"

잔뜩 가라앉은 목소리로 연진이 심상치 않은 눈빛으로 그를 노려보자 주 사장의 말이 쏘옥 들어가 버렸다.

"하얀 웨딩드레스 입은 내 손 잡고 식장 걸어 들어가고 싶다고 했지? 당장 상견례 날짜 안 잡으면 그 집으로 짐 싸 들어가서 동거할 테니까 그렇게 알아. 엄마, 배불러 식장에 들어갈까?"

"주연진, 너!"

"엄마도 했는데 나라고 못할 이유가 뭐 있어?"

협박이나 다름없는 연진의 선포에 민우는 거의 거품 물고 뒤로 넘어가는 분위기고, 미연은 얼굴을 붉힌 채 반박할 말을 잃고 말았다.

"글고 할아버지."

연진의 시선이 성 회장에게 향하자 그는 무슨 소리를 들을까 가슴이 덜컥 내려앉았다. 그러나 다행히 부모한테 했던 뾰족한 말투는 한결 누그러져 있었다.

"할아버지, 증손주가 보고 싶지 않으세요? 제가 낳은 아기라면 상당히 귀여울 것도 같은데……."

"손주?"

아기들을 유달리 좋아하는 성 회장이기에 길 가다가도 아기들만 보면 좋아서 발걸음을 멈추곤 했다. 연진은 그런 성 회장의 약점을 바로 찌른 것이다.

"네, 증손주. 올해 안에 결혼식 올리면 늦어도 내년엔 할아버지한테 증손주를 안겨줄 수 있을 텐데……."

살짝 말끝을 흐리며 성 회장의 반응을 살피는 연진의 모습에 민우는 뒷목을 잡고 쓰러졌다. 화색이 도는 성 회장의 표정에서 그의 마음이 기울어 버렸음을 알아차렸기 때문이다. 그리고 남은 두 이모부는 이미 성 회장이 연진의 회유에 넘어가 버렸다고 지끈거리는 머리를 부여잡았다.

"임자, 얼른 그쪽 집에 연락을……."

반색하며 진영에게 황급히 소리치는 성 회장에게 미연이 날카롭게 소리쳤다.

"아버지!"

귀 따가운 미연의 절규에 성 회장은 자신이 순간 넘어갔다는 사실을 떠올리며 끙 하고 신음을 흘렸다.

"그리고 큰이모, 내가 왜 호텔경영학과를 갔는지 알아? 졸업하면 내가 그 사람 대신 호텔 물려받을 계획이야."

현실주의자인 큰이모 미숙은 잠시 생각하더니 이내 긍정적으로 고개를 끄덕였다.

"잘했다. 그만한 거래면 나쁘지 않겠지."

"여보."

기가 막힌 하진이 그녀를 부르자 연진의 시선이 그에게 돌아갔다.

"이모부, 대세에 따르시죠."

소문난 공처가인 하진은 같은 의사를 보이는 미숙의 눈빛에 기어들어 가고 말았다.

"기가 막히군. 우경이가 너 그런 속셈인 거 알고는 있냐?"

한쪽 구석에서 가만히 있던 경현이 어이없단 표정으로 말을 꺼내자 연진은 의기양양한 표정으로 어깨를 으쓱였다.

"알면 어때? 어차피 원치 않는 후계자 자리잖아. 내가 대신 호텔 물려받고 우리 자기는 못다 한 공부 계속하게 밀어줄 거야."

"뭐? 야, 너……!"

놀라움을 드러내는 경현의 표정에 연진이 콧방귀를 뀌며 대꾸했다.

"내가 신우경에 대해 모르는 것이 있을 거라 생각했어?"

"하아?"

아주 오래전에 접은 우경의 꿈에 대해 아는 사람은 드물었다. 때론 경현조차 잊고 지내는 사실을 깜찍한 조카가 눈치 채고 미래까지 염두에 두고 있었다니 그야말로 경악할 노릇이었다.

"막둥이 삼촌은 친구의 고립을 모른 척한 죄가 있으니 알아서 기셔."

알았다는 대답 대신 경현은 두 손을 번쩍 들었다. 그저 철없이 우경을 쫓아다니는 줄로만 알았던 조카의 깊은 속내를 알게 된 것만으로도 경현은 이젠 진심으로 둘을 밀어주고 싶어졌다.

"그리고 작은이모, 이모는 알지? 내가 우리 자기를 얼마나 좋아하는지? 응? 반대하진 않을 거지?"

둘째 이모 미경에게 다가간 연진이 애처롭게 웃으며 투덜거리자 타고난 로맨티스트인 미경으로서는 굳이 반대할 이유를 찾을 수가 없었다. 좋아서 결혼하고 싶다는데 말릴 이유가 없었다. 미경마저 찬성하자 남은 사람은 작은이모부 선환이었다. 그러나 그에겐 말이 필요없었다. 이미 연진이 그의 바람의 증거를 들먹거리는 바람에 그저 살려만 줍쇼, 라며 납죽 몸을 낮추고 있었기 때문이다.

"작은이모부는…… 말 안 해도 아시죠?"

생긋 웃으며 돌아보는 그 사랑스럽지만 사악한 미소에 선환은 떨떠름하게 마주 웃을 수밖에 없었다.

"자아, 그럼 더 이상 저와 우경 오빠의 결혼에 이의는 없겠죠?"

만족스럽게 좌중을 둘러보는 연진의 눈빛은 반대하면 다 죽었어 라는 포스가 물씬 풍겨 나왔다. 육 년 만에 부활한 성문그룹 일가의 소(小) 독재자의 복귀전 무대는 그렇게 화려한 막을 내렸다.

아침 일찍부터 호텔에 나갔던 덕규가 생각보다 일찍 돌아오자 현정은 의아해하면서도 반갑게 맞이했다. 둘이 오붓하게 주말을 보내려던 계획이 틀어져서 토라졌었는데 그가 일찍 와서 기분이 조금 풀어졌다.

반갑게 맞이하는 아내의 모습을 유심히 살펴보자 처음 만났을 때만큼은 아니나 그 나이의 여성들에 비하면 아직은 곱기만 한 아내지만 세월의 흔적이 살포시 드러나 있자 덕규는 괜스레 마음이 짠해졌다. 게다가 하나뿐인 아들놈이 변변치 못해 다 늙은 나이에도 결혼할 여자도 데려오지 못하고 있으니 여린 아내의 속이 문드러졌을 것이라는 짐작에 한숨만 흘러나왔다. 그러나 이젠 그런 걱정도 끝이다.

"왜 그래요, 당신?"

일찍 돌아오더니 오자마자 자신을 물끄러미 바라만 보더니 이윽고 한숨을 내쉬자 현정은 어리둥절한 표정을 지었다. 그뿐이 아니라 가만히 손을 뻗어 자신의 손을 감싸 쥐는 것이 아닌가?

"당신, 놀라지 말고 침착하게 들어요."

"무슨 일이에요?"

사뭇 비장감이 감도는 남편의 표정에 현정의 가슴이 덜컥 내려 앉았다. 무슨 안 좋은 일이라도 생긴 것인가 두려운 마음이 들었다.

한참을 심각하게 어떻게 말을 꺼낼 것인가 고민하던 덕규의 입술이 드디어 달싹거렸다.

"우경이가……."

"우경이가 왜요?"

하나뿐인 아들의 신상에 무슨 일이 생긴 것은 아닐까 덜컥 겁에 질린 현정은 자신도 모르게 긴장으로 눈꼬리를 파르르 떨며 성마르게 소리쳤다.

"당신도 성문그룹의 성 회장님의 큰손녀 연진이 알죠?"

아들 이야기를 하다가 뜬금없이 성문그룹의 손녀 이야기가 나오자 바짝 긴장하고 있던 폐가 피시식하고 줄어들었다.

"연진이? 당연히 알죠. 우리 봉사회에 나오잖아요. 지난번엔 보영이도 데리고 오던걸요? 서툴러서 실수는 많지만 제법 야무진 아이예요. 그런데 그 애 이야기가 갑자기 왜 나와요?"

"당신이 보기에는 그 애가 어때요?"

"어떻다니요? 뭐, 이제 막 대학생이 돼서 그런지 좀 요란하게 꾸미는 것 같긴 하지만 그것도 한때니 나쁘진 않죠. 아이들하고도 잘 어울리는 것 같고, 성격도 활발하고, 제 할머니께 잘하는 것으로 보아 성미도 나쁘지는 않죠. 그런데 그 애가 왜요?"

얼마 전에 고아원에서 저지른 연진의 실수가 떠올라 현정이 살짝 웃다가 순간 무언가 석연치 않은 기분이 들어 의심스런 눈빛으로 덕규를 바라보았다. 설마하니 그 어린애를 우경을 짝으로 점지한 것은 아닌가 싶어 현정은 남편에게 쌍심지를 치켜올리며 단호하게 고개를 저었다.

"당신! 그 아이가 몇 살인지 알기나 해요? 아무리 우리 우경이가 당신 아들이라지만 그 앤 너무 어려요. 이제 막 고등학교를 졸업한 애를 어디 우리 우경이같이 나이 많은 애한테 붙여요? 절대 안 돼요! 그 집에다가 그런 말, 언급도 하지 말아요. 그 집 안부인

들었다가는 그야말로 숨넘어갈 테니까요."

"연진이가 먼저 꺼낸 말인데요?"

쉼 없이 따닥따닥 쏘아붙이는 아내의 말에 귀가 따가워진 덕규는 황급히 말을 덧붙였다. 그 덕분에 현정의 눈이 휘둥그레지고 말이 멈췄다.

"뭐라고요?"

믿기 힘든 표정의 현정을 보고 덕규도 낮에 연진을 봤을 때 느꼈던 황당함이 다시 떠올랐다. 당돌하게 웃으며 아버님이라고 불러도 되냐는 말이나 한 손에 우경을 쥐고 조몰거리는 영악한 모습에 흡족한 미소가 가득 피어올랐다. 호텔 룸에서 발견했다는 소리는 빼고 있는 사실만 털어놓았다.

"우경이 놈이 연진이랑 사귄다더군요. 우경이 나이도 있고 해서 약혼식을 서둘렀으면 좋겠다고 연진이가 그러던데, 당신 생각은 어때요?"

머릿속이 잠시 공황 상태가 되어버렸다. 지금 자신이 제대로 들었는지 의심스러웠다. 그 말을 입 밖으로 꺼냈는지 덕규가 웃으며 긍정했다.

"당신이 제대로 들은 것이 맞아요. 고 조그마한 여자 아이가 우리 우경이랑 결혼하고 싶다고 똑 부러지게 말합디다."

"……우경이는 뭐래요?"

아직도 믿기 어려운지 현정의 얼굴에는 혼란스러움이 가득했다.

"그놈이야 좋다고 입이 쩌억 벌어졌죠. 내가 그놈 얼굴이 그렇게 벌게지는 건 처음 봤다니까. 아무튼 굼벵이도 구르는 재주는 있다더니, 의뭉스러운 놈이 아니오? 그렇게 어린 여자애를 언제 낚아챘는지."

들떠 있는 덕규와는 달리 현정은 아직도 상황이 이해가 가지 않은 듯 기가 찬 표정이었다.

"음? 당신, 표정이 왜 그래요? 뭐가 마음에 안 들어요?"

가만히 생각해 보니 어느샌가 자신의 주변에서 자꾸만 보이던 연진이었다. 그 앙큼한 미소 너머에 이런 속셈이 있었나 싶어 현정은 어처구니가 없었다. 너무 어리게만 봐 그 속내를 제대로 파악하지 못한 자신이 한심스러웠지만 그 어린것이 자신의 주변을 맴돈 이유를 깨닫고 나니 그저 웃음밖에 안 나왔다.

기가 막힌 듯 픽픽 웃고 있는 현정의 모습에 반대는 없다고 생각한 덕규가 다정스레 그녀를 끌어안았다.

"어이쿠, 잘못하면 우리 이 여사가 조만간 할머니 소리를 듣게 생겼군요."

"이이가……."

끔찍하다는 듯이 남편을 떠밀었지만 표정은 웃고 있었다.

"건배!"

그날 저녁 티파니에 다시 모인 네 남자의 분위기는 일주일 전과 판이하게 달라져 있었다.

"이야, 정말 세상사 새옹지마라더니 그 말이 딱이네. 일주일 전에 너 어땠냐? 연진이한테 남자 소개시켜 줬다며 울상으로 널브러져 있었잖아. 그런데 오늘은 완전 새신랑이네."

"그러게 말이야. 저놈이 연진이랑 밤새고 와서 결혼하겠다고 넙죽 절을 올릴 줄 누가 알았겠냐?"

효성과 경현이 번갈아가며 놀려대도 우경은 마냥 좋은지 히죽히죽 웃기만 했다.

"그래, 좋다 이거지."

입을 다물 줄 모르는 우경이 한심한 듯 효성이 이죽거렸다.

"어쨌든 축하한다. 결국 연진이와 결혼하는구나."

개중에 제일 정상적인 말을 꺼낸 것은 진혁이었다.

"그래, 고맙다."

사실 아직 많이 불안하고 실감도 나지 않는 터라 진혁의 축하가 마음을 무척이나 든든하게 해주었다.

"야, 우리 내기할까?"

뜬금없이 꺼낸 효성의 제안에 다들 시선이 모였다.

"신우경과 주연진의 결혼 생활이 얼마 만에 깨질지 말이야."

"오옷, 그거 좋다."

이것들이…….

축하는 못해줄망정 얼마 만에 깨질지부터 내기하는 효성과 경현을 노려보며 우경은 정말이지 교우 관계가 잘못되었다고 절실하게 후회하기 시작했다.

"일주일 만에 깨진다. 아무래도 연진이가 신혼여행 다녀와서 체력적으로 달리는 우경을 걷어찰 것 같아."

효성의 의견이었다. 여기서 체력적으로 달린다는 말에 우경의 주먹이 움찔했다.

"난 최소한 한 달은 되지 않을까 싶다. 아마 연진이를 유부녀라고 생각하지 못하고 쫓아다니는 다른 젊은 남자들 때문에 의처증에 걸려 볶아대다가 연진이에게 이혼당한다, 어때?"

"오오, 그것도 괜찮다."

경현의 의견에 효성이 맞장구를 쳤다. 이쯤 되자 우경은 이마에 힘줄까지 빠직 하고 솟으며 두 사람에 대한 살기를 모락모락 피워 댔다.

"이것들이……."

"난 이혼 안 한다."

이를 갈며 우경이 분노를 드러낼 참에 진혁이 끼어들었다. 뜻밖의 반대 의견에 효성과 경현은 의아한 듯, 우경은 고마운 듯 진혁을 바라보았다.

"아마 한 일 년쯤 살다가, 이때쯤이면 아이도 있겠지, 연진이 결혼을 후회해도 우경이 발목 잡고 버리지 말라고 애원해서 결국 정에 약한 연진이 그냥 같이 산다."

그러나 결국 브루투스는 브루투스였다.

"크하하하하, 그것도 괜찮다."

박장대소하며 테이블 위에 쓰러져 웃고 있는 효성과 경현을 보며 이젠 주먹을 날릴 생각도 들지 않았다. 대신 심각한 회의에 빠져 버렸다. 왜 이런 놈들과 친구가 된 것일까 하는…….

"하긴 그렇긴 해도 역시 우경이는 연진이랑 이혼하면 안 돼."

결국 정신을 차렸는지 경현이 진지하게 한마디 했다. 그제야 제대로 된 말을 듣겠구나 싶었던 우경의 희망을 가차없이 짓밟는 경현이다.

"왜냐하면 연진이랑 결혼한 순간부터 우경인 내 조카사위가 되는 것이거든. 켈켈켈, 넌 이제부터 날 삼촌이라고 불러야 돼."

이 철없는 놈을 어찌해야 좋을지 우경은 말 그대로 눈앞이 막막해졌다.

"뭐라고?"

지글지글 소리를 내며 상 한가운데를 떠억하니 차지한 장어구
이를 한 점 집어 왼손 위의 깻잎에 얹으며 조그맣게 쌈을 싸 입 안
으로 집어넣었다. 단둘뿐인 고적한 방 안인지라 주령의 새된 소리
는 이내 메아리가 되어 그녀에게 돌아왔다. 생각보다 높게 나온
자신의 목소리에 주령은 말을 꺼내고도 머쓱했는지 낮게 기침을
터뜨렸다.

목소리의 반동을 미리 예상하고 있던 연진은 싱긋 웃으며 입 안
의 음식을 씹는 데 열중했다.

"정말이니? 정말 신 실장과 결혼한다고?"

연진은 대답 대신 손가락으로 V 자를 만들며 으스댔다.

"정말 속도 한번 빠르구나."

감탄을 금치 못하는 주령에게 연진은 활짝 웃어 보였다.

"그러니까 제 결혼식 때 언니가 부케 받아주셔야 돼요."

"응?"

뜻밖인 듯 주령의 얼굴이 일그러졌다.

"왜요?"

"아니, 나보다 다른 사람더러 받으라 하지?"

"제 주위엔 다 제 또래뿐이에요. 언니가 그나마 결혼할 가능성
이 제일 높다구요."

"난 패스."

딱 잘라 말하고는 주령은 식사하는 데 집중했다.

"그런 게 어딨어요?"

토라진 연진이 툴툴거리자 주령은 안경 너머로 눈을 빛내며 부
드럽게 미소 지었다.

"어쨌든 축하한다."

입가까지 살짝 말려 올라간, 주령의 보기 드문 미소가 순식간에
나타났다 사라지자 연진은 안타까워 발을 동동 굴렸다.

"앗, 아까워라. 언니, 좀 더 웃어봐요. 언닌 웃으면 정말 귀여운
데……."

"이 나이에 귀여워 봤자 무슨 쓸모가 있다고."

시선을 매정하게 내리깐 주령은 등을 꼿꼿하게 세우곤 다시 젓
가락을 놀리기 시작했다. 속내를 쉽사리 드러내지 않는 주령의 모
습이 연진은 사뭇 안타까웠다.

주령은 무척이나 두꺼운 화장으로 자신을 감추고, 딱딱한 뿔테 안경을 씀으로써 우아하고 이지적인 눈을 감추고, 딱딱한 말투로 낭랑한 음성을 가리고, 흐트러짐없는 단정한 단발머리를 고수하여 상대방에게 냉정한 이미지를 심어주었다. 게다가 무채색 외에 색깔 있는 옷을 입는 걸 한 번도 본 적이 없다. 연진은 언제나 상중인 듯 시커먼 색으로 무장한 주령을 이해할 수가 없었다. 조금만 생각을 바꾸면 삶이 좀 더 즐겁고 풍요롭게 느껴질 텐데…….간혹 자신도 모르게 흘리는 작은 미소가 얼마나 순수하고 사랑스럽다는 것을 모르는지, 연진은 자신을 감추기만 하는 주령이 답답하기만 했다. 이제 우경과의 일은 일단락되었다는 생각에 연진은 슬그머니 다른 속셈이 생겼다.

"무슨 소리! 여자는 나이완 상관없다고요. 그리고 언니 나이가 어때서요? 이제 겨우 서른셋이잖아요."

"벌써 서른셋이지."

한 마디 한 마디 생동감있는 연진의 말이 끝나자 이내 담담한 주령의 목소리가 뒤를 이었다.

"어휴, '겨우'라니까요."

아무리 생각해도 주령이 자신의 인생을 너무 진지하게 받아들인다며 연진이 답답해진 마음에 가슴을 치며 고집을 부리자 다시금 주령의 입가에 미미한 미소가 피어올랐다.

"상견례 날짜는 잡았어?"

"뭐, 그건 조만간 할 거래요. 아마도 우리 부모님들께선 결혼식 날짜를 천천히 잡고 싶어하시겠지만 할머니께 부탁드려서 최대한

빨리 잡을 계획이에요."

"그래?"

연진은 문득 주령이 분홍색 초생강을 집어먹는 것을 바라보며 살짝 눈살을 찌푸렸다. 주령이 초생강을 별로 좋아하지 않는다는 것을 아는데 왜 싫어하는 것을 굳이 먹는지 이해가 가지 않았다.

"계속 물어보려 했는데 언닌 초생강을 왜 먹어요? 안 좋아하잖아요."

연진의 질문에 주령은 생강의 씁쓸하고 매운맛에도 불구하고 살짝 웃었다.

"그래, 좋아하지 않지. 고추냉이의 매운맛과는 다른 씁쓸한 이 매운맛이 싫어. 하지만 말이다, 자극이 없다면 이 부드러운 장어구이는 결국 느글거리는 느끼함밖에 남지 않아. 연애도 그런 것이야. 처음부터 너무 자극이 강해서도, 밋밋해서도 유지되기가 쉽지 않지. 무슨 말인지 알겠니? 넌 너무 저돌적으로 나가는 경향이 있어. 조금은 자중하도록 해. 가끔은 신 실장이 리드할 수 있도록 기다려 주기도 하고. 알겠니?"

납득이 가는지 떨떠름한 표정의 연진이 고개를 끄덕거렸다.

"지금은 호텔 쪽이 한가할 시기지? 자주 만나기는 하니? 조만간 결혼철 되면 바빠서 얼굴 보기도 힘들어질 텐데."

"이제 시작인데요. 그래도 가능하면 자주 연락하려고 해요. 암튼 가만 보면 손해 보는 타입이라서 내버려 둘 수가 없다니까요. 회장 아들이면 뭐 해? 명목만 실장 자리지, 바닥부터 일을 배워야 한다고 궂은일은 다 시키고. 맘 놓고 데이트할 시간도 없다니까요. 얼마나 소심한지 잠시 쉬는 것도 남들 시선을 의식해서 조바심만 치고. 내가 얼른 졸업해서 아저씨네 호텔을 대신 물려받아야지, 에효."

툴툴거리면서도 우경을 떠올려서인지 연진의 얼굴 위로 달콤한 빛이 흐르기 시작했다. 이제 막 사랑을 시작한 연인들에게서 볼 수 있는 모습에 주령은 미묘한 질투감이 솟구쳤다. 그러나 더 이상 사랑을 믿지 않기로 한 자신임을 되새기고 얼른 삿된 감정을 떨쳐 냈다.

"그만큼 성실하다는 것이겠지. 어쨌든 너한테는 그게 매력으로 다가오기도 하지 않니?"

"뭐, 그야 그렇지만……."

곰곰이 생각해 보니 주령의 말이 맞다. 날라리 삼촌인 경현과 다르게 바보스러운 우직함이 신경을 거슬리게 하더니 어느샌가 사랑스러움으로 변모하고 말았다. 그제야 수긍한다는 의미로 천천히 고개를 끄덕이는 연진을 바라보는 주령의 눈빛이 사뭇 다정하다.

"그건 그렇고, 호텔을 대신 물려받다니? 그건 무슨 소리야?"

"아, 그건 사실 아저씨가 경영엔 별로 취미가 없어해서요. 뭐, 그 점에 대해서도 조만간 이야기를 나눠야겠지만."

뜻밖의 이야기에 주령은 살짝 눈을 동그랗게 떴지만 이내 못 들은 척 그 문제에 대해선 입을 다물어 버렸다. 조용하던 주령을 바라보던 연진이 예전부터 생각한 일을 입 밖으로 꺼냈다.

"참, 우경 오빠한테 확실히 족쇄(?)를 채우고 나면 언니한테 어울릴 만한 남자를 찾아봐 줄게요."

"쓸데없는 짓!"

스스로 생각해도 좋은 생각인지 연진이 손바닥을 마주치며 반
색하자 주령은 더 이상 토 달지 못할 만큼 서늘한 음성으로 일축
해 버렸다. 그 아찔한 한기는 천하의 연진마저 움찔거리게 만들
만큼 매섭고 차가웠다. 그러나 온 세상이 핑크빛으로 물들어 있는
시야를 가진 연진에게 두려운 것이란 없었다.

"언닌 자기가 얼마나 매력있는 여자인지 몰라서 그래요."

"알아."

"네, 알…… 안다고요?"

조금의 장난기도 보이지 않는 진지한 어조로 응수하는 주령의
대답에 연진의 눈동자가 휘둥그레졌다.

"안다는 사람이……."

"내가 어디가 어떻게 매력있는지 잘 알기에 조심하는 거니까
나한테는 신경 쓰지 마."

무심하게 흘리는 말투지만 어딘가 씁쓸한 기색이 느껴져 연진
은 자신을 숨기기만 하는 주령에게 더욱 호기심이 일었지만 애써
억눌렀다. 궁금해서 묻는다고 대답해 줄 주령이 아님을 알고 있기
에 살짝 뽀로통한 기색만 흘릴 뿐이다.

"그래도 아깝잖아요. 언니의 눈동자가 얼마나 예쁜데 안경으로
가려요? 언니가 그렇게 자신을 가리지만 않으면 남자가 줄을 이을
거라고요."

"남자 따윈 내 인생에 불필요해."

단호하게 말을 끊는 주령의 눈빛이 심상치 않게 번득였다. 그 모습에 연진은 그만 입을 다물어야 할 때임을 간파하고 슬그머니 시선을 아래로 내리깔았다. 하지만 다문 입술 안에서 못마땅하게 투덜거리는 것은 멈추지 않았다.

'저 미모를, 저 머리를, 저 몸매를 왜 감추지 못해 안달이야? 우씨, 나 같으면 당당하게 드러내고 다니겠다.'

묵묵히 식사하고 있는 주령을 슬그머니 훑어보며 연진은 연신 불퉁거렸다. 주령이 진혁의 비서로 발탁되면서부터 알고 지낸 사이지만 알면 알수록 주령은 비밀스런 사람이었다. 묘하게 사람들에게 곁을 안 내주고, 특히나 남자라면 혐오에 가까운 냉기를 풀풀 날리는 것으로 보아 분명 예전에 남자에게서 크게 상처받은 일이 있으리라 짐작만 할 뿐이었다. 그렇다고 굳이 남이 숨기고자하는 과거를 캐묻는 무례를 저지를 만큼 오만 방자한 것은 아니지만 매사 솔직한 속내를 드러내는 연진에게 주령은 스톤헨지 같은 수수께끼나 다름없는 사람이다.

대놓고 묻고 싶지만 그녀의 묘한 박력은 연진의 호기심을 억누르게 해 때때로 감탄하게 만들기도 했다. 워낙 떠받들어지다시피 키워진 터라 예의는 바르지만 오만한 그녀를 기죽게 하는 사람은 드물었기 때문이다. 그래서 더욱 주령이 마음에 들고 그녀에 대해 알고 싶었다. 만약 자신이 우경을 진즉 마음에 두지 않았다면 심각하게 동성애를 생각해 볼 만큼 주령은 기묘한 매력이 있는 여성이었다.

문득 연진은 진혁이 어째서 주령에겐 그 마수(?)를 뻗지 않는 것인지 이해가 갔다. 매사가 칼같이 날카롭고 정확한 주령의 박력에 그 진혁조차 기가 죽었으리라 짐작했다. 하지만 전에 사무실에 들렀을 때 주령을 바라보던 그 찰나의 시선이 심상치가 않았다. 분명 진혁이 주령에게 아주 무관심하지는 않으리라는 예감이 있기에 주령은 그를 어찌 생각할지 궁금했다.

"근데 언니는 진혁 아저씨를 어떻게 생각해요?"

막 입 안에 음식을 넣던 주령이 뜻밖의 질문에 눈썹을 살짝 치켜들었다. 그러나 이내 평상시의 얼굴로 돌아와 조금의 고저도 없는 목소리로 냉정하게 결론을 내렸다.

"진지, 유능, 냉철, 비상(非常), 완벽, 냉혈."

그녀의 표현에 연진은 주령을 지그시 바라보며 입 안에서 중얼거렸다.

'그건 언니를 나타내는 말과도 같군요.'

"기왕이면 남자로서의 평가도 들려주세요~"

주령의 속내를 듣고 싶어 연진은 간살스럽게 애교를 떨었다. 남자로서의 평가라는 말에 주령의 표정이 조금 매서워졌다. 무슨 의도냐는 시선에 연진은 태연한 척 어깨를 으쓱일 뿐이다. 연진의 호기심 어린 표정을 샅샅이 살핀 주령은 한참 만에 한마디를 내놓았다.

"……최악."

뜨억. 간결하고 단순한 그 한마디에 민진혁에 대한 종합적인 평가가 내려지자 연진은 경악을 금치 못했다. 무너져 가는 SH자동차를 다시 일으켜 세운 그의 능력이라든지 SH그룹의 후계자라는 타이틀이나 화려한 여배우였던 어머니의 미모를 물려받아 수려한 외모 때문에라도 그의 주변에 여자가 몰려드는 것은 당연했다. 하지만 연진은 그녀들에게 너무도 냉정한 그의 태도가 오히려 자상하다고 생각하고 있었다. 헛된 기대 따윈 품지 않도록 아예 차갑게 대하는 태도에 더욱 열광하는 여자들이 있긴 하지만 모든 여자에게 친절한 것보다 자신의 여자에게만 친절한 점을 연진은 높이 평가하고 있었다. 그러나 주령에겐 아닌 모양이다. 게다가 주령은 연진의 삼촌인 경현에게도 비슷한 평가를 내렸다.

"……무가치."

'상대할 가치가 없다' 라……. 자신의 막내삼촌에게 형편없는 등급이 매겼음에도 불구하고 연진은 주령의 평가에 살짝 고개를 끄덕거렸다. 공감한다는 뜻이다. 아무리 가장 친한 삼촌이랄지라도 여자가 너무 자주 바뀌고, 여자를 너무 밝힌다는 것이 문제라고 그녀도 생각하고 있었기 때문이다.

다행히도 우경의 평가는 나쁘지 않았다.

"……고려 가능."

주령의 진지한 말에 연진은 사뭇 뿌듯했지만 황급히 말을 덧붙이는 것을 잊지 않았다.

"그래도 내 남자예요."

알고 있다는, 가소롭다는 주령의 시선이 되돌아오자 연진은 민망한 속내를 감추려 일부러 턱을 치켜들고 오만하게 시선을 내리깔았다.

불현듯 연진은 세 남자 각각의 특성을 떠올리다 주령의 상처의 일부를 깨달았다. 우경이 여자가 없었던 것은 아니지만 누구들처럼 옷을 갈아입듯 자주 바꾸는 것은 아니었다. 게다가 두 사람은 연진의 사주로, 선의(善意)라기보다는 분명 재미로 도와줬겠지만 아무렇지 않게 우경의 애인이었던 여자들을 제거해 주기도 했다. 우경이라면 절대 그렇게 하지 못할 비양심적인 행동들을 거리낌 없이 저질렀다. 아마 완고하기 그지없는 주령의 성격상 그 점은 필시 마이너스감일 것이다. 그리고 신우경이 주연진을 오랫동안 짝사랑하고 있다는 것을 아는 몇 안 되는 사람 중에 주령도 있으니 셋 중 그에 대한 평가가 높다는 것은……

"언니는 남자 자체가 싫은 거예요, 아님 바람둥이 남자가 싫은 거예요?"

불시에 습격당한지라 주령의 표정이 순간 미미하게 흔들렸다. 그러나 전혀 아무렇지 않은 듯이 재빨리 딱딱한 표정을 뒤집어쓰고 평이한 어조로 중얼거렸다.

"나한테도 남동생들은 있어."

기다 아니다 명확하지 않은 대답에 연진의 미간이 찡그려졌다. 굳이 해석하자면 남자 자체가 싫다는 것은 아니라는 말인데, 이상한 것은 왜 남동생을 들먹이냐는 것이다.

"에이, 언니. 질문의 대답은 그게 아니잖아요."

단단히 별렀는지 연진은 물러서지 않고 한껏 애교 섞인 비음을 흘리며 투덜거리자 주령이 천천히 고개를 들고 딱 한 마디만 했다.

"밥이나 드삼."

진지한 표정으로 어울리지 않는 개그투를 구사하는 주령의 모습은 웃기기는커녕 일종의 공포였다. 그것이 그녀가 허용한 마지막 경고임을 알아차렸기에 연진은 꼬리를 말고 얌전히 수저를 들어 열심히 입 안으로 음식을 밀어 넣었다. 그렇지만 속으로는 기필코 주령에게 애인을 만들어주겠노라 다짐하고 있었다.

주령과 연진이 계산을 마치고 나가자 공손히 인사하던 여 종업원 둘이 의아한 눈빛을 서로 주고받았다.

"도대체 저 여자들은 누구기에 월요일 점심시간만 되면 단둘이 와서 장어구이 오 인분을 먹어치우는 거지?"

"그러게. 정체를 알 수가 없네, 정말."

월요일 늦은 오후, 팀장회의가 우경의 사무실에서 진행되고 있었다. 인사팀에서 직원들 서비스 교육 강화를 들고 나왔고, 총무부에서는 내달쯤으로 사내연수가 잡혔다고 알려왔다. 회장 아들이기는 하나 별다른 카리스마가 없고 겉보기완 달리 상냥한 우경의 성격 덕분에 회의 분위기는 살얼음을 걷는 것처럼 아슬아슬하지는 않았다.

"다음 주부터 연회장에서 예식이 잡혀 있으니까 당분간 각 부서에서 헬퍼를 동원하는……."

호텔 일정을 알리며 헬퍼를 충원해 달라는 지배인의 말을 떠올리고 각 팀의 팀장들에게 조치를 취하던 중 우경의 품속에서 휴대폰이 요염한 벨소리로 전화가 왔음을 알리고 있었다.

난 이제 더 이상 소녀가 아니에요~ ♬ 그대 더 이상 망설이지

말아요～♬

어제 호텔 룸에서 연진과 이야기하다가 불현듯 전화벨 소리를 바꿔준다며 연진이 한참을 조몰거렸었다. 덕분에 우경은 부끄러운 당혹감에 시달려야만 했다. 성인식이라니…… . 여가수의 요염한 목소리에 담긴 아찔한 유혹처럼 자신의 속내를 노골적으로 알려오는 연진의 마음이 기쁘면서도 한편으로는 두렵기도 했다. 아직도 그녀가 자신을 좋아한다는 사실이 믿기지 않는데 결혼까지 추진되니 그야말로 몸이 둥둥 떠다니는 기분이었다.

늘 기본 벨소리로만 울리던 우경의 휴대폰에서 노래가 흘러나오자 각 팀장들은 무슨 일이냐는 듯 호기심 어린 시선으로 그를 바라보았다. 팀장들의 빼곡한 호기심 어린 시선에 자리가 불편한 듯 우경은 좌중의 눈치를 살피며 더 이상 노래가 흘러나오지 못하게 재빨리 폴더를 열었다.

"흠, 여보세요?"

[바빠?]

언제 들어도 상큼하고 발랄한 연진의 목소리에 우경은 금방이라도 그녀에게 날아갈 것처럼 기분이 들떴다. 그러나 이내 회의 중임을 상기하고 미안한 듯 낮게 속삭였다.

"지금 회의 중이야. 내가 나중에 전화할게."

[나 연강이야. 수업 끝나고 전화할게. 기다려.]

우경이 미처 대답도 하기 전에 딸칵 하고 전화가 끊어지고 말았다. 연진은 회의라는 말에 황급히 전화를 끊어버렸지만 우경은 조금 서운한 듯 멍하니 휴대폰을 내려다보았다. 그러다 자신을 바라보는 흥미진진한 네 쌍의 눈동자를 떠올리고는 살짝 붉어진 얼굴로 시선을 회피했다.

"흠흠, 그, 그럼 다음 주부터 각 부서에서 알아서 헬퍼를 충원하기로 하고, 이번에 싱가폴 연수는 영업관리팀에서 가기로 결정된 것이지요? 계획서를 작성해 올려주세요."

"실장님, 연애하십니까?"

애써 헛기침을 하며 화제를 돌려봤지만 호기심을 가득 담은 총무팀장이 눈을 반짝이며 물었다.

"흠흠."

속내는 '예, 연애합니다. 그것도 열세 살이나 어린 영계랑 결혼을 전제로 사귑니다'라고 말하고 싶어 입이 간질거렸지만 꾹 참았다. 아직 연진과 사귄다는 사실이 실감나지 않고, 엄청난 나이 차이에 죄책감 또한 가지고 있으며 왠지 입 밖으로 섣불리 꺼내면 이 모든 것이 물거품이 되어 사라져 버릴 것 같은 두려움 때문이었다. 너무 실감나는 꿈이라 잠에서 깨어나면 모든 것이 정말 꿈이었다는 그런 두려움 말이다.

그러나 이미 붉게 달아오른 얼굴과 딴청을 피우며 불안한 듯 눈동자를 데굴데굴 굴리는 우경의 모습에서 팀장들은 원하는 대답을 얻을 수 있었다. 덧붙여 우경이 엄청 쑥스러워하고 있다는 것 또한 알 수 있어 서로 눈짓하며 속웃음을 삼켰다. 아직 밝히고 싶어하지 않는 눈치기에 다들 알 만하다며 웃음을 주고받았다. 아직 우경이 모르는 듯하지만 이미 사내에 연진과의 소문이 파다했다. 예전부터 그렇게 요란하게 들락거리며 종종 우경의 팔짱을 끼고

나서는데 눈치 채지 못할 사람은 아무도 없었다. 게다가 어젯밤의
일 역시 온 호텔에 소문이 퍼졌으니 말이다.

영화를 보러 온 연인들이 서로 다른 영화를 보자며 다투는 일은
흔하다. 여기 역시 한 쌍의 커플이 영화 장르를 두고 심각하게 대
립하고 있었다.

"저거 보자. 응? 응?"

"하지만 저건 멜로영화잖아. 너 저런 거 안 좋아하잖아."

"싫어, 싫어. 저거 볼 거야. 나 이미 예매해 놨단 말이야."

우경은 연진이 선택한 영화를 두고 망설일 수밖에 없었다. 사실
그는 멜로영화라면 무척이나 좋아하지만 손수건을 준비해야 할
것 같은 영화라면 연진과 함께 보는 일만은 피하고 싶은 것이 솔
직한 심정이었다. 왜냐하면 그가 눈물이 워낙 많아 슬픈 장면에서
는 도저히 참을 수가 없기 때문이다.

휴, 연진은 저런 류의 영화를 안 좋아하는 줄 알았는데…….

결국 우경은 자신이 보고 싶은 영화기도 하지만 연진의 절대적
인 고집에 의해 멜로영화를 보기로 결정했다.

"아저씨, 간식거리 사가자."

예매한 표를 찾은 다음에 연진이 우경을 이끈 곳은 바로 옆 매
점이었다.

"팝콘이랑 츄러스 두 개랑, 맥반석 오징어구이랑 나초칩이랑
핫도그 하나, 음료는 환타로."

쉬지도 않고 메뉴를 줄줄 읊어댄 연진이 우경을 돌아보며 얼른

계산하라고 눈짓하자 그는 황급히 지갑을 꺼내 지폐 몇 장을 꺼냈다.

"너무 많이 먹는 거 아냐? 영화 보러 온 건지, 먹으러 온 건지 모르겠다."

우경은 품에 넘치는 군것질거리를 떨어뜨리지 않게 조심스럽게 추스르며 걱정스레 말을 꺼내자 설탕을 가득 묻힌 츄러스 하나를 그사이에 먹어치운 연진이 배시시 웃었다.

"난 영화관 매점의 간식들이 맛있더라."

"그래? 그럼 많이 먹어. 더 사줄까?"

괜찮다며 고개를 도리질 치는 연진이 얼마나 예뻐 보이는지 우경은 엘리베이터가 도착할 때까지 그녀에게서 시선을 뗄 수가 없었다.

"참, 몇 층이더라?"

사람들에 떠밀려 엘리베이터에 오른 우경은 층을 제대로 확인하지 않아 연진에게 확인했다.

"구층."

마침 다른 누군가가 구층을 눌러두었다.

"영화 재밌겠다, 그치?"

아무리 생각해도 연진이 자신의 취향을 고려해 영화를 선택한 것 같아 우경은 일부러 활짝 웃으며 어울리지 않는 애교까지 부렸다. 의외의 행동에 연진이 눈을 동그랗게 뜨자 우경은 멋쩍은지 살짝 얼굴을 붉혔다.

"바—보."

어쩔 수 없다는 듯 연진이 살짝 눈을 흘기자 우경은 민망하면서도 행복한 기분에 젖어 배시시 웃으며 입가를 늘어뜨렸다.

"우리 예쁜이."

난생처음으로 우경은 남들 시선은 개의치 않고 연진에게 살짝 머리를 기울여 관자놀이 부근에 쪽 소리가 나도록 입을 맞추었다. 스스로의 감정에 심취되어 있던 우경은 마냥 좋기만 했으나 난데없는 기습에 연진은 아무렇지 않은 척했지만 내심 크게 당황스러웠다. 그러나 살짝 붉어진 얼굴로 우경의 입술이 닿았던 부분을 손으로 슥슥 쓰다듬는 것으로 민망한 마음을 드러냈다. 그런 모습이 사랑스러운지 우경은 바보처럼 웃음만 흘렸다.

같은 엘리베이터를 탄 사람들은 그런 두 사람을 보고 어색한 표정으로 시선을 주고받았다. 영화관 매표소에서부터 눈에 띄는 커플이었다. 한눈에 시선을 확 사로잡는 미인이지만 미묘하게 솜털 느낌이 남아 있었고, 함께 온 사내는 흠칫 하고 굳어질 만큼 투박하게 생겨 무슨 관계인지 궁금증을 자아냈다. 그러다 둘의 대화가 주위에 퍼져 나가면서 그 일대가 싸늘하게 식어갔다.

아저씨라는 단어에서 다들 혐오스러운 시선으로 우경을 흘겨보았다. 아무리 봐도 남자는 사십대에 가까운 외모, 여자는 멋지게 치장했지만 많이 봐줘야 스무 살이 될까 말까, 딱 원조교제였다.

표에 적힌 좌석의 위치를 입구의 배치표에서 확인한 연진은 어리둥절한 우경을 이끌고 상영관 안으로 들어갔다. 아직 시간이 남아 있어서 자리에 앉아 있는 사람들은 별로 없었다.

"여기야."

우경은 연진이 이끄는 대로 맨 뒷줄의 가운데 자리로 따라갔다. 양손에 간식을 잔뜩 들고 있는 우경이라 연진이 좌석을 똑바로 내려주었다.

"아직 시간 좀 남았지?"

우경이 자리에 앉자 연진은 부산하게 그의 손에서 간식거리를 받아 들어 열심히 먹기 시작했다.

핫도그의 포장지가 잘 뜯어지지 않자 우경이 대신 뜯어주었다.

"아저씨도 한입 먹을래?"

문득 아저씨란 호칭이 마음에 들지 않아 우경은 살짝 얼굴을 찡그렸다.

"아니, 난 됐어. 그런데 연진아, 아저씨 말고…… 그, 왜 다른 호칭으로 부르면 안 될까? 꼭……."

원조교제하는 것 같다는 말이 입 안에서 맴돌았다. 아까 표를 끊을 때도, 엘리베이터에서도 자신들을 보는 사람들의 시선이 그다지 곱지 않았던 것을 떠올리며 우경이 머뭇거리자,

"그럼 오빠라고 부를까?"

라고 연진이 되받아쳤다.

"그래, 오…… 빠라고 불러줬으면 좋겠다."

"그럼 그러지 뭐, 오빠."

오빠라는 소리가 참으로 정감있고 듣기 좋다며 우경은 흐뭇하게 미소를 흘리고 있었다. 그러면서 그답지 않은 약간의 심술도 생겼다.

'진혁이는 아저씨, 난 오빠. 음, 좋아.'

"그런데 영화 시작하려면 아직 멀었는데 벌써 반을 먹은 거야?"

"난 원래 뭐 보면서 못 먹어. 그래서 영화 시작하기 전에 얼른 먹으려고."

상영관 안에는 불이 켜져 있다 해도 불빛 자체가 흐릿했기 때문에 우경은 어둑한 상영관 안에 연진과 나란히 앉아 있다는 사실만으로 충분히 어색했다. 게다가 커플석이라 그의 허벅지가 연진의 다리와 닿아 있다는 사실만으로 우경은 벌써 흥분된 상태였다. 이러면 안 된다고 이성이 열심히 설교를 늘어놓았지만 오랫동안 여자를 가까이하지 않은 데다가 상대는 그의 오랜 짝사랑의 대상자인 연진이어서 그녀의 눈짓이라든지 손짓 하나하나에도 금방 흥분했다. 자신의 난감한 상태를 알리고 싶지 않아 우경은 머뭇거리다 양복 상의를 벗어 무릎 위에 살포시 얹었다.

"더워?"

"어, 조금."

그 모습에 연진이 묻자 우경은 정말 더운지 땀을 뻘뻘 흘리며 고개를 끄덕거렸다. 상영 시간이 가까워지자 점차 관객들이 늘어나 듬성듬성 자리를 차지했고 이윽고 장내의 불이 꺼지고 영사기가 돌아가기 시작했다.

"시작한다."

팝콘과 나초칩을 제외한 간식을 다 먹은 연진이 손을 탁탁 털고 편하게 자세를 고쳐 앉았다. 연진이 영화 관람을 위한 자세를 잡자 우경은 은근히 주위를 두리번거리며 여자의 어깨 위에 팔을 올린 연인들을 발견하고 고민했다.

기지개를 켜는 듯 슬며시 팔을 얹어볼까 하니 그건 너무 고전적이라 눈에 빤할 것 같고, 대범한 척 팔을 얹어볼까 하니 연진이 싫어하지 않을까 걱정됐다. 광고가 끝나갈 쯤까지도 우경은 어떠한 결론도 내리지 못하고 머뭇거렸다. 그렇다고 이런 기회를 그냥 지나가자니 며칠을 두고두고 후회할 것만 같아 그냥 과감하게 팔을 얹기로 결론을 내렸다. 그러나 막상 실행에 옮기려 하니 도무지 팔이 움직이지 않아 땀만 뻘뻘 흘리고 있었다.

결국 용기없는 자신을 한심해하며 한숨을 내쉬는데 스크린만 바라보고 있던 연진이 그의 팔을 잡아 자신의 어깨 위에 떠억하니 올려놓았다. 그리고는 그의 가슴에 온전히 몸을 기대왔다. 생각지도 못한 그녀의 행동에 놀라 굳어버리자 연진이 그를 돌아보았다.

"왜 그래?"

"어? 아, 아니……."

입까지 얼어붙어 우경은 버벅대며 혼란스러운 자신의 상태를 제대로 표현하지 못했다.

"커플석은 이게 좋다니까."

이러면서 연진이 은근슬쩍 그에게 몸을 더 기대왔다. 그뿐이 아니라 자리를 제대로 잡는 과정에서 실수인지 그의 다리 사이에 손을 짚자 우경은 뛰어오를 것처럼 화들짝 놀라 황급히 그녀의 손을 낚아챘다.

"왜 그래?"

"아, 아니야."

바짝 마른 입 안 때문에 목소리도 상당히 거칠게 흘러나왔다. 긴장으로 몸 전체에 힘이 들어가 뻣뻣한 나무토막 같은 우경의 육체 중에서 유일하게 민감한 부분이 있다면 다름 아닌 연진의 어깨 위에 걸쳐진 팔이다. 팔 전체에서 전해지는 부드럽고 자그마한 연진의 어깨를 느끼며 난생처음 남자로 태어나서 행복함을 느끼고 있었다. 게다가 연진이 어깨 위에 걸친 팔과 같은 손을 들어 깍지를 끼자 그 행복감은 절정으로 치닫고 있었다.

'좋다〜'

한 손뿐이지만 어둠 속에서 전해지는 작은 손의 온기에 우경은 하늘을 날 것 같은 충만함을 느낄 수 있었다. 이미 알몸에 가까운 상태를 봤다 해도 이런 소소한 접촉은 그를 행복하게 만들기에 충분했다.

영화가 시작되었다. 자유로운 다른 손으로 그가 들고 있는 팝콘을 주섬주섬 주워 먹는 연진의 행동이 느껴졌다. 그리고 이내 그의 입가에 다가온 짭짜름하면서도 달콤한 팝콘에 깜짝 놀랐다. 연진이 그의 입가에 팝콘을 들이밀고 있는 것이었다.

"안 먹을 거야?"

영화가 상영 중이라 그의 턱밑에서 소곤거리는 연진의 숨결이 느껴지자 뱃속이 불편한 듯 잔뜩 꿈틀거렸다. 누군가가 손으로 그의 입가에 음식을 밀어준 적이 없었던지라 우경은 어두운 상영관 내부임에도 누군가 볼세라 주위를 둘러보고 황급히 받아먹었다. 그런데 서두르다 보니 그만 연진의 손가락을 살짝 깨물고 말았다.

"미, 미안."

당황해하는 우경과 달리 연진은 별거 아니라는 듯 가만히 웃었다. 그리고는 다시 영화에 집중하며 팝콘을 집어먹기 시작했다. 하지만 우경의 눈에는 더 이상 영화가 들어오지 않았다. 오직 자신이 깨물었던 손가락을 쪽쪽 빨며 팝콘을 집어먹는 연진의 입술만 눈에 들어올 뿐이었다. 스크린의 배경에 따라 주위가 살짝 밝아졌다 어두워졌다 하면서 연진의 얼굴에도 음영이 드리워졌다. 화면이 밝아질 때는 연진의 오물거리는 입술에 광이 났고, 어두울 때는 행동 자체가 다분히 유혹적이었다. 입 안에 침이 고여 자신도 모르게 소리 나도록 침을 삼키자 그 소리가 들렸는지 연진의 고개가 살짝 돌아섰다.

"줄까?"

연진이 말한 것은 팝콘이었지만 그녀의 입술 외엔 눈에 들어오지 않는 우경에겐 다르게 들렸다.

"키스할까?"

억누르기 힘든 키스에 대한 충동에 우경은 그녀의 말에 긍정을 나타내며 열심히 고개를 끄덕거렸다. 그리고는 바로 고개를 내려 연진의 입술을 단숨에 삼켜 버렸다.

"흡?"

불시에 당한 키스에 잠시 놀랐는지 당황한 기색이 역력하던 연진은 이내 순순히 그의 입술을 받아들였다. 터질 것 같은 욕구임에도 불구하고 키스는 다정하고 부드러웠다. 너무 소중해서 안타깝다는 절절함이 고스란히 전해졌다.

그들만의 달콤한 시간은 관객들의 폭소에 황급히 떨어지면서 끝나고 말았다. 그러나 아쉬움을 가득 드러내 보이는 우경은 끝내 다시 그녀의 입술로 고개를 내리며 조심스럽게 그녀의 입술을 훔쳤다.

"조금만 더. 응?"

그다지 떨어지고 싶지는 않았지만 우경은 누군가가 그들을 볼 수 있다는 생각에 아쉬움을 접고 키스를 끝냈다. 그러나 아직 키스의 여운에 흠뻑 젖어 있던 연진이 반쯤 감은 눈으로 그를 졸라 댔다.

가장 민감하고 연약한 곳인 입술이 다정하게 비벼대며 수줍음 많은 혀가 조심스럽게 얽히고 바짝 다가서 상대방의 체온에 마음이 훈훈해지는 감각들로 인해 연진의 기분이 상당히 고조되어 있었다.

"응?"

우경이 망설이는 틈에 연진의 자유로운 왼손이 그의 목을 슬금슬금 거슬러 올라가면서 그의 머리를 잡고 부드럽게 아래로 이끌었다. 우경의 이성은 그만 하라고 경고했지만 머리칼 속으로 파고드는 섬세한 손길을 도저히 거부할 수가 없었다.

"영화는 다 봤군."

한탄스럽게 중얼거리는 우경의 말이 이윽고 연진의 입술에 의해 사라졌고 그 말을 들은 연진이 만족스럽게 신음을 흘리며 닿은 입술 끝을 매끄럽게 위로 끌어올렸다.

사실 이러려고 멜로영화를 선택한 것은 아니었지만 달콤한 우